幻夜

げんや㊤

Higashino Keigo

東野圭吾

劉姿君——譯

幻夜（上）

Contents

005 總導讀 由不屈的堅持所淬鍊出的奇蹟 林依俐
011 第一章
085 第二章
139 第三章
193 第四章
253 第五章
305 第六章

由不屈的堅持所淬煉出的奇蹟

總導讀　林依俐

如果你問我，東野圭吾是位什麼樣的作家？

我會回答你，他是位不幸的作家。

你一定會覺得奇怪，光是以《嫌疑犯X的獻身》（二〇〇五）一書，便幾乎囊括了二〇〇六年日本推理文學相關獎項，同書在日本的銷售量更是打破五十萬大關的「暢銷作家」東野圭吾，怎會有什麼不幸可言？

在說明之前，請讓我先簡單介紹一下東野圭吾這位作家。

東野圭吾一九五八年生於大阪，大學畢業後進入汽車零件製作公司擔任工程師。由於希望在工作以外，也能在私生活之中有個較爲不同的目標，所以開始著手撰寫推理小說，投稿日本推理文學代表性的公開徵選長篇小說獎「江戶川亂步獎」。

這並不是東野第一次寫推理小說。早在他十六歲的時候，由於看了小峰元的作品《阿基米德借刀殺人》（一九七三，第十九屆江戶川亂步獎作品）大受感動，之後又讀了松本清張的《點與線》（一九五八）、《零的焦點》（一九五九）等作品。一頭推理熱的他便曾試著撰寫長篇推理小說，而且第一作還是以重大社會問題爲主題。然而由於完成於大學時期的第二作被周遭朋友嫌棄，「寫小說」這件事便從他的生活之中消失了好一陣子。

而獲得亂步獎的夢想讓東野重拾筆桿。在歷經兩次落選後，他的第三次挑戰——以發生在女子高中校園裡的連續殺人事件為主軸展開的青春推理《放學後》（一九八五）——成功奪下了第三十一屆江戶川亂步獎。之後他很快地辭了工作，前往東京致力於寫作。自從一九八五年《放學後》出版以後，東野圭吾幾乎是每年都會有一到三部甚至更多的新作問世。他不但是個著作等身的多產作家，其筆下的內容也橫跨了推理、幽默、科幻、歷史、社會諷刺等，文字表現平實，但手法卻絲毫不拘泥於形式，多變多樣。

看到這裡，如果你對於近年的日本推理有一定程度的了解，或許你會聯想到宮部美幸——多采的文風、平實的敘述、充滿令人訝異的意外性；但是在兩者之間卻又有著決定性的不同。

那就是——相對於宮部美幸出道約二十年來，陸續囊括高達十項的日本各式文學獎，筆下著作本本暢銷；東野圭吾卻是一直與日本的各式文學獎項擦肩而過，且真正開始被稱為「暢銷作家」，也是出道後過了十多年的事。

實際上在《嫌疑犯X的獻身》同時獲得直木獎與本格推理大獎，並且達成日本推理小說三大排行榜——「這本推理小說了不起！」、「本格推理小說BEST10」、「週刊文春推理小說BEST10」——前所未有的三冠王之前，東野出道二十年來所寫下的六十本小說（包含短篇集）裡，除了在一九九九年以《祕密》（一九九八）一書獲得第五十二屆日本推理作家協會獎之外，其他作品雖然一再入圍直木獎、吉川英治文學新人獎等獎項，卻總是鎩羽而歸。

在銷售方面，他也不是那種只要出書就大賣的暢銷作家。在打著「江戶川亂步獎」招牌的出道作《放學後》創下十萬冊的銷售紀錄之後（江戶川亂步獎作品通常都能賣到十萬冊），整整歷經了十年，東野才終於以《名偵探的守則》（一九九六）打破這個紀錄，而眞正能跟「暢銷」兩字確實結緣，則是在《祕密》之後的事了。

或許是出道作《放學後》帶給文壇「青春校園推理能手」的印象過於深刻，東野圭吾本人雖然一直想剝下這個標籤，過程卻不太順利。書評家往往不是很關心他在寫作上的新挑戰。這也難怪，在東野出道後兩年，也就是一九八七年，以綾辻行人等年輕作家爲首，提倡復古新說推理小說的「新本格派」盛大興起。從文風與題材選擇看來，東野圭吾作品用字簡單，謎題不求華麗炫目，內容既不夠社會派又不像新本格，自然不會是書評家們熱心關注的對象。

就這樣出道十餘年，雖然作品一再入圍文學獎項，卻總是未能拿到大獎；多少有機會再版，卻總是無法銷售長紅；傾注全力的自信之作，卻連在雜誌的書評欄都占不到個像樣的位置。所以我才會說，東野圭吾是個不幸的作家。說眞話這何止是不幸，實在是坎坷，簡直像是不當的拷問。

在獲得江戶川亂步獎後，抱著成爲「靠寫作吃飯」之職業作家的決心，東野圭吾辭去了在大阪的穩定工作來到了東京。這個決定使得他沒有退路，不管遭遇什麼樣的挫折，都只能選擇前進。於是只要有機會寫，東野圭吾幾乎什麼都寫。

二〇〇五年初，個人有幸得以見到東野圭吾本人並進行訪談時，曾經談到關於他剛出道不久時，在推理小說的範疇內不斷挑戰各式題材時期之心境。他是這麼回答的：

「那時的我只是非常單純地覺得自己必須持續寫下去，必須持續地出書而已。只要能夠持續出書，就算作品乏人問津，至少還有些版稅收入可以過活；只要能夠持續地發表作品，至少就不會被出版界忘記。出道後的三、五年裡，我幾乎都是以這種態度在撰寫作品。」

不過畢竟是背負著亂步獎的招牌出道，畢竟是身處日本泡沫經濟蓬勃、推理小說新風潮再起的八〇年代後半至九〇年代，向其邀稿的出版社當然也都希望東野圭吾能夠以「推理」為主題書寫。配合這樣的要求，以及企圖擺脫貼在自己身上那「青春校園推理」標籤的渴望，東野嘗試了許多新的切入點，使出渾身解數試著吸引讀者與文壇的注意。於是古典、趣味、科學、日常、幻想，在他筆下似乎沒有什麼題材不能入推理，似乎沒有題材不能成為故事的要素。或許一開始只是為了貫徹作家生活而進行的掙扎，但隨著作品數量日漸累積，曾幾何時也讓東野圭吾在日本文壇之中，確實具備了「作風多變多樣」這難以被輕易取代的獨特性。

是的，東野圭吾是位不幸的作家。但也因此我們才得以見到，那些誕生於他坎坷的作家路上，由歷經幾多挫折仍不屈的堅持所淬煉而成，在簡素之中卻有著數不清面貌的故事。以讀者的角度而言，能與這樣的作家共處同一個時代，還眞是宛如奇蹟一般的幸運。

在推理的範疇裡，東野圭吾從不吝惜挑戰現狀。從初期以詭計為中心的作品，漸漸發展出許多具有獨創性，甚至是實驗性的方向。其中又以貫徹「解明動機」要素（WHYDUNIT）的《惡意》（一九九六）、貫徹「找尋凶手」要素（WHODUNIT）的《誰殺了她》（一九九六）、貫徹

「分析手法」要素（HOWDUNIT）的《偵探伽利略》（一九九八）三作，可說是東野在踏襲傳統推理小說元素之下，卻又充分呈現了屬於現代風貌的鮮麗代表作。

而出身於理工科系的背景，也讓東野在相較之下，比其他作家更擅長消化並駕馭以科技爲主軸的題材。像是利用運動科學的《鳥人計畫》（一九八九）、涉及腦科學的《宿命》（一九九〇）和《變身》（一九九一）、生物複製技術的《分身》（一九九三）、虛擬實境的《平行世界戀愛故事》（一九九五），還有之後以湯川學爲主角展開的「伽利略系列」裡，東野都確實地將自己熟悉的理工題材，在分解組合後以最簡明的方式呈現在讀者眼前。

另一方面，如同「處女作是作家的一切」這句俗語所述，高中第一次寫推理小說便企圖切入當時社會問題的東野圭吾，由《以前，我死去的家》（一九九四）中牽涉兒童虐待的副主題爲開端，對於社會人心的描寫，似乎也成了他作家生涯的重要課題。例如以核能發電廠爲舞臺的《天空之蜂》（一九九五）、試探日本升學教育問題的《湖邊凶殺案》（二〇〇二）、直指犯罪被害人及加害人家屬問題的《信》（二〇〇三）和《徬徨之刃》（二〇〇四），都在在顯露出東野對於刻畫社會問題與人性的執著。

東野圭吾這種立足於推理，進而衍生至科技與人性主題上的寫作傾向，在發表於二〇〇五年的《嫌疑犯X的獻身》中，可說是達到了奇蹟似的調和，也因爲這部作品，在二〇〇六年贏得各種獎項，讓東野圭吾正式名列「家喻戶曉的暢銷作家」之列。加上這幾年來，東野作品紛紛電視電影化，他的不幸時代成爲過去，並站上前人未達之高峰。二十年來的作家生涯開花結果，創造了日本推理文壇近年來難得一見的奇蹟。

好了，別再看導讀了。快點翻開書頁，用你自己的眼睛與頭腦，去感受確認東野作品中理性與感性並存，而又如此引人入勝的獨特魅力吧！那將會勝於我在這裡所寫的千言萬語。

本文作者介紹

林依俐，一九七六年生。嗜好動漫畫與文學的雜學者。曾於日本動畫公司GONZO任職，返國後創辦《挑戰者月刊》並擔任總編輯，現任全力出版社總編輯，另外也負責線上共享閱讀平台ComiComi（http://www.comibook.com/）的企畫與製作總指揮。

第一章

1

昏暗的工廠裡，工具機的黑影林立。那模樣讓雅也想起夜裡的墳場，只不過他心裡還想，老爸要進的那座墳可沒那麼體面。黑影看來也像失去主人的忠僕，或許它們懷抱著和雅也同樣的心情，肅穆地迎接這個夜晚。

他將倒在湯碗裡的酒送到嘴邊，碗口有個細微的缺角碰上了唇。喝光之後，他嘆了口氣。身旁湊過來一只大酒瓶，往他空空如也的湯碗裡倒酒。

「接下來你可有得辛苦了，不過你要加油，別喪氣。」舅舅俊郎說。他滿下巴的鬍鬚裡摻著白絲。他脹紅著臉，呼出的氣息有熟柿子的味道。

「這次也讓舅舅忙進忙出的。」雅也言不由衷地說。

「哪裡，這沒什麼。倒是你，接下來有什麼打算？不過我想憑你的本事不怕沒工作。聽說你在西宮的工廠找到工作了？」

「是約聘的。」

「約聘也好啊！這年頭找得到工作就要偷笑了。」俊郎輕拍雅也的肩。連這種接觸都令雅也感到不快，但他還是報以一笑。

靈堂前的酒席仍未結束。席間三人是雅也父親幸夫生前的好友，分別是建築承包商、鐵屑業者與超市老闆。他們幾個是麻將牌友，常在這個家聚頭。當年景氣好的時候，還曾五人同遊釜山。

出席今天守靈之夜的，就只有這三人和幾個親戚。雅也並未知會各方親友，也難怪場面如此冷清，但他暗想，就算知會了結果恐怕也大同小異。客戶就不用說了，同業也不會有人來的。親戚也一樣，深怕待久了被纏著借錢難以拒絕，上過香便匆匆離去，親戚裡留下來的就只有舅舅俊郎一個，但雅也早就料到他爲何不走。

承包商大叔喝光瓶裡的日本酒。那是他們最後的酒了，剩下的就只有俊郎愼重其事攬在懷裡的那個大酒瓶。承包商大叔小口小口地舔著杯裡剩下三分之一的酒，直盯著俊郎的酒看。俊郎坐在暖爐旁，啃著魷魚乾自顧自地喝。

「好啦，差不多該走了。」鐵屑業者開口。他的杯子早已空了。

是啊，時間差不多了——另外兩人也應和著站起身來。

「阿雅，那我們走了。」承包商大叔說。

「謝謝你們，今天這麼忙還過來。」雅也起身行禮。

「我們雖然沒多大力量，不過要是有什麼幫得上忙的地方，儘管開口，多少可以出點力。」

「是啊，你爸爸以前很照顧我們。」鐵屑業者跟著說，超市老闆則是默默點頭。

「有叔叔這幾句話，我安心多了。到時候還請多幫忙。」他再次鞠躬。已有些老態的三人也點頭回應。

送他們離去關門之後，雅也回到屋裡。與工廠相連的主屋，只有一間三坪的和室與狹窄的廚房，以及二樓兩間相連的和室而已。雅也直到三年前母親禎子病逝後，才有了自己的房間。

俊郎還在安置靈位的和室裡繼續喝酒。魷魚乾好像吃完了，他正往承包商吃剩的花生伸手過去。

雅也開始收拾，俊郎怪腔怪調地說：「話說得還眞好聽。」

「咦？」

「前田他們那幾個呀，說什麼有幫得上忙的儘管說，可以出力，心裡壓根沒這打算，還好意思說。」

「那只是客套話吧，幾位大叔自己也都火燒屁股了。」

「才沒那麼嚴重。像前田，他接了些小案子應該賺了不少，我倒覺得他其實是有能力幫幸夫的。」

「我爸也不想依靠他們吧。」

雅也才說完，俊郎從鼻子裡哼了一聲，撇了撇嘴。

「哪有這回事，你什麼都不知道。」

聽到俊郎這句話，雅也停下收拾盤子的手。

「車床的款子周轉不靈那時候，幸夫第一個就想到去找他們三個商量，結果他們不知道從哪裡聽到風聲，沒一個在家。那時候，要是有誰肯墊個一百萬，情況可就大大不同了。」

「舅舅，這話你是聽誰說的？」

「你爸啊。你爸還很生氣，說那些人景氣好的時候湊過來稱兄道弟，一看苗頭稍微不對，態度整個都變了。」

雅也點點頭，又開始整理。這番話雖是第一次聽到，他倒不驚訝。他本來就不相信那三人，死去的母親也討厭他們。母親常把這句話掛在嘴邊：「每個都一個樣，光會叫你爸爸花錢。」

「肚子餓了。」俊郎低聲說。看來大酒瓶終於空了，盛花生的碟子也空空如也，雅也將那碟子一併收進托盤。

「吶，有沒有吃的？」

「豆沙包好嗎？」

「豆沙包啊。」

雅也不理會皺起眉頭的俊郎，將疊了髒碗盤的托盤端進廚房放進流理臺，水槽一下子就堆滿了。

「對了，阿雅。」身後有人叫他。回頭瞥了一眼，不知何時俊郎已站在廚房門口。「你跟保險那邊談過了嗎？」

雅也心想總算進入正題了，但臉上表情不變，只是搖了搖頭，「沒，還沒有。」

打開熱水器開關，熱水流出開始洗碗。屋齡四十年的水原家，並沒有打開水龍頭直接供應熱水的設備。

「聯絡過了吧？」

「之前很多事要忙，還沒聯絡。就算他們這時候來找我，我也很麻煩。」

「話是沒錯，可是還是早點聯絡的好。手續辦得慢，錢下來也慢。」

雅也沒停下手邊洗碗的工作，只是默默點頭。他知道俊郎的目的。

「你有保單吧？」俊郎說。

雅也的手停了下來，然後又開始搓盤子，「有啊。」

「可以給我看一下嗎？」

「喔……我等等去拿。」

「有些地方我要確認一下，碗明天再洗就好了，你現在就讓我看吧！放在哪裡你跟我說，我來拿。」

雅也嘆了口氣，放下手中滿是泡泡的海綿。

和室角落有個小茶櫃，那是父母婚後不久買的，年代相當久遠了。最下面的小抽屜裡有個藍色的檔案夾，壽險、火險，甚至汽車險的保單，都仔細收在裡面。禎子最擅長這類需要周密心思的工作。雅也覺得細心的母親死了之後，家裡的生意也變得雜亂無章，雖然每次她對工廠的事提出意見時，父親幸夫總是破口大罵女人家不要插嘴。

「三千萬圓啊，果然。」俊郎指間夾著點燃的hi-lite香菸，一邊看著檔案夾裡的資料。聽他語帶不滿，想必是因爲金額不如預期。

「好像是跟銀行借錢時投的保。」雅也說。

「那時候是爲了擴廠吧。」

「嗯。」一九八六年，整個日本正開始意氣風發的時候。

俊郎點個頭，合上檔案夾，向空中吐了幾次hi-lite的煙，又出聲叫雅也。

「現在還欠多少債？」渾濁的眼珠似乎閃過一道光。

「兩千萬……左右吧。」

上週才和債權人談過，當時雅也也在場。

「這麼說，把債全部還清也還剩一千萬吧。」

「算是這麼算，實際上會怎樣就不知道了，又不曉得保險金會不會全數照給。」

「會吧！又不是死得不正常。」

雅也沒應話。心裡很想說，那樣不叫不正常，不然叫什麼？

「我跟你說，阿雅，你可能也聽說了。」俊郎把手伸進上衣口袋。

雅也早料到他會拿出什麼。果不其然，俊郎手裡拿著一個牛皮紙信封，從中取出仔細摺好的文件，攤到雅也面前。

「你媽還在世的時候，大概三、四年前吧，來拜託我說無論如何需要一大筆數目，我就湊了四百萬給她。現在這麼不景氣，又不好向自己姊姊討債，就拖到今天，可是我自己也快撐不下去了。」

俊郎是眼鏡鐘表盤商，主要供貨給神戶、尼崎等地的小商店，開著輕型小貨車來回奔走，以量取勝。然而泡沫經濟破滅之後收入大減，因為下游小商店的客戶也都無力繼續進貨了。

只不過，雅也記得禎子曾提過，這不是俊郎周轉不靈的唯一原因。據她說，俊郎自從玩股票嘗到甜頭之後，便忘了該腳踏實地地工作。

「我是眞的很不想提這件事，」俊郎擺出一臉苦相，搔搔頭說：「可是我也跟人家借了錢，而且是跟不太好惹的地方借的。再不還，不知道他們會怎麼對付我，我實在是走投無路了。」

「我知道了。」雅也點點頭，「等還清其他的債之後，跟舅舅借的錢我也會還的。」

「是嗎，聽你這麼說，我就放心了。」俊郎露出黃牙笑了，「實在是因爲對方不好惹，也知道我借了你們一筆錢。要是我不還錢，對方一定會來要你媽那張借據，到時候他們就會來找你的麻煩，我還在煩惱該怎麼辦呢。」

「我會還的。」雅也又說了一次。

「是嗎，那太好了。抱歉哪，這種時候跟你提這些。」俊郎擺出過意不去的表情，指間還夾著 hi-lite 香菸，豎直手掌拜了一下。

之後俊郎喝掉剩下少許的啤酒，就喊睏上二樓去了。這人以前便經常在水原家出入，連客用棉被放在哪個壁櫥都一清二楚。

什麼叫「拜託我說無論如何需要一大筆數目」……

雅也早就聽幸夫講過借錢的來龍去脈。父母在俊郎的慫恿下買了投機型股票，不，應該說是被俊郎投入的股票炒作牽連了才對。他說自己先幫忙代墊，要幸夫寫下借據。借據沒什麼太大意義，只是做做樣子而已啦——他當時是這麼說的。幸夫大概做夢也沒想到會被小舅子坑吧。事到如今，連俊郎是否眞的買賣過那些投機型股票都相當可疑。

雅也再次面朝棺木盤腿而坐，那是葬儀社推薦的棺材裡最便宜的，遺照裡的幸夫一臉空虛。他心想，爸爸臨死之際一定也是這種表情吧。失去了一切，在絕望之中，對將來與自己的存在都不再有信心。

雅也站起身，打開面向工廠的玻璃門，冰冷的空氣迅速包圍了他。他打個哆嗦，趿起腳邊的涼鞋。水泥地面冷得像冰，機油與塵埃的味道嗆鼻。儘管不喜歡這個味道，卻是他從小聞到大的。

仰望天花板，鋼骨屋梁左右橫架。雖然黑暗中看得不甚清楚，他甚至能描繪出上頭鏽斑與油漆剝落的形狀，其中有一塊很像日本地圖。

就在前天夜裡，雅也回到家，只見那日本地圖底下懸著繩子，幸夫上吊死了。

2

親眼看見父親垂掛在屋梁下的身影，奇怪的是，雅也並沒受到衝擊。不，並非完全沒有衝擊，證據就是他手裡的超市袋子掉落地上，人也連忙跑過去父親下方。然而，站在寒冷透骨的工廠裡抬頭望著父親不再動彈的屍體，內心想著「啊啊，我就知道」也是事實。儘管心裡早料到這樣的一天即將在不久的將來來臨，他總是叫自己不要去想。

身體又開始發抖了。雅也穿上掛在牆上的厚夾克。身高一百八十公分的他穿起來嫌短，但相反地，不到一百六十的幸夫穿起來卻像是套布袋。

手一伸進夾克口袋，手指便碰到香菸盒。拿出來一看，是一盒hi-lite，裡面還塞著廉價打火機。菸還剩幾根，也許是幸夫最後沒抽完留下的。

叼起微彎的一根菸，點火，一邊望著牆上「廠內禁菸」的標語一邊吐煙。那是工廠裡還有員工的時候貼的。自從剩下父子倆包辦所有工作之後，幸夫便開始叼著菸操作機械了。

父親的遺物受了潮，味道很差。大約才抽完三分之一，雅也便把菸扔進父親拿來代替菸灰缸的空罐裡。

他一時興起，走近一臺機器。那是一部叫做放電加工機的機器，一如其名，是利用放電現象將金屬加工成需求形狀的裝置。這東西很特殊，也很昂貴，一般的市區工廠裡相當少見。當初買這臺裝置時，幸夫還豪氣地說，這下什麼時候接到離模的工作都不怕了。做夢也沒想到，幾年之後不要說離模，連一般工作的訂單都銳減。

機器旁有個小鐵櫃。他打開鐵櫃門，裡頭的四方玻璃瓶蒙著一層薄薄的灰。拿出瓶子，用夾克袖子擦一擦，Old Parr的字樣隱約可見，搖一搖還傳出液體的聲音。

「怎麼可能啊！聽都沒聽過。」雅也這兩句話，讓一旁的員工也笑了，只有幸夫一臉正經。

「哎，我剛聽到的時候，也覺得一定是騙人的，可是那是製造商那邊的人說的，還說得很篤定，說加工速度會快個兩、三成。」

「人家是在開你玩笑啦！喂，老爸，你可別當眞，太浪費了啦。」

「不試試看怎麼知道。」幸夫還是很堅持，將Old Parr裡的液體猛地往放電加工機的加工槽裡倒。

加工槽內原應注入的是油，在槽內引起放電現象，幸夫卻不知從哪裡聽來在油裡加入威士忌可提高加工速度，而且越高級的威士忌效果越顯著。

然而，不消多久幸夫便察覺自己被耍了。看他不解地歪著頭，雅也等人當場捧腹大笑。接下來好一段時間，機器附近都是威士忌的味道。

雅也打開Old Parr的瓶蓋，直接對嘴喝。緩緩流入嘴裡的液體，有著和當時相同的味道。五年前，泡沫經濟鼎盛。

幸夫爲了將水原製作所提升爲更高層級的工廠而動作頻頻。這家公司原本是以一架中古的車床起家，順利搭上高度成長期的浪頭，一舉成爲金屬加工公司。幸夫的夢想便是向前再躍進一步，讓水原製作所成爲直接承包大企業工程的公司。「做別人的轉包、甚至再轉包是沒有將來的」，這句話是他的口頭禪。

之前雅也一直任職於某家電製造商的工機部，那是製作生產設備的部門，當時他自高職畢業兩年。幸夫會開口要他辭掉公司工作回家幫忙，一定也是有相當的把握吧。的確當時工廠經營得很順利，雅也內心也沒有絲毫不安。

然而如今回頭看，不能否認其實當時公司狀況已經相當吃力了。大多數出口商品由進口當地生產已是當時市場的傾向，東南亞也逐漸成爲競爭對手，於是國內的承包業者不得不大幅削減成本以換取工作。

那個時期，幾乎沒有眞正體質好的公司，每一家都被表面上的數字給騙了，而且對此毫無警覺，在銀行鼓吹下進行設備投資與擴大事業者不知凡幾。

因此雅也並沒有責怪父親的意思。那時候，每個人都得意忘形，誤以爲這場盛宴將無止境地繼續下去。

即使如此，回顧這兩、三年來的家道中落，雅也腦子還是湧上一股暈眩。一開始，以爲沒有工作只是這一、兩天的事；接著，以爲沒有工作的只是自己身邊這些人而已；之後又以爲是哪裡出了錯。當他們知道並不是出了什麼錯，而是日本產業整個開始崩潰時，已經連員工的薪水都發不出來了。

靠著向交情深厚的公司再三拜託而來的工作，要過日子都很勉強了，為數龐大的借款根本無從還起。最好的證明就是，上個月水原製作所的工作就只有高周波硬化用的線圈這一項，敲打銅管加工、上蠟，就這樣，值不了幾萬圓，結果這次過年連年糕都買不起。

前幾天與債權人的會談決定了水原製作所的命運。水原父子手邊什麼都不剩，今後必須決定的，就是何時離開這裡，如此而已。

「走投無路了。」債權人走了之後，幸夫坐在工廠一角，喃喃說出這句話。個頭本就嬌小的他拱肩縮背的模樣，讓雅也聯想到枯萎的盆栽。

預期到父親的自殺而不去想，這種說法並不正確，應該說只是假裝沒發現他的自殺意圖才是。是對誰假裝？不是別人，就是自己。因爲他明白，既然已經察覺，身爲兒子的義務便是盡最大的努力去阻止。

望著父親落魄的背影，掠過他心頭的是「不如死了算了」的想法。他也知道父親保了壽險，因此看到懸梁的父親時，最實在的心情便是：這下得救了。

Old Parr喝光了。雅也將空瓶往地上一拋，四四方方的瓶子只滾了半圈便停下來。望向牆上的鐘，已是天亮時分。

雅也正想上床睡覺而走向房間，腳底突然感到一陣衝擊，他失去了平衡，趴在地上。隨著巨響，地板開始如波濤般起伏，他大驚失色，想轉頭看四周，卻連這點餘力都沒有，他的身體簡直有如自斜坡滾下一般在地上滾動。

身子撞上牆壁停下來後，地面的搖晃依然沒停止，他連忙抓住身旁的鑽床。周遭的情景完全令人難以置信。

鋼骨支撐的牆壁開始大大地扭曲；固定在牆上的黑板、鐘、工具架掉下來，在空中紛飛；重達幾百公斤的機器基座一齊發出推擠的嘰軋聲。

頭頂上傳來破裂的聲音，緊接著無數的碎片掉落下來。天花板崩了。

雅也無法動彈。一部分是基於恐懼，但主要是由於搖晃得太厲害，連站都無法站。他緊靠鑽床，雙手抱頭。地鳴不間斷地響起，如風暴般的塵沙襲擊他的全身，不時聽到爆炸般的聲響。

他透過指縫望向主屋，敞開的入口處可以看見幸夫的棺材，然而，那口棺材已自架上跌落，靈堂也不成形了。

下一瞬間，巨大的塊狀物落下來，屋子整個化爲烏有。前一刻還是靈堂的地方，頓時成爲一堆瓦礫。

雅也不知道晃動持續了多久，即使覺得似乎平息了下來，晃動仍殘留在體內，恐懼也未消退。好一陣子，他依舊蹲著縮成一團。

讓他決心站起來的，是「失火了」的喊叫聲。

雅也一邊環視四周，膽顫心驚地站起身。工廠的牆幾乎全毀，一部分向內傾倒，但牢固的工具機保護了他。身上的厚夾克好幾處被撕裂，所幸他本人沒受什麼傷。

雅也踏出沒有牆壁的工廠，目睹四周的情景不禁愕然。昨日還在的街道不見了；對面本來應該有的大阪燒店、旁邊應該有的木造公寓，都毀得絲毫不見原貌；連哪裡是道路哪裡是房屋都無法分辨。

有人尖叫。雅也望向聲音的來處，一名身穿灰色衣服的中年女子正哭喊著，她的頭也是灰色的。

一回神，雅也才發現除了她之外還有旁人。神奇的是，在此之前這些人的身影完全沒進入他的視野。廢墟的光景正是如此懾人。

中年女子注意到雅也，不顧自己滿臉是泥，向他跑來。

「我的孩子在裡面，請你幫幫忙！」

「在哪裡？」他連忙衝過去。

她所指的是一處屋瓦已完全掉落的民宅殘垣，金屬門框扭曲，玻璃碎片飛散，幾處正冒著煙。

雅也心想，靠他一個人實在沒辦法，但往四下看，卻不見誰有餘力向他人伸出援手，所有人都拚命救助被活埋的家人。

雅也拿起掉落的木材，一點一點除掉屋頂下的瓦礫。這時，蹲著朝縫隙裡張望的女子突然大聲說：

「啊！那個，那是我的孩子！我孩子的腳！」

雅也驚呼一聲，正想探看的時候，先前冒煙的地方突然竄出火柱。

「啊、啊、啊——！」女子瞪大眼睛發出慘叫。火焰迅速蔓延，將她方才蹲著窺看的地方一併吞噬。已經愛莫能助了。女子發出野獸般的叫聲。

這是地獄。——雅也搖著頭向後退。

接下來各處開始冒出火苗。消防隊沒現身，人們眼見家人財產著火卻無能爲力。

水原家的主屋雖全毀但沒起火，雅也茫然地往家裡走去。

俊郎被壓在橫梁底下，面朝上仰臥，動也不動。

某樣東西抓住了雅也的視線，那是自俊郎上衣口袋露出來的一個牛皮紙信封。

雅也小心走過去俊郎身邊蹲下來，從他的內口袋抽出牛皮紙信封。

這麼一來，借款就算清了。——雅也心裡這麼想著一邊看向俊郎，卻倒抽了一口氣。

舅舅的眼睛是睜開的，那渾濁的雙眼正望著他，嘴巴彷彿想求助什麼似地開合。

一股與其說是思考的結論，更像是本能的衝動驅使了雅也。他拿起一旁的瓦塊，往俊郎的頭砸下去，既不遲疑也不害怕。俊郎哼也沒哼一聲，這次眞的閉上了眼，額頭上破了個大洞。

雅也站起身。不必再留在這裡了，反正工廠和家都已經是別人的了。

然而他正想離去時，眼前站著一名年輕女子。

3

她是什麼時候站在那裡的、在那裡做些什麼，雅也全然不知。他能確定的只有一點——自己剛才的所作所爲，這名陌生女子都看到了。

雅也盯著她，一邊站起身。女子看上去約二十四、五歲，身穿奶油色運動服，可能是用來代替睡衣吧；當然，臉上看來是沒化妝，長髮束在腦後；臉蛋嬌小，下巴纖瘦，微微上揚的眼睛睜得大大的，一逕凝視著他，動也不動。

他一步一步緩緩走向她，也不知道自己想做什麼。

這時，地面再度搖晃。

雅也失去平衡，當場雙膝著地。咿軋聲中，身邊豎立的鐵柱倒下；四周建築物倒塌，不斷傳出喀啦喀啦的聲響。

當他回過神時，附近已陷入火海，火勢轉眼變劇。

女子不知何時消失了蹤影。雅也環視四下找了一陣，但在火災的漫天煙塵中，能見度極低。有東西掉落在雅也身旁，是咖啡店的招牌，內含照明的那種。抬頭一看，扯斷的電線從傾斜的大樓二樓一帶垂落下來。

待在這裡太危險了……

他腳上仍趿著涼鞋，開始朝南方走去，因爲那個方向有一所小學。路面扭曲，裂縫處處，而扭曲的道路兩旁，盡是倒塌損毀的民宅與建築；到處都發生火災，人們哭號尖叫；整個地區都起火了，卻不見半輛消防車。雅也也幫忙救出好幾個人，但還有呼吸的卻不到半數。每當觸摸到冰冷的手腳，都覺得這是一場惡夢。

總算出現的消防隊員，眼睜睜望著整片令人不知如何是好的火海，束手無策，所持的滅火裝置完全派不上用場，災民對拿著沒水的水管茫然呆立的消防隊員不斷謾罵。

「你們在搞什麼！快點……快滅火！房子都燒起來了！」

「可是已經沒水了啊！」

「還有人在裡面！快想辦法救人！」

消防隊員與災民爭執不下之間，許多房屋燒毀，許多人死去。雅也的眼裡烙下無數這類光景，終於抵達小學操場。校園裡鋪著藍色塑膠布，從附近逃過來的人們蹲坐其上。

校園一角搬來一張桌子，身穿層層禦寒衣物的數名男子正將紙分發給災民。雅也也朝那邊走去。

「受災情況是？」戴著禦寒帽的中年男子看著他問，手臂上掛著臂章，看來是當地的義消。

「房子和工廠毀了。」

「有沒有人受傷？」

「這個……」雅也略加思索後回答：「我舅舅死了，我想。」

中年男子只皺了一下眉，點點頭。想必出現罹難者已經不是什麼稀奇的事。

「遺體呢？」

「留在原地，因爲被壓在房子下面了。」

「這樣啊。」戴著禦寒帽的男子再度點頭，給了雅也一張紙，那是一張很粗糙的紙。「麻煩在這裡寫下姓名住址，還有受災狀況，盡可能詳細一點，最好地圖也畫一下；還有去世的人的資料。」

雅也借了鉛筆便走了開來，在塑膠布的一端坐下，首先在紙上寫下姓名和住址。

將受災情況大致寫完之後，又加上：「舅舅米倉俊郎死亡」他不記得俊郎的住址和電話。

到了下午，雅也在幾名義消的陪同下回到自家以確認俊郎的遺體。俊郎仍維持地震發生後的模樣，人被壓在梁下，額頭流出的血已變黑變乾。

「眞可憐。天花板崩掉的時候被東西打到頭了吧。」一名年長的義消說。雅也默默點頭。

「沒有別人了吧？」義消問。

「沒有了，不過……」

「怎麼樣？」

「裡面應該有我父親的遺體。昨晚是守靈夜。」

「哦。」義消似乎沒料到這個回答，一臉意外，接著嘴角微微下垂說道：「如果不是地震的罹難者，會稍微延後處理喔，因爲現在得救出活人優先。」

雅也回答這樣就行了。

先將俊郎的遺體送往附近的體育館，雅也也一同前往，只見已有超過二十具的遺體先送達了，家屬神情哀傷地蹲在安放在地板上的遺體旁。

警方一一進行驗屍。在檢視俊郎的屍體時，雅也接受另一名警察的問話。

「跟工廠相連的主屋全毀了，我因爲當時人在工廠裡才撿回一命。」

警察對雅也的說明沒有絲毫懷疑，他們一定已看過好幾具頭破血流的屍體了。

「米倉先生有家人嗎？」警察問。

「他幾年前離婚了，有一個女兒，結了婚，現在應該在奈良。」

「你聯絡得上他女兒嗎？」

「這個嘛，去問一問親戚，應該找得到人吧。」

年老的警察思考般沉默了一下才開口：

「可以麻煩你想辦法聯絡上他女兒嗎？不然就要看看有沒有其他人能領回他的遺體。」

「我是可以試著聯絡，可是就算想打電話給親戚，我現在手邊也沒有電話號碼，可能要花點時間。」

「總之試試看吧，現在都很難聯絡得上。」警察一臉憂鬱地說。或許他家裡也發生了什麼災情吧。

驗屍三兩下便結束了。陸續有屍體被送進來，看來在這種狀況下，負責人員也無暇一一仔細查驗。其實就算查驗了，也不可能驗出俊郎前額遭瓦片強烈撞擊的原因。

雅也留下俊郎的遺體，走了開來。有一區由直立並排收放的桌球檯如牆一般隔出的空間，他繞進去那一區裡頭。好幾群看似一家子的人們，疲憊不堪地坐倒在那兒，每個人都是一身睡衣外披毛毯，衣著單薄，靠在一起以彼此的體溫取暖。

雅也在角落坐下，背靠著牆。所有的一切都不像現實。城市突然毀滅，大批人死亡，接下來一定會出現更多罹難者。這個世界到底是怎麼了？自己今後又將如何？

處在對於未來的茫然不知所措之中，他回想起砸上俊郎頭部的觸感。那件事也像做夢。他甚至懷疑起自己的記憶，不確定自己是否真的那麼幹了。

又有新的屍體送來了。這次是兩具，就並排放置在雅也的身旁。屍體被毛毯裹住，看不出致死的原因。

過了一會兒，方才那名警察連同一名女子走了過來。一看到那女子，雅也全身僵直了起來。殺死俊郎時，站在一旁的就是她。

4

雅也迅速移動到桌球檯後方藏身。

「妳叫什麼名字?」警察問。

「新海美冬。嶄新的新,海洋的海。美冬是美麗的冬天。」女子細聲回答的聲音傳進耳裡。

新海——雅也對這個姓氏有印象,工廠旁的公寓裡就住著一對姓新海的夫婦。他認識戶長,幾年前年底區內輪值巡夜時,他和新海先生排在同一組。六十歲左右的年紀,身形瘦削,據說才剛從公司退休,人顯得很有氣質,十足精英分子的模樣,不知爲何卻住在破舊的小公寓裡。

「那麼,死去的是妳父母?」警察繼續詢問。

「是的。睡覺的時候,天花板崩落下來……」

「可以告訴我房子的隔間嗎?」

「我只知道大概……呃,我本來不是住在那裡。」

「啊,那之前是在?」

「東京。不過那邊的房子我已經退掉了,正打算搬過來和父母一起住。」

「這樣啊。」

接下來問答仍持續,警察與女子的交談聲越來越低,很難傳進雅也耳裡。聽起來,女子除了雙親被建築物壓死之外其實說不出什麼了,也不清楚自己爲何能夠撿回一命。

警察問完話之後,那個名叫新海美冬的女子在雙親的遺體旁坐下。雅也在桌球檯暗處確認她沒有進一步行動之後，離開了那一區。

先前拖出俊郎屍體時，雅也從廢墟中隨身帶走的財物只有錢包，裡面有三萬圓出頭。守靈時將收到的奠儀當場收進錢包裡果然是智舉。他一面觸摸著確認錢包在口袋裡，一面走出體育館，想趁現在去籌備糧食。

然而，商店不是震毀了就是大門緊閉，都沒有營業。勉強逃過一劫的便利商店門前大排長龍，看來即使排了隊，買到食物的希望渺茫。雅也走到雙腳失去知覺，最後還是回到原先的體育館。

體育館裡逐漸擠滿前來避難的人。供電仍未恢復，隨著太陽下山，四周越來越暗。而更難忍的則是寒冷，就連穿著厚夾克的雅也，身子一不活動就會全身發抖，牙齒直打顫，可想見一身睡衣逃出來的人正忍受的痛苦定然非同小可。

飢餓、嚴寒與黑暗，壓迫著身心俱創的受難者；餘震又不時來襲，每當地面一搖晃，體育館內便響起悲鳴。

入口附近傳來聲響，幾個人拿著手電筒進來館內，其中一名拿起擴音機說了幾句話，意思是現在即將開始分發食物，得救般的歡聲跟著響起。

「數量有限，所以每一戶的配額是茶一瓶，麵包兩、三個，請大家忍耐一下。」一名應該是區公所職員的年輕人說。

抱著紙箱的職員來到每一戶人家，詢問人數之後，發給麵包與罐裝茶飲。

「我們不需要茶，可不可以給我們水？要餵嬰兒喝奶。」就在雅也身邊的一名年輕男子問職員，他身旁有名女子抱著襁褓中的嬰兒。
「對不起，現在只有這個。」職員語帶同情地回答。
職員來到雅也這邊。
「我只有一個人，給我麵包就好了。」
「是嗎，那眞是謝謝你了。」職員低頭致意，給了他一個袋裝麵包。是紅豆麵包。
雅也正要打開袋子，旁邊一戶人家的對話傳進耳裡。
「別吵了，數量不夠也沒辦法呀！忍耐一下。」女人正在罵孩子，應該是母親吧，孩子有兩名，差不多是小學高年級和低年級的年紀，都是男孩。母子三人好像只分到兩個麵包。
「我肚子餓了啊！只有這麼一點點不夠啦！」吵鬧的是弟弟。
雅也嘆了口氣走過去，把紅豆麵包遞到母親面前，「這個給他吃吧。」
母親驚訝地連連搖手。
「這怎麼可以……，你也沒吃吧？」
「沒關係。」說著，雅也看著男孩，「別哭了。」
「眞的可以嗎？」母親問。
「請吧。」
母親再三道謝，雅也充耳不聞只是走回原處。肚子餓雖不好受，總比聽孩子哭叫來得好。
每一戶人家都愛惜地吃著分配到的食物。這個光景當中，有人抱著膝蓋一直盯著雅也看。他心頭一驚，因爲那個人不是別人，正是新海美冬。

與雅也的視線一對上，美冬立刻低下頭，將臉埋進環著膝的雙臂中。雅也也將視線從她身上移開。

數小時前的光景又在腦海裡甦醒。打破俊郎的頭的觸感，流出來的血……

自己爲什麼會做出那種事呢？他雖然討厭俊郎，卻從未想過要殺他。

看到俊郎被壓在殘垣底下，他以爲人已經死了。看到從上衣露出來的牛皮紙信封，他心想，借款就此一筆勾消了。要說當時他腦袋在盤算的事，頂多是如此而已。

然而俊郎的眼睛睜開了。舅舅沒死。發現這一點時，雅也的大腦混亂了，接著混亂變成驚慌，腦中一片空白拿起瓦片便往下砸去。

雅也朝美冬瞥了一眼。她仍維持剛才的姿勢。

新海美冬目擊了那個瞬間嗎？

地震的威力太過震撼，雅也一直沒有餘力去想這些，然而現在只是稍微安頓下來，他便滿腦子想著這件事。

那女的看到我殺了俊郎嗎……？

當時的直覺是被她看到了。她所在之處距離雅也不到十公尺，事情發生在地表上的一切崩壞之後，因此兩人之間沒有任何遮蔽物，更何況雅也還和她四目相對。她那滿臉驚異的表情，深深烙在他的視網膜上。

然而，若她眞的目擊了那場面，應該會告訴警方吧？也許雙親去世的打擊，使得她現在的精神狀態無暇顧及他人。但事關人命，不是應該另當別論嗎？或是她說了，只不過得知這件事的警察並沒採取行動？的確，警察現在恐怕也無暇處理每一樁案件，但總不會連命案都不管吧？再說要查出嫌犯輕而易舉，只要依據她的證詞前往現場調查，應該立刻就能查出命案被害人爲米倉俊郎，這麼一來，辦案員警至少會過來找雅也問話。

搞不好她其實沒在看……

這個可能性也不小。就當時的狀況推論，她應該才剛逃離被地震震垮的公寓，一定還搞不清發生了什麼事，手足無措；而且深怕餘震來襲，不知如何是好而陷入恐慌。換句話說，她的眼睛雖然望著雅也這邊，卻不見得將一切看入眼底，處於視而不見的精神狀態中——這是極有可能的。

再說，本來就不是很肯定從她的位置能否看得見這邊。俊郎被埋在瓦礫中，她也可能被瓦礫擋住視線而看不見俊郎。也許她看到了雅也舉起瓦片，但看不出來他拿瓦片砸什麼吧。

雅也懷疑自己把事情想得太稱心，正打算再次窺探新海美冬的舉動，耳旁傳來鄰人的對話。

「吶，我看我還是回家一趟看看好了。」一名中年男子悄聲說。

「不要啦，好危險……」回答的是一名中年女子，看來兩人是一對夫妻。

「可是山田先生家好像也遭殃了。」

「被偷了什麼？」

「收銀機裡的錢一毛不剩，最貴的東西也沒了。」

「就是有人專挑這種時候幹壞事！眞不知道他們是什麼時候下手的。」

「什麼時候都行吧。我們不也是門沒鎖就出來了。」

「話是沒錯，可是是你說鎖上不上都一樣……」

「難道不是嗎？牆都倒了，在那種狀態下屋子還沒倒才神奇哩。」男子發牢騷似地說：「不過這下房子無論如何都得重建了。」最後一句話不像是對妻子說，比較像是自言自語。

「存摺和印鑑我帶出來了。」妻子說。

「除了那些，還有一些東西也應該帶著比較好吧，像股票那些啊。」

「那些有人要偷嗎？」

「難講。」男子嘖了一聲，又嘆了一口氣，「還是回去看一下比較好吧。」

「不要啦！現在還有餘震呢！要是你一進去屋子就被震倒怎麼辦？」

「會嗎？」

「有可能呀！你也看到佐佐木家了吧。」

雅也聽下來也明白兩人在談些什麼。看樣子是有人趁火打劫，大概是闖進倒塌或幾近全倒的房屋搜刮值錢的物品。就算報警，這時候警方也不可能全力抓賊。對宵小之輩來說，正是大撈一筆的好時機。

雅也回想家裡是否放了值錢的東西。存摺無關緊要，反正裡頭沒多少錢，頂多就是那個收著所有保單的檔案夾，不過那也不至於非得現在去取出來不可。

雅也感到尿意，便站起身來。旁邊那對夫妻仍絮絮不休地談著小偷發地震財的話題。

由於沒有照明，往外走還要留心不撞到人眞是困難重重。走廊上也漆黑一片，他沿著牆走，只見廁所前人滿爲患。

「怎麼了嗎？」雅也問一名戴著棒球帽的男子。

「哦……，廁所好像不能用了。沒水本來大號那邊就沒辦法用了，現在好像連小號的都塞住。這下慘了，接下來該怎麼辦唷。」頭戴棒球帽的男子露出無力的淺笑。

一對中年男女從旁邊走過。

「我決定盡量不吃東西了。」看似妻子的女子說：「要我到外頭去上廁所，我寧可餓肚子。」

「可是不保持體力不行啊。」

「我知道，但是廁所又不能上……」

大概是想不出適當的回答吧，像是丈夫的男子只是沉吟。

雅也來到外頭。體育館前方燃起了火堆，看樣子是有人拿倒塌房屋的木材來燒。人們在火堆四周圍成一圈，其中也有老人和小孩的身影，被火光照亮的每一張臉與火焰的鮮紅形成對比，臉色灰暗，少有人開口說話。

體育館旁有樹叢。雅也走進去，隨便找個暗處上了小號。不遠處也有個男人面向樹站著。雅也心想，男人還好，可以這樣解決，女人就麻煩了。

正準備回體育館時，有個女子走出館外。當他發現那正是新海美冬，頓時停下腳步，連忙往圍著火堆的人群後方藏身。

美冬只是朝火堆看了一眼，便從前面走過。她一身運動服，披著一條小毛毯當斗篷。

雅也離開火堆旁的人群，尾隨著她。

雅也想叫住她。萬一她的確目擊了他殺人，見到他是不可能保持平靜的。她一定會逃跑吧，到時候他勢必得攔住她，無論如何都要向她解釋清楚。該怎麼解釋呢？說那看起來很像殺人，但其實是她誤會了嗎？或是將俊郎的惡行告訴她，解釋說他是不得已的？

雅也理不出個頭緒，繼續跟在美冬身後。跟得太近怕被發現，但離得太遠又可能會跟丟。隨著離火堆越來越遠，黑暗也越來越濃。她手上拿著一個小小的手電筒，在腳步前方落下一個光圈，剛好成了雅也的指標。

美冬突然彎進岔路，角落有一棟小小的樓，彷彿壓壞箱子的外形在黑暗中形成剪影。雅也一走近，涼鞋底下便踩到了什麼，原來腳邊散落著無數的玻璃碎片，大概是窗戶被震碎了吧。

雅也看著美冬走進大樓。他猜得出她的目的。沒多久前他才在想，廁所不能使用對女人一定很不方便。

他心想，這樣就不好意思叫住她了。她一定也希望在回到體育館之前，一路上都不要遇到任何人吧。可是在有旁人的地方和她談，對雅也來說太危險了。

她看到了嗎？還是沒看到……？

明知再怎麼想也無濟於事，種種思緒還是不斷在腦海裡打轉。他無論如何都想知道答案。

正當他視線轉向美冬走進的那條巷子，突然傳來小聲尖叫，緊接著是又低又狠的說話聲，然後是東西滾落的聲音。

雅也連忙衝進小巷，黑暗中幾道人影在地上糾纏，打亮的手電筒掉落地面。

他看到一個男人的背影，穿著一身黑色的衣服；接著他發現那男人雙手抬起的東西是白色的腿。男人正要脫掉那雙腿上的衣物，只見兩條腿像游泳似地在空中掙扎。雅也立即明白這是怎麼一回事。

「你幹什麼！」

他趕上來的同時，從身後朝男人胯下一踢。男人呻吟著向前倒下。這時他才知道被男人壓在底下的正是新海美冬，而她的嘴被東西塞住，而且還有另一個男人按住她的雙手。

第二個男人出手攻擊雅也，拳頭打在雅也臉上，但除了那人嶙峋的指節造成的疼痛，衝擊並不大。雅也調整好姿勢，朝那人的肚子一頭撞去，待對方一倒下，便騎到他身上，雙手猛打他的臉。

這時雅也的脖子突地被人從身後勒住，大概是胯下挨踢的男人反擊了。雅也抓住對方的手想從脖子上拉開。

傳出一聲悶響，對方的力道突然減弱，雅也趁隙手肘使力送他側腹一拐子。站起身來，只見男人雙手抱著頭。

美冬正站在男人身後，雙手拿著像是水泥殘塊的東西。看來是她拿那個打了男人的後腦。有那麼一瞬間，雅也與美冬的視線在空中交會，產生了數分之一秒的沉默與停頓。這給了那兩個暴徒機會，被雅也痛毆的男人拔腿就跑，另一個也抱著頭連忙跟上去。雅也本想追過去，還是作罷。就算抓到強暴未遂的現行犯，警察也不會多認眞處理吧。

「沒有……」話問到一半，雅也垂下了眼。她赤裸的下半身在手電筒的燈光下白得顯眼。等她整理好衣服，雅也抬起頭來。

「沒有受傷吧？」重新問了一次。

她微微點頭，拾起掉落腳邊的手電筒。

「妳的心情我明白，可是單獨行動不太好，那種人四處亂竄防不勝防。而且妳拿著手電筒，等於是告訴他們獵物就在這裡啊。」

美冬沒有回答，也許是連聲音都發不出來了。

「回體育館吧。手電筒給我，我走前面，妳跟在我後面。」

但她卻往後退了幾步，就這麼跑走了。手電筒的燈光搖晃著遠去。

雅也正打算離開，又停下腳步，因為腳下踩到一個柔軟的東西。撿起來一看，是她披在身上的毛毯。

回到體育館，只見增加了數個火堆，顯然是耐不住寒冷的人開始有樣學樣。

新海美冬坐在離火堆人群不遠的一張長椅上。和在體育館內一樣，她抱著膝，臉埋進雙臂裡。

雅也走過去，從身後幫她披上毛毯。她嚇了一跳伸直背脊，看到是他，露出倒抽一口氣的神情。

「怎麼能忘了重要的毛毯呢。」

雅也盡可能以輕柔的語氣說，然而美冬的表情僵硬依舊，雙手抓住毛毯兩端，像要保護自己似地緊緊在身前拉攏。

「要不要到火堆旁去？在這裡很冷吧？」

她只是向火堆望了一眼，很快又垂下雙眼。

雅也看了看圍住火堆的人，明白了她的心情。汽油桶四周幾乎都是成年男子，不見孩子和年輕女子的身影。

「沒關係的，他們跟剛才那幾個傢伙不一樣。現在每個人顧自己的事都來不及了。」

但她仍低著頭不肯作聲。雅也在她身邊坐下，感覺得出她繃緊了全身。

「不然，我陪妳……」

雅也說到這兒，美冬突然站起身，往前踏出一、兩步之後，轉身面對他說：

「謝謝你幫我撿回毛毯。」

接著行了一禮便邁步走開了。只不過她並沒有走向火堆，而是直接走進體育館去。

5

幾乎一夜沒睡，天便亮了。雅也在體育館的角落縮成一團，雖然拿了撿來的報紙裹住全身，但木頭地板冷得像冰，區區報紙是無法保暖的。

人雖醒了，卻沒力氣起身。空腹感已達到極限，四周的人們似乎也一樣，站起身的只有幾個人。

而能夠令他們全體有所行動的，終究是那令人發毛的餘震。地板前後左右搖晃的同時，所有的人伴隨著尖叫聲站起身子；年幼孩子「餘震、餘震」的叫聲傳入雅也耳裡。

一整天沒吃沒喝，尿意卻執意來訪。雅也走出體育館，外面依然有人群圍著火堆。

在與昨天幾乎同一地點方便過後，雅也決定回家一趟拿替換的衣物和食物。

來到馬路上環顧四周，他深深地嘆了口氣，再次認清市街毀壞並不是夢，而是不爭的事實。所有稱得上是屋子的屋子都化爲瓦礫，電線桿傾倒，電線垂落，大樓攔腰而斷，數不清的玻璃碎片散落馬路上，燒成焦黑的建築也不在少數。

空中有直昇機。雅也猜想一定是電視臺派來的，他們將這片情景配上記者激動的報導播放至全國，觀眾看了之後，想必是驚愕、擔心、同情，最後撫胸慶幸自己沒有身受其難。

走到水原家還有一段不算短的距離，雅也趿著不利行走的涼鞋，默默地一步步移動雙腳。所到之處盡是殘垣斷壁，有時建築物旁會出現人影，一些人仍待在現場號哭；有人呼喚著名字，可能是家人仍活埋其下。

途中經過一條小小的商店街，但那裡也已經不見商店街的樣子了，幾乎所有的店都被震壞，招牌掉落，看不出是經營什麼的店家。

只有一家鐵門是拉開的。是一間藥局，裡面一片昏暗。

走近一看，玻璃門被拆掉了。雅也怯怯地出聲：「有人在嗎？」

沒有回應。他小心翼翼走進店內。店內瀰漫著藥品的味道，大概有藥瓶打破了。

看了店內一圈，幾乎什麼商品都不剩，殘存的都是內服藥。一定是很多人在地震中受傷，外傷用藥昨天就賣光了吧。面紙、衛生紙、牙刷等生活必需品想必早就斷貨了；應該是放營養補充飲品的小冰箱也是空的。

有人在嗎？雅也又問了一次，卻感覺不到人的氣息。老闆也避難去了吧。

兩包應該是贈品的小包面紙掉在角落，雅也撿起來放進夾克口袋，走出店門。

才走沒幾步，右手腕便被抓住。一回頭，一名年約四十的肥胖男子正瞪著他，手上拿著高爾夫球桿，身後還有一人，年紀與前者相當，手上握著的是金屬球棒。

「你在那家店裡幹什麼？」手持球桿的人問道，眼鏡後的眼神變得銳利。

「什麼都沒做啊。我在想裡面不知道有沒有賣東西，進去看看而已。」

「你拿了東西放進口袋，我看到了。」拿球棒的人說。

雅也雖感到厭煩，還是掏出小包面紙擺到他們面前。那兩人互看一眼。

「不然，你們要搜身也可以。」雅也舉起雙手。

拿球桿的人臉色很難看，還是點了點頭。

「看來是誤會了。抱歉，別怪我們，因爲昨晚起就一直沒好事。」

「聽說有人趁亂偷東西啊。」雅也說。

「實在不像話，報警警察也不理，只能自己保護自己了。對小哥你實在不好意思，多擔待啊。」

雅也搖搖頭。他無法責怪他們。

「幹壞事的不只小偷，」雅也說：「還有人對女人下手。」

那兩人並沒有意外的神情，拿球桿的一臉苦澀地點點頭。

「小哥身邊也有人遭殃嗎？」

「還好是未遂。」

「那就好。聽說昨晚就有兩人受害，都是去上廁所的時候被盯上的。女人不能站著方便，只好到沒人的地方去吧。」

「這些事警察也裝作不知道，那些傢伙就是看準了這一點爲所欲爲。」拿金屬球棒的忿忿地說。

穿過商店街，又走了一陣子，開始看到許多人自毀壞的民宅搬東西出來的光景。雅也心想，即使有人像這樣取走別人的東西，只要不是太過分，大概不會被抓吧；而就算有人蓄意偷竊而四處徘徊張望，也不足爲奇。

然而，雅也又想，自己有資格指責這些趁地震混亂中爲非作歹的人嗎？再怎麼說，自己可是殺了人。

總算回到自家附近。四下還籠罩著黑煙，大概是剛才還有地方起火吧。沒有消防隊來過的跡象，可能就任憑火去燒了。

工廠仍是昨天最後看到的模樣。牆倒了，只有鋼骨的柱子勉強站立，工具機被埋在掉落的天花板碎片裡。

主屋全毀，原本放置父親棺木的地方遍佈屋瓦。折斷的木材、破碎的牆堆出一座小山。

雅也清開玄關處的瓦礫，先找出運動鞋。鞋面滿是塵土，但沒破損。他脫掉涼鞋換上這雙，開始進行下一個作業——尋找食物。

正想清掉廚房附近的瓦礫，手卻停了下來。倒下的冰箱整個露在外頭，昨天並不是這樣的。

他心頭一凜，打開冰箱門。果不其然，本來應該在裡面的食物蹤影全無，只剩調味料和除臭劑。冷凍食品、香腸、起司、罐裝啤酒、沒喝完的烏龍茶全都消失，連醃梅子和醬菜都沒了。

原因想都不必想，東西是被飢渴的人偷走的，他不由得咒罵自己的糊塗，竟然以爲家裡沒有值錢的東西就放心了。因爲換個角度來看，家裡有的是比錢更重要的東西。

全身變得像鉛一樣沉重，連站的力氣都沒有了。他當場蹲了下來。香腸的包裝袋就掉落在眼前，那一定是幾天前他去買來放在冰箱的那些香腸。

正當無力感讓他想抱住頭時，旁邊似乎有人。一抬頭，新海美冬就站在那兒。雅也太過吃驚，整個人差點沒向後倒。

「這個，不嫌棄的話，請用。」表情依然僵硬的她伸出雙手，手上拿著的是保鮮膜包著的飯糰。

6

米倉佐貴子進入災區是在大地震後第三天。從奈良經難波到梅田，一路都很順暢，但接下來才是難關。電車班次少，而且只到甲子園，之後只能步行。

趕往災區的人個個都帶著大行李，背著登山背包的人也不少，想必是爲受災的家人朋友運送物資。佐貴子也預防萬一在包包裡放了自己的換洗衣物和簡單的餐點，但她完全沒考慮到要爲誰帶東西，一心只想著如何盡早脫離這麻煩的狀況。

地震發生當時，她正在奈良家裡睡覺，雖然感覺到搖晃，沒想到是場大地震。一直到丈夫信二打開電視，才曉得事情有多嚴重。看到倒塌的高速公路像條大蛇般癱瘓在地，她心想這一定是哪裡搞錯了。

她在阪神地區有許多朋友，但第一個想到的畢竟是父親。俊郎獨自住在尼崎。電話完全不通，打給住在大阪的親戚也一樣。到了下午，好不容易才打通某一家親戚的電話，那時候已得知這是場空前大災難了。

親戚家並沒有受到太大損害，但他們也不清楚俊郎的安危。

佐貴子正愁不知如何是好，親戚阿姨在電話那頭說：

「對了，昨晚是守靈夜嘛！妳也知道的，水原家。」

「哦。」

她這麼一提，佐貴子也想起來了。她從俊郎那裡聽說水原姑丈死了，但平日跟他們幾乎沒來往，所以也沒有致電弔唁的意思，聽過就算了，只是俊郎曾在電話裡提過守靈時要過去。

水原家也聯絡不上。佐貴子是在翌日傍晚得知父親的死訊，因爲電視上播報了俊郎的名字。

她試圖問出俊郎的遺體安置於何處，但打電話到哪裡都是通話中，一時之間毫無進展，好不容易昨晚總算得知安置地點，是大阪的親戚打電話通知的，說水原雅也和他們聯絡上了，俊郎果然是在水原家中遇難的。

她無法聯絡上雅也。親戚雖然已將佐貴子的電話轉告他，但雅也說他人在避難所，要打電話恐怕很不方便。

到了甲子園，她沿著鐵路開始走。很多人和她同路。望著那些哀傷的背影，她覺得猶如置身戰場，四周的景象與以前在照片裡看過的空襲後的街景一模一樣。

俊郎的死雖突然，她卻不認爲是晴天霹靂的悲劇，老實說，她反而有種解脫的感覺。當得知地震災情慘重時，她想立即知道俊郎的安危，也是因爲內心抱著父親也許會罹難的期待。

佐貴子不喜歡父親。他的酒品很差，工作也遠遠稱不上認眞，因此與妻子口角不斷。佐貴子的母親是個性很倔的女人，出外打工多少能賺到錢之後，便老實不客氣地罵起丈夫來。後來有次俊郎動粗，雙方便一路談到分手，彼此應該早就看對方不順眼了吧。

佐貴子沒有與父母親任何一方同住，那段期間她已認識現在的丈夫，過著半同居的生活，因此不愁沒地方住。之後除非特殊情況，她從不與雙親碰面。母親似乎期待著女兒會關心自己，但佐貴子極力忽視母親，她不認爲跟那種父母扯上關係對自己的將來有任何幫助。即使如此，母親有時還是會趁信二不在時來家裡，每次來找她都是要錢，而且總要狠狠痛罵俊郎一頓才甘休。

俊郎不會來找她要錢，但年老之後巴望佐貴子照顧的企圖昭然若揭。信二在奈良經營酒吧，佐貴子也一起幫忙店裡，俊郎大概是以爲他們賺了不少錢吧。

結果走了一個多小時，總算來到安置俊郎遺體的體育館。外面人很多，有人圍著火堆，有人緊抓著救難乾糧，哭號聲此起彼落。

有一處聚了一群人，她也湊過去看，原來是一張小桌子上擺了圖畫紙，紙上貼著幾張照片，說是地震剛發生時拍的，畫質很粗糙。她正覺得奇怪，看到寫在一角的文字才明白，上頭寫的是：「地震剛發生時以攝影機拍攝的部分畫面　意者請洽——」，聯絡地點寫的是大阪，看來拍攝的人已經離開這裡了。

有個年輕人戴著臂章，佐貴子向他詢問遺體的所在。那名年輕人帶她到體育館角落，那裡並排了數十具屍體，有些已放入棺木中，但還有許多僅以毛毯包裹。

屍體旁附有紙張註明身分，佐貴子望著一枚枚的紙張前進。腳底冰冷極了，而且空氣中有股惡臭，可能是屍體已經開始腐爛了。

「佐貴子！」

有人喚她。一抬頭，有個身穿骯髒綠色厚夾克的男人站在那裡，頭髮油膩糾結，鬍子也沒刮，臉色很差，雙頰消瘦。佐貴子花了好幾秒才認出那是自己認識的人。

「啊，雅也，情況好嚴重啊。」

「妳怎麼過來的？」

「從甲子園走來的，我的腿都僵了。我是來……」

「我知道。舅舅在這邊。」雅也大拇指往後一指，轉身帶路。

俊郎的遺體用毛毯裹著，一打開便有白色煙霧狀的東西冒出來，原來裡面放了乾冰。

俊郎的臉呈灰色，雙目緊閉，感覺與其說是安詳，不如說是毫無表情。佐貴子心想，和櫥窗人形模特兒給人的感覺一樣。她看到死人的臉並沒特別的感覺，但俊郎身上那件熟悉的衣服，卻稍稍觸動了她的心。不知有多少次，她目送父親穿著這件破爛外套的背影出門。

淚腺微微發熱，她取出手帕按了按眼睛。連她自己都爲流淚感到意外，但這麼一來，心情清爽多了。

「地震時，舅舅睡在我家二樓。可是妳也知道，我家那麼破爛，天花板、牆壁全塌下來把舅舅壓扁了。聽說頭部的傷是致命傷，推測應該是當場死亡。」

聽了雅也的話，佐貴子默默點頭。俊郎的額頭蓋了一塊布，當時大概滿臉是血吧，她想像著。

「得辦喪事才行。」合掌拜過之後，她吐出這句話，內心只覺得好麻煩。

「現在沒有瓦斯，所以火葬場全都歇業，沒辦法在這邊辦。」

「那……該怎麼辦？」

「只好回佐貴子家辦了吧？昨天開始就有很多人把遺體運往外地去，聽說原本規定是不能私自搬運遺體的，可是現在非常時期，好像只要向區公所申請就可以了。」

「搬？開車搬嗎？」

「也只能這樣了吧。佐貴子，妳家裡有車吧？」

「有是有……」

「那就好。我是很想借妳車，可是我家的車被電線桿壓壞了，實在是倒楣透頂，很頭痛啊。」

我才頭痛呢！佐貴子很想這麼抱怨。信二也討厭俊郎，所以今天才不肯和她一起跑這趟。「妳隨便在那邊弄個火葬，骨灰也別拿回來，找間廟寄放就好。」她出門的時候，信二是這麼說的。

如果要在奈良家裡辦葬禮……

信二鐵定會氣得暴跳如雷。更何況要自行搬運屍體，就得動用他的愛車，她實在不認為他會答應。

「區公所的手續馬上就能辦，他們在這邊設了臨時辦事處。」

佐貴子對雅也的話不置可否地點點頭。他是基於好意才這麼說，但以她目前的心境聽在耳裡，雅也根本是多管閒事。其實他把俊郎的遺體自瓦礫中拉出來搬到這裡，就等於是給她找麻煩。當時若放著不管，搞不好早被當成無名屍處理掉了。

佐貴子心想，必須設法說服信二才行。為此她需要誘因。

「雅也。」她抬頭看他，「我爸爸的行李呢？」

「行李？」雅也搖搖頭，「沒有啊，那天舅舅只拿奠儀來，沒帶行李。我記得他是空著兩手來的。」

「錢包或駕照之類的呢？應該還有家裡的鑰匙吧。」

「錢包在我這兒。」雅也從厚夾克口袋拿出一個黑色皮夾，「其他的應該都還在舅舅口袋裡。因為錢包會有人偷。」

「也許吧。謝謝。」她接過皮夾，看看裡面，只有幾張千圓鈔。她內心是懷疑的，卻不好意思問。

「如果想要遺物，還是跑一趟舅舅家比較好吧，不過尼崎的災情好像也很嚴重，不知道房子有沒有事就是了。」

「也對。那個……雅也，不好意思，可以讓我一個人靜一靜嗎？」

「噢，好。抱歉。」

雅也大概是以為打擾了她與亡父的單獨相處，一臉歉意地離開。

確定他離開之後，佐貴子翻遍俊郎上衣的口袋，從長褲口袋裡找出皺巴巴的手帕和鑰匙，但也只有這樣了，上衣內口袋裡什麼都沒有。

她正感不解，驀地覺得有一道視線。往前一看，與一名陌生女子對上了眼。女子的頭髮束在腦後，年約二十五歲，身穿奶油色運動服，外披羽絨夾克。她似乎也是罹難者家屬。

那名女子當場垂下眼睛，之後也不像是特別在注意佐貴子。佐貴子回過頭想想，或許她剛才並不是在看自己。

她又搜了一遍俊郎身上的衣物，沒找到要找的東西。

怪了……

俊郎打電話來說要去水原家守靈夜時，說了一件奇怪的事——他將有一筆不小的進帳。

「之前也跟妳提過，他們家跟我借了一筆錢，連利息在內應該有四百萬。之前他們還不出來，現在就沒問題了吧，因爲幸夫應該保了壽險。」

佐貴子知道有這筆借款，但並不曉得其中的原由。她猜也猜得到，反正一定是俊郎把幸夫姑丈拉進自己的投機買賣當中了。

「可是他們家也欠別人錢吧？還了之後不就沒錢還爸爸了？」

「所以我才要在守靈夜就去盯住雅也啊！我可是有正式文件的，拿給他看，他就會認帳了。」

「守靈夜去跟人家提這個？」

「沒辦法啊！不機靈點就會被其他債主搶走了。這下子我欠的債就能還清啦，眞是謝天謝地，往後也不會連累妳了。」

聽起來就是一副「所以，以後妳可別拒我這老爸於千里之外」的口吻。

佐貴子本來一直認爲這事不關己，事實上她根本忘得一乾二淨，是在得知俊郎死在水原家時，信二的一句話才讓她又猛然想起。他是這麼說的：「反正他死了，也不會有什麼財產留給妳。」

佐貴子暗忖，要是現在有四百萬，幫助可不小。店裡生意很差，幾年前什麼都不必做就會客滿，但現在一天只有一、兩桌客人的狀況已不是什麼新鮮事。爲了降低人事成本，減少小姐的人數，結果客人反而更不願意上門。

其實佐貴子今天還願意特地跑來這種地方就是打那筆借款的主意，否則她才不想來。本來正想打電話給母親跟她說那是妳的前夫，妳自己想辦法處理吧。

要是把這四百萬的事告訴信二，他應該就不會反對幫俊郎辦喪事了。又不必辦得多隆重，火化就行了。

可是這麼說來就得先拿到借據才成。沒有正式的文件，光說「我爸爸應該借了一筆錢給你們」就要人家還錢，是不會有人理會的。

佐貴子站起身離開遺體旁。怎麼會找不到借據呢？那天在電話裡，俊郎的確說他要讓雅也看借據的，既然這樣，他沒帶在身上就很奇怪了。

「佐貴子。」一來到走廊上，雅也便趕過來，「我去要來的。」說著把線香遞給她。

「啊，謝謝。」佐貴子望著接過來的線香，抬起頭來，「雅也，我爸爸有沒有帶著東西？」

「什麼東西？」

「像是文件之類的。」她仔細觀察雅也的表情。

「文件嗎？我不知道欸。」

「你沒看到？」

「嗯。」

「這樣啊，我知道了。不好意思，沒頭沒腦問你這個。我去上個香。」佐貴子轉身再度走進體育館，一邊走回俊郎的遺體旁，心裡一路懊惱：被他搶先一步了……

俊郎不可能沒讓雅也看借據。一定是雅也看到俊郎的遺體，當下便把借據搶走，現在大概已經燒成灰了。

要是沒指望要回這筆錢，她眞不明白跑這一趟是所爲何來，結果只是把父親的喪事這種麻煩攬上身而已。這下該怎麼跟信二解釋？

「那是妳的事。那是妳爸爸，不要來問我。」腦海裡早已浮現信二肯定會說的冷言冷語。

走出體育館站在走廊上，雅也又過來了。

「佐貴子，妳決定怎麼辦？」

「嗯，怎麼辦才好呢？」

種種思緒在她心中翻攪，既爲借據如此輕易被搶心有不甘，又爲俊郎遺體這麻煩事落在身上感到可恨。但她很小心，不讓這些情緒顯露在臉上。

「請妳先生開車來怎麼樣？可以順道把舅舅載回去啊。」

「嗯……」

雅也的話合情合理，一般人家多半會這麼做吧！但偏偏自己家裡不是這樣，自己根本不想要父親的遺體，也不想親手爲他辦喪事。

「可是，今天沒辦法。已經這麼晚了，我們家那口子又得看店。」

「那就只好請他明天過來，佐貴子也得在這兒住一晚了。不過昨天開始有暖爐設備進駐，不會那麼冷了。」

他的提議再再令人憂鬱。佐貴子眞想給雅也一巴掌，抓住他的衣襟，逼問他到底把借據弄到哪裡去了。

「我今天還是先回家吧。」佐貴子裝出考慮再三才做出決定的表情。

「咦？回奈良？」

「嗯。我本來以爲可以在這裡火化，也跟我老公這樣講。現在既然要在家裡辦喪事，得先跟他商量，也有很多事要準備。今天就讓爸爸的遺體在這裡多放一晚，雖然這樣對雅也很過意不去。」

「不會，我無所謂。」

雅也搖搖頭。但佐貴子心想，怎麼會無所謂？還得換乾冰等等許多煩人瑣碎的事要做，他卻一聲抱怨也沒有。佐貴子不禁覺得這是他內疚的表現。

「眞的很抱歉，給你添這麼大的麻煩，對不起喔。」

能夠抵四百萬的債，這麼一點小事根本不算什麼。——她如此暗罵。

「雅也接下來有什麼打算？」佐貴子問送她到體育館出口的雅也。

「老實說，沒頭緒。照現在這個樣子，本來說好要僱用我的工廠這段時間應該也沒辦法開工吧。我又沒地方投靠，大概暫時要住在這個避難所了。」

「眞是苦了你了。」

「是啊，不過，苦的不止我一個。」

雅也望著體育館前的廣場。不知從哪裡開來的輕型卡車，在貨臺上賣起一盒盒便當。價格貴得離譜，但飢餓的人們只能一臉無奈地購買。

「反正，我回去跟我老公商量，明天再來。」

「嗯，路上小心。」

和雅也道別後，她朝體育館的大門走。來時看到那些地震後的照片仍貼在那附近，眞不知是誰爲了什麼做這種事，但現在沒有任何人駐足圍觀。

佐貴子一邊經過照片前方一邊不經意瀏覽著，接著她停下腳步，因爲其中一張照片引起了她的注意。照片拍到寫著「水原製作所」的招牌，斜斜掉在地上。

她湊近看。她去過好幾次水原家，工廠後方的主屋整個塌掉了。

佐貴子的眼睛盯住了某一點。細節雖看不清楚，但有人被壓在瓦礫下。

這是……

她看出來那應該是俊郎，衣服的顏色和遺體穿的一樣。但如果是這樣，這張照片所拍的內容顯然與事實有所矛盾。

佐貴子伸手撕下那張照片。照片是從影帶截取畫面列印出來的，看不清細節教人好生不耐，但她內心已開始感覺有異，而這份感覺不消多久便化爲懷疑。

她把照片收進包包，正要踏出腳步，她發現身旁有人，心頭微微一驚。是那個她在單獨面對俊郎遺體時待在一旁的女子。這年輕女子看也不看佐貴子一眼，轉身便離去。

7

晚間十一點多電話響了。木村剛洗完澡，正打開罐裝啤酒湊到嘴上，頭髮還濕淋淋的，脖子上掛著毛巾。電視裡，新聞主播依舊報導著地震的災情。在廚房洗東西的奈美惠走過去餐桌拿起桌上的無線電話。

「喂……。啊，對，是的。請等一下。」奈美惠按住通話口，看著木村說：「找你的。」

「我？眞的假的？」

「嗯。」她把無線電話遞給他。

「喂，我是木村。」

「對不起，這麼晚還打擾您。」是女人的聲音，說得一口標準語，「我是日本電視臺新聞部的倉澤。」

「日本電視臺？」

全身爲之一熱。電視臺！這麼說，一定是那件事了。木村不禁用力握緊電話。

「是這樣的，我們想針對木村先生所拍攝的影帶請教一下。請問您現在方便說話嗎？」

「方便方便，請說。」木村空著的那隻手握起拳頭。影帶，果然沒錯。

「您在池川體育館前貼了截取影帶畫面輸出的照片吧？您這麼做，主要目的是什麼呢？」

「目的……那個……就是想讓跟震災災民有關的人，看看到底發生了什麼樣的地震，因爲好像很少看到地震發生後第一時間的照片。」

這當然不是眞的。他會輸出部分影帶的影像張貼出來，完全是別有企圖。

「那是碰巧拍到的吧？」

「當然了。我很喜歡拍東西，隨時都做好拍攝的準備，所以地震當下才會一把抓著攝影機跑出來。幸好我住的公寓沒塌，只是斜了一邊而已。」

「這樣啊。其實，我們看過那些照片之後，覺得那是非常寶貴的資料。誠如您所說，地震時的影片的確很少。想請教一下，那卷母帶現在在木村先生您手邊嗎？」

「對，在我這裡。」

「那麼，我們有個不情之請，不知能否借用兩、三天呢？我們想借看一下，視情況在節目中播出。」

「呃，是沒關係啦，」木村開始在腦海裡飛快地盤算，「不過你們會怎麼用？」

「現在還不確定，不過我想應該會採用新聞專題報導的形式。」

「專題報導啊，原來如此。」

聽起來挺不賴。想像著自己拍的影片將在全國頻道網播出的畫面，木村不由得興奮了起來。

「我知道了，可以啊。不過借給妳們的話，是不是會有什麼……」

「當然，我們會致贈報酬的，一旦決定播放便會通知您，只是很抱歉現在我還沒辦法告訴您確切的金額……」

「沒關係這樣就好。呃，那麼，我該怎麼做？」

「不好意思，如果我現在就過去拿，您方便嗎？」

「咦！現在嗎？」

「坦白說，我們這邊時間相當緊迫，希望今晚就能夠著手準備。眞的不好意思，給您添麻煩了。」

木村推測大概是想放在明天早上的新聞節目裡吧。

「我知道了。那，我這邊的住址是……」

說了住址與大樓的門牌號碼，再告訴對方門牌上寫的是藤村。女子說她人已經來到大阪，所以大概三十分鐘之後會到。

「賺到啦！那卷影帶賣出去了！果然被我料中，把照片貼在那裡是對的。」掛斷電話後，木村豎起大拇指。

「哦，還眞的什麼事都值得去試一下喔。」奈美惠佩服地說。

「妳還說那種東西沒人想理，看吧！日本電視臺耶！大公司喔！喂，妳還在磨咕什麼？把東西整理整理啊！人家馬上就要來拿帶子了。」

「眞是的，只顧你自己高興。」

木村灌了一口啤酒，覺得味道特別好。

他對拍攝並不感興趣，那攝影機是爲了看自己高爾夫球揮桿的姿勢而向朋友借來的。當時會放在枕邊，只不過是想隔天出門時順便拿去還而已。地震發生時會帶著攝影機奪門而出，純粹只是怕把借來的東西弄壞罷了。

他沒有所謂的拍攝動機，一定要說的話，只是因爲手上就拿著一部攝影機。但後來他跑來投靠奈美惠，看著拍下來的影片，忽然興起一個念頭——有沒有可能把這個賣給媒體？話雖如此，他在那一行又沒有門路，於是便想出在災區公開部分影像的辦法。木村拜託認識的電器行印出幾張，今天一早拿去貼在池川體育館前，立刻就吸引了好幾個人。所以他心懷期待，認爲照那樣子，媒體注意到的可能性應該很高。

不愧是電視臺，動作眞快。——木村邊喝啤酒，心裡想著要在那個姓倉澤的女人來之前把頭髮吹乾。

掛斷電話後大約過了三十分鐘，玄關門鈴響了，出現的是一名身穿淺棕色大衣、不到三十歲的女子。雖覺得她那身打扮出來採訪震災太過華麗，一見她的臉，木村更是爲之一震，沒想到會來了這麼一個大美人。她的肌膚白皙，肌理像少女般細緻，但微微上揚的大眼睛綻放冶豔的光芒，宣告了她是一個成熟的女人。

木村很後悔把她叫到這裡來，要是約在別的地方碰面就好了，這種女人不是隨便有機會認識的。

「我是倉澤。您是木村先生嗎？」她那形狀姣好的嘴唇帶著笑意這麼說。光是這樣就讓木村神魂蕩漾。

「嗯，我是。」自己這一身裝束也讓他後悔。他身上穿的是舊運動服，頭髮也只是隨便吹乾而已，沒正式梳理。

「這次眞的很謝謝您，願意配合我們這麼唐突的要求。」

她取出名片，上面印著倉澤克子。住址、電話都是公司的，沒有她個人的聯絡資料。

「哪裡，能幫得上忙，我……我就很高興了。」連話都說不好。

「那麼，影帶呢？」

「啊，對對對。」他將擺在玄關鞋櫃上的信封袋交給她，「就是這個。」

「是8釐米的影帶吧？」她看了看裡面，「您有備份嗎？」

「沒有。」

「是嗎。那麼，我們會小心處理的。謝謝您，這樣我們就能做出精采的節目了。一確定播出，我們會立刻與您聯絡的。」

她客氣地行了一禮，一股鮮花般的香氣飄進木村的鼻子。

「請問……」他舔舔嘴唇說：「帶子什麼時候會還我呢？」

「播出後馬上還給您。用郵寄的可以嗎？」

「啊，那個，如果可以的話，我想面交……」

「那麼我會請人送過來。我們後續再與您聯絡細節。」

她說聲打擾了，正準備離去，他把她叫住：「啊，等一下。」向後瞄了一眼，確定奈美惠沒在聽。

「東西是借給妳的，還的時候，也想請妳拿來還。」他大著膽子這麼說，心跳加速了。

倉澤克子一瞬間顯得有些意外，但立刻微笑點了點頭。

「好的。那麼，我會跟您聯絡的。」

「我等妳的電話。」

木村站到門外目送她，直到她所搭的電梯門關上爲止。

8

地震第四天——

雅也回家了。他將工廠沒塌的一小塊地方用帳篷圍起來，在裡面點起汽油暖爐驅寒，原因是不想再待在避難所。幾天下來，前來避難的人增加了，想必是一次又一次的餘震令人不敢繼續住在不知何時會倒塌的家裡。那座體育館裡擠滿了人，空間被攜家帶眷的人占據，像雅也這種單身的人漸漸失去容身之處。晚上吵得無法入睡，而且周圍的哭訴、牢騷他再也聽不下去了。反正現在已經知道如何取得食物和水，他決定除了覓食，盡量避免無謂的走動。

他開始在思考該離開這裡了。既然這裡無法住人，只好到別的土地摸索接下來的方向。

話雖如此，卻一點頭緒也沒有。既無法聯絡上原本以爲能夠任職的西宮工廠，而且就算聯絡上了，他也不認爲能得到好消息。他不想毫無目的到處跑，虛耗身邊僅剩的少許現金。再說，要確保領得回父親的保險金，還是別輕率離開的好。

他調整暖爐的火力，從身邊的袋子裡取出飯糰和罐裝茶飲，那是今天早上在避難所拿到配給的。飯糰有些吃膩了，但這種時候哪有得挑。

他咬了一口，想起那時候的事。當他發現冰箱裡的食物被偷而大失所望時，新海美冬給了他包著保鮮膜的飯糰，她說那是雅也離開體育館之後分發的。

在那之後，他和美冬聊了一會兒。她說她在關西出生，爲了工作上東京，辭掉工作回來父母家，卻遇上這次的地震。

「是做什麼的公司？」雅也問。

「賣衣服和飾品。平行輸入國外的商品，用比平常便宜的價錢賣出去。」

「哦，聽起來很時髦。也需要出國吧？」

「要呀，一年好幾次。」

「眞好。像我，連夏威夷都沒去過。」

「那又不是去玩，才不好呢。時間排得很緊，和對方交涉又很耗神，工作結束就回飯店睡覺，那些觀光名勝都沒去過。」

「哦，可是還是很令人羨慕啊。」

雅也一邊和美冬聊，一邊打從心裡鬆了一口氣。看來，她並沒有目擊到他殺死俊郎的場面。如果她看到了，不可能會如此毫無戒心地和他聊天，不，根本就不會拿飯糰來給他吧。據她說，她看到他在體育館裡把麵包給別的小孩，就猜想他現在一定很餓。

「妳爲什麼辭掉工作？」

「原因很多，女人快三十就很多限制了。」美冬瞇起眼睛笑了。她的表情有種令雅也心動的力量。

「妳沒那麼老吧。」

「只剩兩年了。」她豎起兩根手指。

「二十八啊，跟我同年。」我還以為妳更年輕呢。」

「哦，水原也二十八呀。」不知為何，她滿意地點點頭，「我就猜你大概是這個年紀。」

接下來他們還聊了許多。也許，美冬一直渴望和誰說話。當然雅也也是如此，但他認為就算不是處於這種狀況，能和她在一起一定也很開心。她臉上脂粉未施，身上也只是與受難者一樣很一般的穿著，但絲毫無損她的美麗。正因為毫無修飾，更突顯了她真正的光輝。

美冬沒談到差點被強暴的事，雅也猜她一定很想忘記，也就沒有提起。

雅也離不開這裡的原因之一就是美冬。她接下來有什麼打算呢？要回東京嗎？還是另有計畫？

昨晚她沒有出現在避難所。一想到她或許離開了，雅也不免心急，但看到她雙親的遺體還安置在體育館裡，只要遺體還在，她一定會回來的，所以他暫時放下一顆心。

中午剛過不久，正當他在補強充當牆壁的帳篷時，身後有人叫他：「雅也！」是男性渾厚的聲音。

回頭一看，一名四十來歲、頭髮全部向後梳的男人站在那裡。他身穿黑色皮夾克，戴著太陽眼鏡，雙手插在口袋裡，邊留意腳下邊向雅也走來，走到一半便摘下太陽眼鏡，但雅也對那張臉毫無印象。

「情況好嚴重啊，眞是一場大災難。」男子以話家常的語氣說。

「不好意思，你是……」雅也警戒著。

「對了，仔細想想我們這還是第一次見面，不過我倒是在照片裡看過你。」男子露出唯有嘴角上揚的笑容，遞出名片。上面印著「Kotani Company總裁小谷信二」。

「小谷先生……呃，是哪一位……」

「佐貴子的老公。」

「哦，佐貴子的……」

雅也不記得小谷這個姓氏，但想起俊郎曾經提過，佐貴子結婚並沒有正式辦理登記。

「狀況我聽佐貴子說了，她爸的事好像給雅也你添了不少麻煩。」

「別這麼說，我什麼也沒做。」

「怎麼會，你老爸的喪事都還沒辦完呢，眞是苦了你了。」

「哪裡。」雅也搔著頭，心想這個人爲何來到這裡。他不可能是專程來道歉的。不祥的預感像滴落水中的墨水在心頭擴散開來。

「不過，還眞是冷啊，冷到骨子裡去了。可以讓我進去嗎？」小谷縮起身子，指了指帳篷。

請進，雅也答道。

小谷拿倒放的水桶權充椅子在暖爐邊坐下，雙手靠近火烘暖著，笑道：「整個人又活過來啦。」在搖動的火光照耀下，小谷的臉更顯得冷酷刻薄。

「佐貴子在體育館那邊嗎？」

「不，她待會兒才會過來。」

「待會兒？」

「她先去別的地方辦點事，辦完了就過來。說好到車站就打電話給我的。」小谷從皮夾克口袋取出手機。

「你開車去接嗎？」

「我騎機車。」

「機車？」

「我騎機車從奈良過來的。佐貴子說塞車塞得很厲害，開車不知道什麼時候才會到。」

「可是，騎機車不就不能運舅舅的遺體了？」

「嗯，那也沒辦法。」

「沒辦法……你們不是來領遺體的嗎？」

「我剛才不是說了嗎？」小谷翻白眼瞪過來，「路上很塞，沒辦法開車來。」

雅也沒開口，視線望向小谷皮夾克的拉鍊。那你來做什麼？而且怎麼不去體育館卻跑來這裡？

「地震是很淒慘，不過在那之前聽說你也相當不好過啊？你爸爸也還不到收山的年紀吧？」

「是……」雅也不安地點點頭，不知對方目的何在。

「我聽佐貴子說，你家工廠經營得很辛苦啊？」

「是啊，現在這麼不景氣。」

「再怎麼不景氣，也不是每家公司的老闆都跑去上吊啊。」小谷聳聳肩笑了。雅也不禁懷疑這個人的神經是怎麼長的，竟然在這種狀況下若無其事地對災民說這種話。他鐵定是刻意的，擺明了想激怒雅也。

「其實，佐貴子對她爸爸做了不少調查，結果找到像是筆記還是備忘錄之類的東西，上面寫著她爸爸借錢給你們家，借了四百萬。這件事，你知道嗎？」

雅也心想，果然是爲了這個。昨天佐貴子來的時候也頻頻問起俊郎身上的東西，大概是指借據吧。雅也裝傻，但她顯然不怎麼相信，甚至感覺得出她在懷疑雅也。

佐貴子昨天回家把這情況告訴了丈夫，所以今天小谷來了。這男人對於讓雅也還錢有十足的把握，但他的把握根據何在？借據已經不存在了，地震發生當晚便成了火堆的燃料了。

「我沒聽說。」雅也搖搖頭，「資金調度都是我爸在弄，和債主談的時候，也沒看到舅舅。」

「那當然了，好歹也是姊夫跟小舅子的關係，總不好像其他債主那樣談吧，一定是兩個人私下好好討論過了。可是，你爸死了，這麼一來佐貴子的爸爸會怎麼做呢？就只有找你嘍。」

「沒有啊。」

「眞的嗎？」一雙眼睛瞪過來，聲音裡也多了一份駭人的狠勁。

雅也留意著讓自己面無表情，默默地斂起下巴。最好不要隨便開口。

「哦。既然這樣，那就算了。」小谷這麼說，雙手開始在暖爐上互搓，發出乾燥皮膚摩擦的聲音。

「你就是爲了說這些特地來這裡？」

「話不是這麼說吧！我老婆的爸爸死了，當然要來，不是嗎？」他的眼睛盯著雅也不放，唯有嘴角露出笑意。然而，雅也卻覺得那是小谷惡意加深的標記。

小谷伸手到皮夾克內側，取出一張照片。

「這是昨天佐貴子拿回來的，說她發現了這種照片，有點怪怪的呢。」

雅也伸手去拿，小谷卻把拿著照片的手一縮。

「我拿就好，你靠過來看。再怎麼說這照片可能是重要的證據，沒辦法加洗的。」

那顯然不是照片，而是印表機列印出來的，雅也也看得出那是影帶的某一格影像。他依言把頭湊過去。

上面拍的是這座工廠，好像是剛被地震震倒的時候。原來那時候有人在拍這種東西？他完全沒注意到。

「怎麼樣？」小谷揚起一道眉，嘴角也跟著揚起。

「拍到我們家工廠。」

「可不是嗎？不只工廠，連裡面的主屋也拍到了。還有啊，你看這裡，似乎被夾在這裡的人，不就是佐貴子她爸爸嗎？」

小谷指的地方所呈現的人影，看起來的確如他所說，無論是位置也好、穿著也好，看來應該是俊郎沒錯。

「你不覺得奇怪嗎？」小谷得意地笑了，「二樓塌了，屋頂也掉下來了，屋瓦全砸了。我聽說，就是這屋瓦打到她爸額頭，幾乎當場死亡。是這樣沒錯吧？可是呢，這照片上拍的人，看起來像是兩手揮舞掙扎著想爬出來，而且額頭上看不到像是傷口的東西呀。」

雅也依然面無表情，因爲他不知該怎麼圓謊才好。只覺得手腳逐漸冰冷，腋下卻有汗水流下，是冷汗。

「我是這麼認爲啦，」小谷仍拿著照片亮在雅也面前，繼續說道：「佐貴子她爸被壓在瓦礫下面時還是活著吧，至少這時候還是。對吧？」

雅也全身起了雞皮疙瘩，忍不住想搓自己的手臂，硬是忍住了。

他看到俊郎的時候，那人是一動也不動的，所以他一直以爲俊郎被壓住就昏死過去了。原來不是這樣，俊郎曾想靠自己的力量爬出去，而當氣力用盡頹然倒下的時候，雅也正好過來。

「但我聽說是當場死亡，警察是這麼說的。」

「嗯，是當場死亡啊，這一點警察不會弄錯。可是呢，這張照片拍到的時候，她爸還是活著的，這也是千眞萬確。」

雅也假裝再次注視照片，頭一偏說道：

「光憑這張照片，不能證明什麼吧。」

「爲什麼？」小谷似乎很意外，眼睛睜得老大，「怎麼看都是活著啊！他正想從塌掉的房子裡爬出來，不是嗎！」

「要這樣解讀也是可以，可是地震的時候所有東西晃的晃、倒的倒，也可能是發生了什麼狀況讓影像拍成這樣吧。」

「有什麼狀況會讓屍體這樣跳、這樣動？不要說別的，他額頭上明明就沒有傷口，可是屍體的頭卻破了一個大洞，不是嗎！」小谷往自己的額頭指。

「你說沒有傷，可是光憑這種照片沒辦法斷定吧？舅舅的臉小得都看不清了。」

「當時額頭已經受傷了，對吧？照理說應該滿臉是血，就算鏡頭焦距沒對準，看不出受傷就一定有問題。」

「你一定要跟我爭這個，我也……」雅也含混其詞。

「佐貴子的爸爸當時還活著。這拍的就是他活著的時候。」小谷把照片收進皮夾克內側，「這樣一來就怪了，瓦片怎麼會打到額頭呢？那已經是房子倒下以後的事了啊，瓦片是從哪裡飛過來的呢？」

「我不知道。我看到的時候，舅舅已經死了。後來一直有餘震，大概是旁邊房子的碎片什麼的掉下來了吧。」

「又不是颱風，別間房子的碎片怎麼會飛過來！那是不可能的。」

「那不然……」雅也吸了一口氣，望著小谷的臉緩緩地呼出來，「那不然是怎麼樣？小谷先生，你想說什麼？」

小谷的嘴角又浮現笑容，看起來像正中下懷的竊笑。他從皮夾克外側口袋掏出香菸和Zippo

打火機，自己先叼了一根，再將香菸盒往雅也面前一送。雅也搖搖頭。

小谷用Zippo打火機點火，裝腔作勢緩緩地吐煙，目的大概是想讓雅也感到不安吧。

當一根菸化爲菸灰，小谷正要開口進入正題的時候。

「不好意思。」傳來女人的聲音。

開口時機被打斷，小谷一臉不悅。雅也走出帳篷。

工廠入口站著一名嬌小的中年女子，穿著連帽粗呢外套和體育服。雅也問她有什麼事。

「請問，有沒有多的暖氣設備？」她客氣地問。

「暖氣設備……妳是說暖爐之類的？」

「不是的，那個……我們有暖爐，可是沒有煤油，電也還沒來。所以我在想，有沒有什麼機器可以不用油或電也能發熱的……」中年女子邊說邊垂下頭。即使明知沒有這種神奇的機器，還是不能不找。也許有年幼的孩子正發著抖等她回去吧。

「我沒聽說過那樣的設備。這裡沒有。」

「是嗎。」她的頭垂得更低了。

就在這時，他看到新海美冬從馬路那邊走來。她好像也看到雅也了，臉上露出一絲微笑，雙手提著紙袋。

中年女子行了一禮正要離開，雅也突然想到一件事。

「等一下，妳有汽油暖爐吧？」

「有，可是沒有煤油。」

到了昨天，汽油和煤油開始供應不足。原因除了所有人一齊搶購，政府方面也爲了確保行政機構與自衛隊有油可用而限制了販售量。

「我這邊有煤油。」

他的話讓中年女子細小的眼睛睜了開來，「咦！你有嗎？」

「嗯，還滿多的，妳要我可以分給妳。」

「啊啊……太好了。那我去拿東西來裝！」她快步離去。

美冬走到近前，似乎聽到他們方才的對話，問道：「你有那麼多煤油？」語氣似乎覺得很不可思議。

「嗯，我都忘了，那個汽油桶裡裝的是煤油。」他指著半倒的牆邊那個四百公升的汽油桶。

「怎麼會有這麼多？」

「要給這部機器用的。不過，不是拿來當燃料。」他站在父親引以爲傲的放電加工機旁，「這部機器是在油裡面進行金屬加工，用的油就是煤油。」

「哦……」不知是否能理解，只見美冬佩服地點點頭。

「不過，裡面混了點不一樣的東西。我爸那傻瓜加了威士忌進去，不過應該只是有點香味，沒什麼影響吧。」

一直笑著聽他說話的美冬突然皺起眉頭問：「那是誰？」

她的視線落在帳篷那邊，小谷把臉縮了進去。

「昨天來過的表姊的老公。」

「是來領遺體的呀。」

「不是，說路上塞車，沒辦法領，今天只是來打聲招呼而已。」

「這樣啊。」美冬露出無法認同的表情。

「對了，妳昨天上哪兒去了？」

「嗯，去大阪買一下東西。」她微微晃動雙手提的紙袋，又看了帳篷一眼，「那人還在看這邊。」

「我等一下會去體育館，晚點再聊。」

「好。」

目送美冬離開後，雅也回到帳篷。小谷仍在抽菸，腳邊已經多了好幾根菸蒂。

「那女的是誰？」

「鄰居。」

「哦。好，不管她。」小谷把正在抽的菸丟到地上踩熄，「你沒打算重建這間工廠吧？」

「哪來的錢？再說，這間工廠已經不是我家的了。」

「然後其餘的債款就靠你爸的壽險還清，是吧。不過我倒是對佐貴子她爸的事很好奇，佐貴子是說，她爸身上應該握有的借據也消失了。」

「那種東西我看也沒看過，不方便說什麼。」

「看也沒看過嗎？」小谷把雅也從頭到腳仔細打量一遍，「要是佐貴子她爸說的是真的，對你來說，這場地震可真是來得好、來得妙啊。債主死了，借據也消失了，不就等於沒有借錢這回事了嘛。」

「這話什麼意思？」

「我只是陳述事實。再加上這張莫名奇妙的照片，」小谷拍了拍皮夾克的胸口位置，「這麼一來，我們心裡當然會產生很多想像啊。雖然不太願意去想，可疑的就是可疑，有問題的就是有問題。」

「你是說，我對佐貴子的爸爸動了什麼手腳嗎？」

「這個就很難說了。」

「請不要單憑一張照片就含血噴人。」

「是啊，單憑這張照片可能不太夠。不過，照片可不止一張。哦，你臉色變了哦！這下怕了吧！」

「有別的照片的話，請拿出來看看。」雅也伸出手來。

「不是照片，是影帶，就是拍到剛才那張照片的母帶。佐貴子現在正去找拍攝那卷影帶的人，只要放那卷影帶來看就知道佐貴子的爸爸那時候是死是活了。」

雅也心頭暗驚。的確，如果是影帶，一定看得更清楚俊郎當時的狀況。

「怎麼了？突然不說話了？」

「沒什麼。」雅也搖搖頭，「可以跟你要根菸嗎？」

「哦，來吧！」小谷把萬寶路的盒子和打火機疊在一起遞給雅也。

雅也抽著菸，腦中思考著所有的可能性。他必須設法開脫，但如果攝影機拍到俊郎頭部被毆的畫面……

「我說雅也，真相到底是怎樣？」小谷的語氣突然柔和起來，「佐貴子她爸是不是跟你提過借款的事了？你老實說，我和佐貴子就不必這樣死纏著你了。你也不希望別人懷疑你吧？這件事怎麼處理，你要不要再考慮一下？」

小谷在提條件了。不，應該說是要脅才對。無論如何，小谷的目的就是錢。

「話是這麼說，但我又沒有說謊。」

「嘴還是這麼硬嗎？你會後悔的。」小谷窮追不捨。

這時皮夾克內側的手機響了，小谷說一定是佐貴子，接了電話。

「喔，是我。妳去過了？……嗯？給電視臺了？……搞什麼啊。要在電視上播？……好啦好啦，知道了，既然這樣也沒辦法……嗯，那今天就先回去吧……我這邊也談得差不多了。好，我現在過去。」

小谷把手機放回皮夾克口袋。

「這下不得了了，拍攝那卷影帶的人把帶子借給電視臺了。要是裡面拍到了什麼見不得人的場面，就會被全世界的人知道了。」

「裡面不會有什麼見不得人的場面的。」

「這可難說。不管怎麼樣，至少我們一看就曉得啦。我們都安排好了，那卷帶子等電視臺一還回去就馬上借給我們。影帶還沒來之前你就好好考慮吧。」小谷站起身，「佐貴子她爸的遺體可能還是先別燒的好。看情況搞不好還得請警察調查吧。」他低聲笑了笑，走出帳篷。

等機車的聲音遠去，雅也才走出帳篷外面。

該怎麼辦才好？該怎麼做，才能逃離這個局面……

正當他忍不住想雙手抱頭時，身後有人叫了聲：「水原先生！」他嚇了一跳，回頭一看，只見美冬站在那裡，手上跟剛才一樣提著東西。

「妳沒到避難所去？」

「因爲我有東西要給你。」美冬走來雅也身邊，將手上拎的其中一個紙袋遞給他。

「這是什麼？」

他想打開，卻被她伸手制止。「等一下再打開。」

「噢……好。謝謝。」

美冬凝視著他的眼睛，「要不要離開這種鬼地方？」

「咦……」

「走吧，我們一起走。」

雅也屏住呼吸，回視她的雙眼，心臟劇烈跳動。

就在這時，傳來女人的聲音：「不好意思……」一看是先前那個中年女子，拿著紅色塑膠容器，身後跟了一名年紀相仿的女人，手裡也提著塑膠容器。看來是先來過的那名女子叫了朋友一起來。

「可以跟你要煤油嗎？」

「哦，這邊請。」雅也正要帶她們前往汽油桶處。

「一公升二百五十圓。」美冬說話了。雅也吃了一驚看著她。

「咦！二百五十圓……」中年女子看了看自己的容器。

「那個是二十公升的，一共是五千圓。」

雅也注視著以談公事的口吻說話的美冬。她迅速朝他看了一眼，以眼神示意他不要開口，由她來處理就好。

美冬向兩名女子收了錢，拿過去給雅也。他正想開口跟她說不必收錢哪，她卻似乎看透他的心思，對他耳語道：

「不精明一點是活不下去的。」

雅也眼睛睜得老大。美冬一個轉身，離開了工廠。

賣油給中年女子的事處理完後，他回到帳篷裡，打開美冬給他的紙袋。紙袋裡是一個盒子，一打開盒蓋，雅也吃了一驚。盒子裡是一臺液晶畫面的家用攝影機，還附了一張字條，上面寫著

「請看影片內容」。

電池看來是充飽電的，雅也於是將攝影機設定爲放映模式，按下播放鍵。

看到液晶螢幕上出現的場景，雅也差點沒失聲驚呼。倒塌的建築物，與這座工廠一模一樣，連主屋都被拍攝進去了。

而……

俊郎被壓在瓦礫底下掙扎著的身影也在其中，兩手正游泳似地划動。

畫面緩緩平移，一名身穿綠色厚夾克的高個男子橫越過畫面。

9

木村很猶豫。他手上拿著一張名片，是日本電視臺的倉澤克子給的。已經過了兩天，卻沒接到任何聯絡。

「你幹嘛毛毛躁躁的？」鏡子映出正在化妝的奈美惠一臉不耐煩的表情。她正準備出門上班，工作地點是北新地的酒吧。

「我問妳，如果是剪成新聞節目，應該早有消息了吧？後來就一直沒聯絡不是很奇怪嗎？來借的時候明明急成那樣，會不會是沒被採用啊？」

「那麼擔心就打電話去問問看啊？你不是有名片嗎？」

「說的也是。」

木村也考慮過打電話問。其實，他會苦等聯絡並不是想知道影片何時播放，而是想見倉澤克子一面。

而當然他也想知道那卷影帶結果如何，因爲出現了其他想看那卷影帶的人。

昨天，一個叫米倉佐貴子的怪女人來找他。那女人眼神銳利，身上有著不同於奈美惠的另一種風塵味。那女人說她也看到那些災區的照片。

她說，影片裡可能拍到她死於地震的父親，一副傷心落寞的模樣，卻有股演戲的味道。

一聽到他說借給電視臺了，米倉佐貴子的神情頓時轉爲失望。她說如果帶子回來了請務必聯絡她，還給了他一張名片，上面印的是一家在奈良的公司，也不知道是哪個行業的，名字是小谷信二，旁邊用原子筆寫著米倉佐貴子。

「在那之前，請你絕對不要借給別人，請務必第一時間聯絡我們。我們給的謝禮一定會讓你滿意的。」女人不斷彎腰行禮。

雖然很想知道令人滿意的謝禮是多少錢，木村沒問便答應了，也許那卷影帶的價値遠超過他自己的預料。他打定主意，謝禮事後再好好來談。

當下要緊的是倉澤克子。

「電話借一下哦！」木村拿起無線電話的子機一邊站起身，他不想讓奈美惠聽到他與倉澤克子的對話。

躲進盥洗室，木村按下名片上印的號碼。響著待話鈴聲的那段時間裡，他有些緊張。

「日本電視臺新聞部。」接電話的是個男人。

「喂，敝姓木村，請問倉澤小姐在嗎？」

「您找倉澤嗎？她剛好出去了。請問是哪一位木村先生？」

「我在兩天前借了她一卷影帶，是地震剛發生就拍的。」

他以爲這麼說對方會立刻明白，沒想到反應不如預期。

「影帶？這可能要問倉澤才知道。您說您姓木村，是嗎？我會轉告倉澤您打電話來過。這樣可以嗎？」對方顯然嫌麻煩。木村希望能得到「我會請倉澤克子回電」這句回應，卻不敢開口。回答一聲：「麻煩您了。」便掛了電話。

雖不知剛才那男人在電視臺裡是什麼職位，至少可以確定的是那卷帶子在電視臺裡並沒造成多大話題，大概沒被採用吧。其實木村覺得那也無所謂，只不過，即使沒採用，還是得要回那卷帶子。而且，倉澤克子答應過要親自歸還的。

10

「喂，帶子現在怎麼樣了？」佐貴子一進店門，吧檯內的信二劈頭就問。店裡沒半個客人。

「說是還沒還。」

「什麼時候會還？」

「那個人說他也不知道啊，他好像也在等對方聯絡。」

那個人指的是影帶的所有人——木村。來店裡之前佐貴子也打過電話，可能是問得太勤，木村回話的口氣顯得很不耐煩。

「都過多少天了，應該去跟電視臺問一下吧。」

「他說問過了，可是找不到負責人。」

信二啐了一聲，視線望向吧檯上的一張小月曆。

「光憑那張照片，雅也那小子是不會給錢的。」

「可是他看到照片不是害怕了嗎？你上次是這麼說的。」

「他害怕是聽到有影帶之後，所以那帶子裡一定有拍到東西，只要拿到那卷帶子，他就只能認栽了。」

「不如騙他說我們拿到帶子怎麼樣？」佐貴子突然想到這個點子。

「騙他有什麼用？他一定會問拍到什麼。」

「隨便編呀！就說拍到我爸還活著的證據。」

「妳以為那樣騙得倒他？那傢伙膽子可大得很。」信二點燃一根萬寶路，抽了一、兩口，又按熄在菸灰缸裡。

或許吧。佐貴子心想。在避難所碰面時，雅也對她的態度非常自然。就對待一個失去父親的表姊而言，他的表現幾乎無懈可擊。若是一般人，對一個自己親手殺死的人的女兒，是擺不出那種和善面孔的。

忘了什麼時候，之前俊郎也常講，水原家工廠要是交給兒子經營，下場也許不會那麼淒慘。

吧檯的電話響起。信二拿起聽筒，不悅的神情瞬間轉為討好的笑容。

「你好你好。……是，這我知道，這個月中是吧。……好的……好的。……哪裡，我們也正在想辦法。……當然，一定會籌到的。……是。」

佐貴子聽得出那是來討債的。這陣子打來店裡的盡是這種電話，她覺得信二賠不是的語氣也越來越圓滑了。

粗魯地掛上聽筒後，他又板起一張臭臉，從架上拿起一瓶軒尼詩，往白蘭地杯倒了兩公分高的酒，狠狠喝了一口。

「那人叫木村，是不是？再去打一次電話。」

「我剛剛才打過。倒是那個，要怎麼辦？」

「那個？哪個？」

「我爸的遺體。不能再放下去了。」

果不其然，信二的臉色變了。想到不知他會罵得多難聽，佐貴子不禁畏縮了。

信二往地上吐了一口口水，說了一句：「關我屁事。」把剩餘的白蘭地一飲而盡。

11

倉澤克子讓疲倦不堪的身體癱在廉價長椅上。她已經好幾天沒睡在床上了。依指示前往各個災區、不斷採訪避難所，好一陣子不曾好好洗澡，吃的淨是以機車運來災區的便當。

「其實想一想，」和她一組的攝影師塩野說：「採訪戰地搞不好還沒這麼累。打仗的話，不會有這麼多民眾在這麼大的範圍裡同時受害，採訪目標集中多了。而且交通也會比較方便，搭帳篷的地點也比較好找。」

克子沒應聲。塩野老愛抱怨，再者她也沒有回答的力氣。體力已逼近極限，但她自己也明白精神上的損耗遠遠超過肉體。這幾天，他們到底看過幾百人的悲劇了？她發現自己已經漸漸把屍體視爲物質而不是人，她甚至開始產生危機意識，深怕自己再這樣下去會精神異常。

手機響了。克子和塩野對看一眼，反正一定是局裡打來的，這次又要叫他們到哪裡去？又會命令他們拍多悲慘的畫面？

這通電話傳達的指令是，大臣將巡視災區，要他們前往採訪。克子覺得這工作很沒意義，叫他們去拍大臣穿著災區工作服作秀嗎？

「還有，今天那個叫木村的人又打電話來了，到底是怎麼回事？」

「我也搞不清楚，等回局裡我會調查的。」

掛斷電話，她將接下來的工作指令轉達給塩野。他也只能苦笑。

從昨天就聽說有木村這號人物打電話找她，她卻一點頭緒都沒有。對方說借了一卷帶子給她，但她毫無印象。

既然對方知道克子的名字與公司，可能是看過名片或類似的東西。來到這裡之後，她給過幾個人名片。雖不至於逢人就給，一旦有人要求又不好拒絕。之前在拍攝某間避難所時，也曾有個年輕女子要走了名片。女子表明自己是志工，過來請他們不要未經許可擅自拍攝災民。克子還記得那是個美麗的女子，當她看到克子名片上的來頭，點點頭便離去了。

總之，克子並不打算回電話給那個叫木村的人。她沒那種閒工夫。

12

說是從瓦礫堆中撿出必要的東西，其實用一個手提旅行包來裝便綽綽有餘了。幾乎沒有值錢的東西，重要的就只有壽險保單和存摺印鑑。即便是存摺，裡面也沒多少錢。其餘就是幾件替換衣物。

這幾天不離身的厚夾克終於能脫下扔掉了，他找到一件黑色的連帽粗呢外套，雖然是便宜貨，但往毛衣上一套，感覺似乎多少回到了文明生活之中。

要捨棄家園最大的難題，便是被埋在當中的父親遺體。棺材已支離破碎，遺體也損傷處處。在志工與區公所的幫助之下，總算是運到避難所去，但不得已只能以黑色塑膠袋權充棺材。葬儀社那邊沒有任何聯絡，雅也決定置之不理，反正喪葬費用是事後付款。他算準了現在這種局面，葬儀社不可能前來收取守靈夜的費用。因爲各地的火葬場都無法使用，葬儀社一定也是亂成一團。

雅也在體育館入口等候，只見美冬迎面走來，身穿牛仔褲搭羽毛背心的尋常打扮，但和之前不同的是，她化了點淡妝。一上妝，更突顯她的美貌。他想，若是頭髮也好好造型，稍加打扮，走在街上應該任誰都會被美冬吸引吧。

「久等了。」

「車呢？」

「停在大門前。遺體呢？」

他以手推車搬運美冬的雙親與幸夫的遺體，志工也一道幫忙。

停在外面的是一輛白色廂型車，側面印有建材行的商號。是美冬主動開口由她去安排車子，但她卻沒解釋車子是從哪裡來的。雅也問她是不是有朋友在建材行。

「建材行？怎麼說？」

「這裡不就寫著嗎？」他指了指廂型車的側面。

「眞的耶。原來是建材行的車呀。」美冬一副現在才注意到的樣子。

「妳從哪裡借來的？」雅也問。

「祕密。」她伸出食指抵住嘴唇。

「這樣更令人在意了。」

「我說雅也，這世界上充斥著各種物質，車子也是其中之一，我們只是出一點錢，借用這些世界都快裝不下的東西而已，在意這種事也沒意義！來，把遺體抬上去吧！」

將遺體搬上車後，兩人也上了車。美冬的行李已經在車上了，一共是三個包包，每個都是名牌。

「好，出發！」坐在前座的美冬說，看上去非常地開心。

雅也內心仍是五味雜陳，一邊發動了引擎。他們的目的地是和歌山，因爲她說已經跟那邊的火葬場聯絡好了。

關於那卷影帶，雅也還是一個字也沒問，因爲他不敢問。她全都知道。全都知道，卻幫了他。爲什麼呢？因爲她險遭強暴時被他所救？或許有這可能，但他不相信這是唯一的原因。不，最令他難以置信的是，她是如何搶先佐貴子一步取得那卷影帶的？

出發沒多久便遇上塞車。這是預料中事。

「去到和歌山火葬完以後呢？」雅也問了一直掛在心上的事。

「雅也有什麼打算？」

「我？沒什麼打算。」

「是嗎。既然這樣，就是東京了。到東京去。」

「東京？」

「當然，還用說嗎！」

雅也不明白爲何是當然，但他沒有問下去，反正現在也只能聽她的了。

他打開收音機。天氣預報之後開始播報新聞，報導內容是地震災情，死亡人數已超過五千人，仍有部分死者身分不明。

美冬朝收音機伸手過去關掉開關。

「這些已經跟我們沒關係了。」說著，她微微一笑。

第二章

1

才出高圓寺車站走沒多久，畑山彰子便察覺到了。

又來了……

一陣冷顫竄過身體。附近人影全無，這是一條路燈稀少的路，也不見能及時上門求助的民宅，她不禁加快了腳步。本想拔腿狂奔，又怕這麼一來反而讓事情一發不可收拾。

自己踩在柏油路面的腳步聲顯得特別響亮。她感覺得到在這腳步聲之間，疊著另一陣低微的聲響。她腳步加快，那聲音的節奏也加快；她放慢速度，「對方」的節奏也同樣跟著慢下來。

第一次注意到「對方」的存在，已是兩週前的事了。和今天一樣，那是個多雲而不見星月的夜晚。一開始她以爲是自己腳步聲的回聲，但當她在自動販賣機前停下腳步想買罐裝果汁時，應該是回聲的聲音卻不自然地慢了一拍。她一回頭，看見一個黑影迅速閃進停在路旁的車子後方。

她心頭發毛——我被跟蹤了。

她放棄買果汁，匆匆邁開腳步，又覺得身後有腳步聲跟著她。這次她沒有回頭的勇氣，在心臟幾乎被恐怖與焦慮脹破之中回到了公寓大樓，走進大樓玄關的玻璃門之後才敢回頭看，昏暗的路上不見人影。

然而她一回到房間，電話便響了。聽筒那一頭傳來的聲音讓她頓時全身僵冷。

「歡迎回家。」

只講了這麼一句便掛斷了。她只知道是個男人，卻認不出是誰。那是個低沉、含糊的聲音。

之後異樣也接二連三發生。有天晚上彰子一回到家，看到門把上掛著一個紙袋，裡面是著名日式餐廳的便當，以及一張寫著「歡迎妳回來」的字條。她當然不敢碰那個便當，連紙條一起扔了。又有一次，她收到一封郵寄來的信，裡面裝了照片，拍的是彰子通勤的模樣，以及在店裡招呼客人的情景，她也把這些丟掉了。

三天前，信箱裡有一張紙，上面有打字輸出的文句。彰子一開始還以為那是大樓管理委員會的通知單，因為內文的開頭很像，但繼續看沒多久，她嚇得臉色都白了。紙上是這樣寫的：

「……最近垃圾分類做得不夠徹底的人越來越多。關於這方面，五〇三室的畑山彰子小姐的垃圾分類做得非常好，連乾電池也依規定分開處理。我就是喜歡妳這一點。」

到底是誰搞的鬼，她完全沒頭緒，第二天她便前往附近的警察局，然而受理警察的態度顯然看不出任何關心。

「妳說妳覺得很不舒服，我是可以理解啦，可是如果只有這樣，我們警察也沒辦法啊。」警察一臉隨時都會打起呵欠來的表情說道。

「可是有人跟蹤我，還偷拍照片寄過來；還有，他還翻我的垃圾，這樣不是犯法的嗎？」

「算不上吧。如果這樣叫犯法，那私家偵探做的事全都犯法了。再說，妳受到什麼傷害？如果是犯法，就得請妳提出傷害證明了。」

「我受到精神上的傷害，最近連上班路上都很緊張，工作的時候也一直怕有人在偷看，完全無法專心工作。這樣不算傷害嗎？」

即使如此，警察仍一臉無趣地露出苦笑。

「精神方面的不知道能不能算是傷害，畢竟每個人對事物的感覺都不同啊。」

「可是像離婚之類的，不是可以因爲精神上的受苦而得到贍養費嗎？」

「那是民事案件。來跟我們警察吵這個，我們也很煩吶。」連用詞都不客氣起來了，「反正，等到妳受到肉體上的痛苦或是遇到危險再來。現在這樣，實在很難立案。」

「我覺得我的人身安全受到威脅了！這樣警察也不肯幫忙嗎？」

「我剛才不是說了嗎，」警察不耐煩地說：「每個人對自己是否受到威脅的認知都不一樣。拿這種情況來報案的人很多，可是明明什麼事都還沒發生，我們又能怎樣？妳有證據可以證明纏著妳的那個人會加害於妳嗎？」

眼看彰子答不出來，那名警察笑著補上一句：

「哎，不必那麼擔心啦！反正一定是有人對妳有意思，想引起妳的注意啦！換個角度去想，這樣不是很幸福嗎？妳長得不錯，就當作是美人稅之類的如何？對對對，美人稅啦，美人稅。」

那警察似乎很滿意美人稅這個詞，重複了好幾次。

既然警察不可靠，只好靠自己保護自己了。但不知道對方的眞面目也無法可想，她唯一想得到的對策，就是先不要無謂地刺激對方，自己也不要太鑽牛角尖。

然而這樣根本不是什麼對策，對方的行爲也一天天變本加厲。像今晚的跟蹤就是，感覺對方比之前更大膽，簡直像是已經豁出去，被發現也不怕。對付這種人，就算彰子現在突然轉身朝他衝過去，他會有什麼反應？質問對方爲什麼這麼做也只是正中下懷吧。

明明什麼事都還沒發生，我們又能怎樣……

警察不負責任的話語在耳邊響起。等到發生什麼事就太遲了，而且再這樣下去一定會出事，一定會造成無可挽回的遺憾。

但她又想不出防範之道。聽著看不見的敵人的腳步聲，彰子在驚懼之中拚命壓抑想飛奔的衝動，繼續走在回公寓大樓的路上。

「妳怎麼了？很沒精神呢。」

聽到有人搭話，彰子回過神來。她又在發呆了。剛才占據腦海的，不用說，就是那個不肯露面的「對方」。

偏頭看著她的新海美冬一臉擔心。她和彰子同年，卻有時看來非常成熟，有時又像少女般純眞。現在應該算是後者。

「啊，抱歉，我在想事情。」

「妳最近臉色不太好，是身體不舒服嗎？還是有什麼煩惱？」

「算是……煩惱吧。」彰子硬擠出笑容。因爲職業需要，笑容對她而言並非難事，但即使如此，仍覺得臉頰有些僵硬。她覺得自己可能快撐不下去了。

「如果妳願意，隨時可以找我聊聊。雖然我可能只能當聽眾，什麼忙都幫不上。」美冬說著微微一笑，回到她所負責的花式戒指的櫃位。彰子負責的則是結婚戒指，櫃位在這家店內最深處。

「華屋」是銀座的老字號珠寶店，整棟三層建築全是店鋪，一樓販賣化妝雜貨與一般飾品，二樓則是高級生活用品，而陳售高價珠寶與貴重金屬的三樓才是「華屋」的重點樓層。

這一個月來，店裡的營業額低迷不振，原因顯而易見，就是地下鐵沙林事件。在無法預料何時會成爲恐怖分子的犧牲品的狀況之下，人們理所當然地會認爲沒有要事最好避免到東京都心。再加上每當發生犧牲者眾多的事件之後，社會的自省氣氛濃厚，首先受到衝擊的便是象徵極盡奢華的珠寶業。阪神大地震之後也是如此。

說到阪神大地震，記得她好像也是當時的災民。——彰子望著新海美冬的背影，想起了這件事。

美冬是在地震過後不久進入「華屋」的。詳細經過彰子並不清楚，美冬最初是在一樓的賣場，但兩星期後便調到三樓。若非特殊情況，店裡是不會做這種調動的，因此當時大家都非常驚訝。然而，兩個多月之後的現在，就彰子所知，沒有任何人對於她調派到三樓有異議，美冬不僅對珠寶飾品知之甚詳，待客技巧更是高明，同時語言能力強，即使有外國客人來也不怕，難怪她能夠在如此不景氣的時代中獲得聘用。

聽說美冬在地震中失去了雙親，但她身上卻看不出那種憂傷，她本人也從未提起。彰子覺得她相當與眾不同，一定是個非常堅強的女孩，尤其在得知她與自己同年時，更是覺得相形見絀。

她驀地想到，美冬也許可以給她一些建議。

「華屋」營業到晚間八點，接著進行約三十分鐘的檢討會後，店員便可以下班。員工休息室裡，換好衣服的彰子叫住新海美冬。

「美冬，等一下妳有沒有空，要不要去喝杯咖啡？」

「好呀。」美冬笑盈盈地點頭。

中央路上的一家蛋糕店二樓是咖啡廳，靠窗的座位空著，她們倆面對面坐下。彰子點了咖啡，美冬則是點了皇家奶茶。

「今天也好慘喔，客人因為沙林事件不上門，這我能理解，可是連來看婚戒的人都變少了，眞不知道該怎麼解釋。」彰子試著先從一些無關緊要的話題開頭。

「聽說是因為今年流年不好，很多人延到明年才結婚。我看電視上說的。」

「哦，這樣啊。不過也有道理啦。」彰子差點沒提起地震，幸好及時把話吞了回去。

飲料送來後，她開始說起那件事。美冬一臉嚴肅地聽，聽著聽著似乎很難受，嘴角漸漸扭曲。也許這種事連聽都令人感到不愉快。

「妳完全想不出來可能是誰嗎？」聽完之後美冬問。

「就是因為想不出來才覺得可怕！要是知道是誰，也許還能想辦法對付。」她喝了口咖啡，卻一點都不覺得好喝。

美冬的手指仍停在茶杯杯耳上，像在深思似地望著斜下方。她頭一低更突顯睫毛的纖長，與她那雙杏眼完美搭配，宛如服裝雜誌的模特兒。她為什麼會選擇現在這份工作呢？彰子思索起與自己的煩惱全然無關的事。

美冬抬起頭來說：「眞嚇人。」

「可不是嗎！眞不敢相信有人會做那種事。」

「我不是這個意思。」美冬朝四周望了望，臉稍微靠過來說道：「其實我最近也遇到類似的情況。」

「咦！」意想不到的表白，彰子不由得失聲驚呼，「眞的嗎？」

美冬緩緩眨了一下眼。

「大概是一個星期前吧，我回到家發現門上夾了一張紙，還以爲又是來拉保險的名片，拿起來一看，上面寫了字。」

「寫什麼？」

「『歡迎回來。今天妳也賣出了許多與妳一樣美麗的寶石。』」

「咦咦……」彰子的手臂上起了雞皮疙瘩，她搓了搓手臂才說：「怎麼會這樣……。還有什麼異狀嗎？」

「有好幾通無聲電話打來，不過垃圾袋有沒有被翻過就不知道了。」

「這是怎麼回事？跟糾纏我的會是同一個人嗎？」

「可是爲什麼是找上我和畑山小姐？」

「我也不知道。」彰子雙手握住咖啡杯，「可是妳覺得這是偶然嗎？兩個人在同一時期，遇到同樣令人噁心的事？」

「說的也是。」美冬偏著頭。

雖然找不到解答，但得知受折磨的不單是自己，彰子多少覺得心情輕鬆了些。

「喏，要是嫌犯是同一個人，被盯上的會只有我們兩個嗎？」

彰子立刻明白了美冬的意思。

「妳是說，其他人可能也遇到了？」

「嗯。不過，這種事很難向別人開口吧？所以我在想，大家會不會都悶在心裡煩惱？」

很有可能。因爲自己就是這樣，她很了解這種心情。

「我明天跟大家問問看。」彰子點點頭。

「華屋」三樓除了彰子和美冬，還有三名女店員。第二天，彰子趁著沒有客人的時候，問她們最近是否有被不明男子糾纏的狀況。

令人訝異的是，這三人都各自遇上了一些詭異的情況。一個是收到上班途中的照片，一個是爲無聲電話所苦，最後一個和美冬一樣，門上夾了紙條。

她們做出了結論：一定是同一號人物。究竟是誰搞的鬼？連同美冬，五個人討論了一番，卻完全沒頭緒。

有了同伴雖然讓彰子覺得好過一點，但另一方面也有了新的不安——其他四人受到的騷擾與自己相比，程度有著明顯的差異。她不認爲這是她神經過敏。

彰子在下班回家途中買了男用內褲、雜物和消耗品等等，當天晚上倒垃圾時便將這些混在垃圾裡，希望「對方」翻過垃圾袋後，會以爲有男人來過她房間。

2

掃視店內一圈，櫻木暗暗嘆氣。花式戒指的櫃位有兩對年輕男女，但怎麼看都只是來逛逛而已，就算買，也是三萬圓左右的便宜貨吧。新海美冬正頻頻向其中一對穿著稍微稱頭一點的男女推銷新商品，但有興趣的只有女方，男的則是一臉巴不得立刻逃離現場的表情。櫻木判斷他們不會買。

至於結婚戒指櫃位這邊，畑山彰子正拿幾款戒指讓一對三十來歲的男女看。他覺得這一櫃還勉強可以期待，因爲沒有多少客人會沒事來逛街試婚戒，而且一看就知道男子在一身行頭上花了不少錢，櫻木認爲他一定是爲了來「華屋」而特別打扮的，再來就看畑山彰子能賣出什麼價位的東西了。那女孩心太軟，正老實地向客人介紹便宜的商品。客人似乎正在猶豫，櫻木想或許自己最好過去看看狀況。

其他櫃位的客人也不算少，但絕大多數都像在逛水族館，只是從玻璃櫃前走過而已；而對著陳列單品的玻璃櫃看得出神的情侶就更不用指望了，因爲櫃裡起碼都是三百萬圓起跳的精品。

不景氣再加上阪神大地震和地下鐵沙林事件，也難怪沒有客人上門。

樓層經理濱中搭手扶梯上樓來，四方形的臉正堆著笑一邊說著什麼。他身後的中年男女，櫻木倒是有印象，他們是生意快速成長的折價商店的社長夫婦，社長老爺將肥胖的身軀塞進Burberry西裝裡，戴著金光閃閃的勞力士表；夫人則是全身愛馬仕，不但體態差，化妝也土氣十足。櫻木每次都覺得他們身上的名牌在哭泣。

「歡迎歡迎。今天想找什麼商品呢？」櫻木走向社長夫婦，嘴裡一邊寒暄，投向兩人的微笑比例是五比一，當然以夫人爲重。

「沒有特別想找什麼，是濱中通知說你們進了好東西。」

「社長夫人很中意上次的項鍊。」濱中說。

「哦，黑珍珠的那條。」櫻木點頭，想起社長夫人戴起來一點都不配卻極爲滿意的情景。

「不是說有很好的祖母綠嗎？」腮紅塗得奇醜無比的社長夫人，搓著鱈魚子般的手指說。她手指上已經有鑽戒和紅寶石戒，都是在這裡買的。

「我想您一定會喜歡的。」櫻木對社長夫人堆笑。

一邊目送濱中招呼兩人進了貴賓室，櫻木心想，讓那些賣便宜貨發了財的暴發戶在這裡撒野，眞是作踐了「華屋」這塊招牌。

傳來「謝謝您的惠顧」的聲音，循聲一看，新海美冬正將印有商標的紙袋遞給方才那對男女，這代表了估計他們不會掏錢的櫻木判斷錯誤。花式戒指雖然賺不了多錢，總比賣不出去好多了。

櫻木看著新海美冬，心想讓這女的進來眞是挖到寶了。她突然從一樓賣場調過來的時候，櫻木還持觀望態度，後來發現她懂得如何抓住客人的心。她似乎曾在知名精品店工作，但未說明爲何離職，他猜想可能是有什麼致命的缺點吧，不過目前倒看不出任何問題。

無論如何，櫻木對她的評價是遠比畑山彰子有用。那個畑山彰子忙了半天，一枚戒指都沒賣出去。

他正打算過去支援結婚戒指櫃位的時候，注意到那樣東西。

那是一個印有「華屋」商標的紙袋，被放在鑽石后冠的陳列櫃下。他想大概是客人放的，但附近卻不見像是物主的人。

櫻木走過去，拿起紙袋。事情就發生在這時。

一陣刺鼻的異臭隨著微微的漏氣聲飄散出來。

彰子知道自己工作不太專心，因爲心頭卡著那件事。她叫自己不要去想，但無論如何就是會在大腦某處冒出來。

男客問了她一句話。精神恍惚的彰子聽漏了，便問了一聲：「咦？」

「我說白金的……」

客人正說到這裡，彰子的眼角餘光看見櫻木突然出現奇異的舉動。她往櫻木那邊看去，只見他四肢著地，嘴一張一合，一隻手揮動著。

他是怎麼了？彰子才這麼想的同時，聞到一股刺激性藥品的味道，頓時感到呼吸困難，眼睛刺痛。

發生這種反應的不只是她，剛才還在比較兩枚戒指的女客頻頻咳嗽，眼淚流了出來；攬著她的男客也按住喉嚨，維持同樣的姿勢大喊出聲：「是沙林毒氣嗎？」

這句話讓在場所有人頓時驚覺，似乎大家都聞到異臭了，現場驚聲四起。

「快出去！」彰子面前的男客這麼說，抓住同行女子便走向安全梯，其他的客人也跟在他們後面。

在貴賓室的濱中出來了，「怎麼回事？」

彰子想解釋，卻喘不過氣來，發不出聲音。硬要說話，反而差點嗆到。

「有毒氣！」新海美冬衝過來彰子這邊，動手將還在檯面上的戒指收回櫃裡，「我們得趕快離開這裡，還有，救櫻木先生！」她才說到這裡，突然劇烈咳嗽起來。

濱中似乎這時才搞清楚狀況，大聲說道：

「大家把商品收好，到下面避難！別忘了鎖上櫃子！」

在他下達指令之前，店員早已開始行動了。因爲客人不多，檯面上幾乎沒有商品。她們拿手帕摀住嘴，往安全梯方向移動，櫻木也被她們帶離現場。大概是有人啓動了警報器，警鈴大作。

看著濱中引導那對社長夫婦走出貴賓室前往安全梯，彰子拍了拍新海美冬的肩膀說：「快逃吧！」

「嗯。」

只見美冬往安全門的相反方向走去，彰子連忙說不是那邊，但美冬並沒停下腳步，而是走去按了上行專用手扶梯的緊急停止鈕，確認手扶梯停止運作之後才下樓。彰子心中暗自佩服。

喉嚨和眼睛好痛，開始覺得頭痛反胃了。

3

大約一個小時後，彰子人在明石町某家綜合醫院。被帶到這裡的，除了她還有另外十人左右，包括三樓的店員以及當時正在該樓層購物的客人。連同彰子在內，幾乎所有人的中毒都相當輕微，稍事休息就能復原，唯獨櫻木被送進別的診間接受治療，聽說必須住院一段時間。

「嚇死我了，我做夢都沒想到竟然會在店裡遇到這種事。」

「就是啊。我還很放心，以爲不搭地鐵就不會有事的。」

「可是，爲什麼找上我們店呢？那種的不都是找人多的地方嗎？」

彰子的同伴正在聊天。因爲身體狀況已經恢復，她們幾個店員都待在醫院的候診室裡。新海美冬並沒有加入談話，只是在一旁低垂著頭。她和彰子是最後才離開現場的，因此恢復得比大家慢。

彰子也不太想說話，原因並不是身體不舒服，而是有個猜想占據了她的腦海。然而那個猜想實在太不吉利，她不願去想，卻無法將之逐出腦海。她想找人商量，但任誰聽到這件事反應一定都是驚愕、害怕、不知所措。

不久濱中出現，神情憔悴極了。

「警方說要問話。」

女店員之間的氣氛一下子綳緊了起來。

「照實說就好。但是要注意，不要憑揣測和想像說話，只要說事實就好，知道了嗎？」

所有人點頭。

她們被帶到一間似乎是醫院內部會議室的地方。彰子等人隔著長長的桌子面對五名警察。沒有自我介紹之類的招呼，坐在中央的男子直接開口了。他是一名理了三分頭、年紀不到四十的人物，眼神鋒利，下巴尖細，穿著車工精細的深藍色西裝。他要大家把記得的事情都說出來，無論什麼事都可以，但沒有人開口，所以他又問：「那麼，第一個發現情況有異的是哪一位？」

大家都望向彰子，她不得不開口了。

她盡可能詳細地說明發現櫻木有異狀當時的情形。中央的男子一直盯著彰子的眼睛聽她說話，其餘四人或是做做筆記，不時對彰子說的內容點頭回應。

彰子之後輪到新海美冬，接著是三名女店員，最後是濱中，他們各自描述事件的概況。

「那個紙袋據說是櫻木先生發現的。有沒有哪一位在他之前便注意到了？」中央的男子問所有人。

沒有人回答。於是男子換了一個問題：

「那麼，有沒有哪一位可以肯定那個東西在幾點之前並不存在？」

這個問題也沒有人回答，警察逐漸露出失望的神色。

中央的男子看著濱中問道：

「今天大約有多少來客？包括只是進來逛逛的客人在內。」

「有多少人啊……」濱中歪著頭看向女生，「我不會一直待在三樓，所以不太清楚……。大概有多少人啊？」他問身旁的女店員。

「四、五十個人……吧？」她也不是很有把握。

「不止吧！」另一名女店員說：「要是把來了又走的人算進去，應該超過一百個吧。」

先前發言的女店員低聲說了聲「是嗎」，接下來便沒人發言了。其實「根本沒在算來客數，所以不知道」才是眞心話吧！至少彰子是如此。

「其中有沒有可疑人物？好比明明不是來看商品，只是在店裡亂晃的。」

全員依舊一片沉默。

彰子心想，問這些她們也答不上來。因爲隨時都有不看商品卻在店裡走動的人，也有很多人是在等人，進店裡只是爲了殺時間，要是連這種人都要一一注意，根本注意不完。

「好，不是發生在今天的事也可以。有沒有曾經看到什麼可疑人物或是接到奇怪電話等等，一些你們比較有印象的異狀？」

濱中等人還是沒說話。看到這種狀況，中央的男子正要開口，有人出聲了：「那個……」是一個名叫坂井靜子的店員。

「怎麼？」男子轉向她。

「可是……跟今天的事可能完全無關……」

「什麼事都可以。怎麼了呢？」

「噢，那個……」坂井靜子不知爲何看著彰子，「那件事，可以說出來吧？」

「那件事？」

「就是那個奇怪的男人。因爲……妳看嘛，大家好像都是受害者。」

彰子心頭突地一跳，她沒想到自己以外的人會提起這件事。

「什麼事呢？妳剛才說了受害者？」

「是的。那個……，我也碰上了。這裡在場的女生，最近都遭到莫名其妙的惡作劇。」

「惡作劇？能不能說得具體一點，是什麼樣的情況？」

「就是……，像一回家就看到有人留了奇怪的字條，收到奇怪的照片，然後，呃……，被跟蹤。」

「請等一下，這些事情都是妳在最近這段期間遇到的嗎？」

「我只有收到字條，其他人則是收到照片之類的。」

警察的臉上出現了困惑與驚訝，一副在意外的地點發現了意想不到的事物般的神情，開始打量彰子她們。

結果彰子也不得不把最近有神祕男子糾纏自己的事說出來，因爲其他女孩都說了，只不過彰子所描述的比實際發生的狀況要輕微得多。一方面是她不知道如何解釋自己受到的騷擾比其他人嚴重，而且她這麼做，其實是有更重大的理由。

「神祕男子啊……」中央的男子伸手摸了摸脖子，顯然對她們提供的資訊感到失望。看來他想聽到的並不是這類話題。

「是變態吧。」突然低聲開口的是坐在最左邊的男子。他鬍子沒刮，留長的頭髮隨意往後撥，丟了這麼一句話之後，只是一臉冷笑。中央的男子似乎很不悅，抽動了嘴角。

警方結束問話後，彰子等人回到店裡。賣場目前是禁止進入的狀態，員工在休息室換好衣服就可以回家了，至於明天是否營業則要等後續聯絡。

彰子剛踏出店門就有人拍她的肩膀。是新海美冬。她的嘴唇帶著笑意，眼神卻是嚴肅的。

「有空的話，要不要去喝杯茶再回家？」

「啊……，好啊……」

彰子一回答，美冬旋即邁開腳步。

「竟然發生這麼可怕的事，店裡不知道會怎麼樣。」美冬說，一邊喝著皇家奶茶。她們在上次那家店裡。

對啊……。彰子含糊地回答，她根本沒心思去想店裡的事。

「剛才，妳怎麼不把實情說出來？」美冬問：「和大家比起來，畑山小姐被騷擾的程度嚴重得多吧？可是妳的說法聽起來好像沒什麼大不了的。」

彰子低著頭。她果然注意到了。

爲什麼呢？美冬又問了一次，話聲裡帶著責備的意味，一副「都已經發生那種事了妳還隱瞞」的語氣。

一抬頭，美冬的杏眼正凝視著她。彰子覺得自己好像整個人被看透了。

「也許還是應該把那件事說出來的……」

「發生了什麼事嗎？」

「嗯，是……」

彰子猶豫著打開了包包，拿出一張紙，攤開來放在桌上。紙上打字輸出的文字寫著：

「妳竟敢背叛我　妳這條命是我的　我會讓妳明白這一點　給我小心一點　我隨時都在妳身邊」

4

「毒氣是氯化物。從紙袋裡面發現塑膠容器和破掉的氣球，塑膠容器裡裝的是次氯酸鈉，而原本氣球裡極可能灌滿了硫酸，推測是這兩種藥品混合後產生的化學反應形成毒氣。目前尚未發現與地下鐵沙林的共同點。」向井的聲音響遍整個會議室。他身形瘦小，穿慣了西裝，看起來頗有幾分一流企業上班族的味道。當然，銳利的眼光除外。

向井手裡拿著警視廳科學搜查研究所送來的報告，內容是昨天銀座「華屋」毒氣案中嫌犯留下的那個紙袋的分析結果。

聽到是氯化物，加藤亘暗笑，怪不得今天沒看到公安調查局的那些人。這份資料想當然也送到地下鐵沙林事件的專案小組去了，那些人現在對於跟沙林無關的東西是毫無興趣的。明明昨天聽到銀座發生毒氣案時，第一個趕過來的就是他們，而且向受害店員等人問話時，還擅自搶走了主導權。

包括加藤在內的向井小組來到了築地東警察署，本次事件的專案小組算是設在這裡。說「算是」，是因爲目前與毒氣相關的調查其實全權由警視廳負責。

繼昨天之後，今天也進行了現場四周的探訪調查，但現階段收穫極少。「華屋」的紙袋是唯一可供人指認的證物，但在銀座，人們不可能光憑那個紙袋就對持有者留下印象。

目前僅有的線索便是設置於「華屋」三樓那兩臺監視攝影機所拍到的影像。有一百多位客人經過紙袋放置的地點，由於沒有拍到腳部，看不出是當中哪個人放置紙袋的，所以辦案人員正逐個寫下鏡頭拍到每一個客人的長相、模樣和特徵製成表，同時與監視攝影機更早之前的錄影做比對，因爲嫌犯一定會事先前來探勘場地。

「有一點特別值得注意。」向井繼續說：「就是那個紙袋當中將兩種藥品混合的設計。根據報告，袋裡的機關是把裝硫酸的氣球放進裝次氯酸鈉的容器中，讓氣球在受到某種刺激時便破裂。」

「某種刺激是指？」一名辦案人員發問。

「只要一移動紙袋便會啓動開關，發動電磁鐵讓針刺破氣球。報告影本上有詳細圖示。」

看了傳閱的影本，加藤不禁大爲佩服。以電磁鐵發射針的機關以及開關的機械原理都不難，開關部分使用了小鋼珠，其設計是紙袋一經移動，那顆小鋼珠便會在軌道上滾動，碰觸到隔板的那一瞬間電流便會由乾電池流向電磁鐵。這種機關恐怕連小學生都做得出來。

「小鋼珠啊……」加藤喃喃地說。

「現在正鎖定了小鋼珠店，應該很快就會有結果。」向井說：「塑膠容器與氣球也正在鎖定製造商；電磁鐵應該是某種零件；至於針和其他零件的詳細情形還不清楚。關於毒氣的產生裝置目前就是這樣。」

幾乎什麼都不知道嘛。——有人冒出這麼一句。向井朝聲音的來處瞪了一眼。

「並不是什麼線索都沒有。就像報告裡寫的，設計非常簡單，只要有國中程度的知識就做得出來，你們也是一看這裡畫的簡圖就馬上了解其中的原理了吧。但是，這個設計你們想得出來嗎？」

組長的話讓全體陷入沉默。加藤也由衷贊同。一旦出了社會，若不是工作或興趣上用得到，電磁鐵和電流原理早就忘得一乾二淨。

「還有另一點。原理雖然簡單，但要讓機關實際運作，不管是用了小鋼珠的開關也好，電磁鐵也好，條件必須全部吻合才行得通。什麼都沒考慮光是製作，做出來的東西是無法正常運作的。從這一點來看，這次嫌犯所用的裝置做得非常精巧，科搜研認爲嫌犯要不是製作的行家，就是事前經過多次演練試作。」

「無論如何，都是手很巧的人幹的吧。」

對於加藤的意見，向井表示：「同感。」接著他壓低音量繼續說：

「我不管公安那邊怎麼看這個案子，反正我們打從一開始，就完全不把地下鐵沙林事件兜在一起看。全刑事部都認爲，專挑地下鐵這類公共場所下手的恐怖行爲和這次以珠寶店爲目標的案子，性質截然不同。總之先從調查『華屋』相關人員著手吧。」

「要是調查過程中發現與沙林有關怎麼辦？」加藤問。

「到時候……」向井先頓了一下，一邊嘴角上揚，「就到時候再說。我們就照規矩進行調查。遇到需要公安那邊的情報的時候，再想辦法跟他們問出來。不過，他們沒開口問的事情，我們也不必專程去通報。」

原來如此，加藤也微微一笑。

加藤認爲可疑的，是女店員提起那位最近糾纏她們的神祕人物。氯化物氣體雖危險，並非絕對致命，嫌犯的目的恐怕是想威嚇「華屋」裡的誰。這種來陰的作法，與她們嘴裡的神祕人物形象吻合。雖然偵訊時他低聲吐了一句「是變態吧」，被期待本案與地下鐵沙林事件有關的公安局的人擺了臭臉。

總之，有必要對「華屋」的人進行詳細問話，尤其是每個店員。加藤正與其他辦案人員討論執行規劃時，有人過來通知說「華屋」的兩名女店員來到警署，表示有話想說。

加藤與同為向井小組成員的年輕刑警西崎，兩人一起與女店員會面。

兩名女子正在刑事組一隅的會客室等候。加藤對兩人都有印象，都是美人，尤其是其中一位，臉蛋漂亮得可以當女明星了。他會記得新海美冬這個名字，不僅是因為姓氏特別而已。

然而，新海美冬是作陪的，主角是名叫畑山彰子的店員，說是有件事在昨天問話時不敢說。

「是什麼事呢？」加藤笑著問。

然而，看了畑山彰子從包包裡拿出的一張紙，加藤擠出的笑臉便消失了。那張紙或許可視為是這次做案的預告。

「這是什麼時候收到的？」加藤問。

「事情發生的兩天前。我下班回到家，這個就夾在門上。」

『竟敢背叛我』——這種寫法是什麼意思？是指妳背叛了神祕男子嗎？」

「對方好像是這麼認為的。」畑山彰子點頭。

「怎麼說？」

這時，新海美冬開口了。

「是我建議畑山小姐，最好表現得像是她交了男朋友。像是晾衣服的時候一起晾男性的衣物，門牌改成男性的名字，垃圾裡也混進一些讓人以為是男性用過的東西。」

「原來如此。所以，妳這麼做了嗎？」加藤將視線移往彰子。

「我故意在垃圾裡丟了男性用的消耗品，還有晾衣服也……」

「這些動作妳是從什麼時候開始的？」

「大概一個星期前。」

「從那時候到今天，除了這張字條，有沒有其他異狀？」

彰子略加思索之後，輕輕搖頭。

「我印象中沒什麼特別的。沒有奇怪的信件，也沒打電話來，所以我以爲是新海小姐的建議奏效了……」

加藤環起雙臂，視線再度落到字條上。

關於「妳竟敢背叛我」這個部分，這樣就能解釋了，看來神祕男子相信彰子有了男友。這種人對於心儀的女子過度迷戀，會有深信對方屬於自己的傾向。加藤也知道不少由此發展爲命案的例子。

「妳這條命是我的　我會讓妳明白這一點」，顯示這名男子的精神結構處於危險狀態；無法順心如意的焦慮與遭到心儀女子背叛的怒氣，想必正讓他憤恨難平。

可是……。加藤認爲，從這幾句話裡感覺不出忍無可忍的殺意。這些話裡要表達的只是「如果有必要，可以取妳的性命」而已，換句話說，這是警告。而將這些話解讀爲警告來看的話，那場氯化物毒氣事件確實有效。

加藤想，或許就是這麼回事了。如此一來，最後一行便不能錯過。

「我隨時都在妳身邊」，是什麼意思？純粹指畑山彰子的行動完全在他的掌握之中？或者另有含意？

「店裡出事之後，妳身邊還有沒有發生什麼事？」加藤問彰子。

「昨天晚上，他打電話來了。」
「他怎麼說？」
「『這下妳知道了吧，別背叛我。』——只講了這些就掛了。我實在怕得不得了，所以……」
「今天才會到這裡來。」
彰子用力地點了點頭。
加藤回到專案小姐立刻跟向井報告，向井看了字條沉吟著：
「這件事媒體知道了嗎？」
「我沒透露，也叫她們不要說出去。」
向井點點頭。
「監視一下畑山彰子吧。不過，其他女店員也說之前被那個神祕男子騷擾，對吧。」
「讓人想不通就是這一點。如果說是對畑山彰子有偏執傾向的男人，因愛生恨幹下這次的案子，那麼對其他女店員的騷擾又是怎麼回事？或者這是某種掩護？」
「要掩護什麼？」
「不知道。」
「大概是一開始對『華屋』的女店員都有興趣，後來才單獨鎖定畑山彰子吧。」
「是有可能。」加藤的語氣聽得出他難以贊同。
「『我隨時都在妳身邊』……。這句話很怪。」向井似乎與加藤有同感。
「這只是一句威脅呢？或者有更實質的意義呢？我認為這一點值得注意。」

「實質的意思是說？」向井抬頭看加藤，臉上是期待從部下嘴裡聽到與自己同樣想法的表情。

「意思是說，嫌犯就在公司內部或是極爲接近的地方。只不過若眞是如此，應該不會寫這種字條才對吧？還是他認爲畑山彰子不會拿來報警……」

向井若有所思地閉上眼睛。

「女店員總共有五個，是吧？先監視她們上下班的情況。」

5

目標的住處位於江東區門前仲町，那是一幢面向葛西橋路、屋齡五年的公寓大樓，一樓是便利商店，因此白天人來人往。雖然只要盯出入公寓的人就好，監視工作依然很耗神。

竟然把這種無聊的差事推給我們！——這名築地東署的辦案員不禁暗罵，他在刑事課裡也算是中堅分子，上頭卻命令他從事監視毒氣案受害者這單調乏味的低階工作，著實傷害了他的自尊。今天是監視的第三天，沒有任何異狀，他早死心了，反正接下來也不會有異狀。

他心想，我會不知道你們本廳的人在想什麼嗎！出事的時候以爲跟地下鐵沙林事件有關，連忙搞出一個專案小組；等發現苗頭不對，浮上檯面的線索指向變態騷擾事件，就方針一轉打算趁早把麻煩事推給轄區處理。要是死了一兩個人，辦起事來還多少有點幹勁，現在連受害最嚴重的那個叫櫻木的都快出院了，搞不好還無法以殺人未遂來起訴嫌犯。這也就罷了，明明可以全權交給轄區辦案卻不肯，根本就是爲萬一發現與沙林事件有關時預留退路。

他坐在廂型車的駕駛座上，車子是向認識的電器行借來的。他把車靠左停在葛西橋路上，看著對面的公寓大樓，他所監視的是三樓的中央部分。這棟公寓大樓的外走廊面對大馬路，可以清楚看見各戶的房門。

他連打了兩個呵欠，這時前座玻璃窗叩叩響了起來。一名後輩刑警正朝車裡看。

他開了車門鎖，後輩打開車門說：

「換班時間到了。」

「總算換班了啊，時間過得眞慢。」他在狹窄的車內伸了伸懶腰。

就在這時候，望向公寓大樓的後輩「啊」了一聲，他也反射性地朝那邊看。

他們盯梢的門前站著一名男子，身穿灰色短夾克，中等身材，年齡大約四十前後，或者更老一些，看不清長相。

男子正在翻弄信箱。這棟公寓大樓的一樓設有信箱室，會直接送到門口的郵件只有限時和掛號。當然，男子看上去不像郵差，也不像快遞員。

「要去叫住他嗎？」後輩問。

「慢著，先觀望一下。」

不久男子離開了門，朝電梯的方向走去。看來他並不關心其他戶的門。

「你待在這裡。」他對後輩下令後走出車子。雖不是什麼大功，也不能讓後輩搶走。

他小跑步過了馬路，在大樓公共玄關前伺機而動。監視的第一天他便確認過從這裡也可以清楚看見信箱室。

方才的男子出現了。萬一他直接走過信箱室過門不入呢？這名刑警做了決定——還是要叫住他。

一如預期，男子走進信箱室，看樣子他一邊在察看四周。刑警先縮回身子避開，一會兒之後又繼續監視。

男子的手伸進了某個信箱的開口，顯然是想撈出裡面的東西，而不是想放信件進去。這裡的信箱得有密碼才能打開。

男子將某樣東西放入夾克口袋。一看到他這麼做，刑警便走進信箱室。男子似乎察覺了，從信箱旁退了開來，若無其事地正準備離開。

「不好意思。」刑警出聲叫他。

男子一臉「幹麻」的表情，停下了腳步。

「你剛才在這裡做什麼？」

「沒有啊。」男子搖搖頭，閃躲著不讓對方看見自己的面孔。

「我都看到了。你剛才想偷信吧？」

「我才沒有。」

「不然你在做什麼？」

「我說沒做什麼啊！煩不煩吶。」

男子想逃，刑警先一步抓住他的手腕，男子的表情不由得僵了，但在他出聲大叫之前，刑警亮出了警察手冊。

「先請教一下你的姓名住址吧！還有，把口袋裡的東西拿出來瞧瞧。你的舉動顯然犯法了喔。」

他知道男子的臉色唰地一下變白了，這名刑警細細品味著盤查時直搗嫌犯要害的快感。

6

偵訊已經開始進行，加藤亘卻對攤在眼前的答案感到困惑。雖然尚未認定這便是正確答案，但這個人既然掉進他們所佈下的羅網，嫌犯身分便不容置疑。

濱中洋一在短時間內整個人變得憔悴不已，渙散的視線望著偵訊室的桌子，半張的嘴一直沒合上。光看這副模樣和表情，實在無法相信他是銀座珠寶名店的樓層經理。

桌上有一封信，是ＮＴＴ寄出的通話明細與帳單。這是濱中自信箱裡偷出來的。收信人是新海美冬。監視的辦案人員也當場目擊濱中在她家門前翻找信箱。

「我說濱中先生，你也該說實話了。爲什麼要偷新海小姐的郵件？」加藤說。這個問題不知問過多少次了。

濱中低著頭開口：「我說過了……」

「你不是偷，是撿到的？想交給她，才拿到公寓去？本來想放進她門上的信箱，後來又決定放到一樓？可是放不進去，所以就想說算了，準備回家時被刑警叫住？」加藤以消遣的口吻重複濱中先前的供述，「濱中先生，假如你是刑警，你會把這種供述當眞嗎？會原封不動接受嗎？不會吧？所以呢，可不可以麻煩你說些我們能接受的？」

濱中的頭垂得更低了，正在絞盡腦汁設法擺脫困境，卻想不出任何妙計，只能一逕沉默。濱中在隱瞞什麼？

「濱中先生，聽說你常去打小鋼珠，是吧。剛才聽你太太說了，你會固定去你家附近的一家小鋼珠店。」

或許是話題突然變了，濱中眨眨眼看了看加藤。

「你曾經從那家小鋼珠店帶小鋼珠回家吧。」

「小鋼珠？沒有。」

「是嗎？」加藤斂起下巴，抬眼斜看濱中，「那個毒氣裝置裡，就用了那家店的小鋼珠。這算是巧合嗎？」

聽到這裡，濱中似乎終於弄懂了加藤的意圖，連忙大搖其手。

「我不知道！跟我無關！我不知道什麼小鋼珠的。」

「那我換個問題好了。」加藤說：「既然當上『華屋』這種高級店鋪的樓層經理，應該有機會用到電腦吧？」

濱中微微抬起頭。

「怎麼樣？」加藤追問。

「那個……偶爾會用到。」

「你家裡也有電腦？」

濱中思索了一會兒，才回答「有」。

「是什麼機種？」

「機種……，爲什麼要問這個？」

「你不必管！問什麼你就答什麼。」聲音裡有一股狠勁，但接下來加藤又回復到先前柔和的語氣說道：「請告訴我你的電腦機種。」

「富士通的……叫什麼來著？」濱中嘴裡念念有詞之後，歪著頭說：「對不起，詳細的我不記得了。」

「你會用文字處理軟體吧？」

「會。」

「你用什麼軟體？」

「一太郎。」

「印表機的機種呢？不記得的話，告訴我品牌也可以。」

「我記得是……EPSON。」

加藤背靠椅子，低著頭望著嫌犯。文字處理軟體和印表機都與畑山彰子所收到的恐嚇信分析結果一致。但是，如此老實的供述反而令人起疑。濱中那拱肩縮背的模樣只透露出一種情緒——畏懼。

敲門聲響起，門開了。向井探頭進來向加藤微微點頭，加藤站起身走出偵訊室。

「新海美冬的偵訊結束了。」向井小聲說。

「她怎麼說。」

「很驚訝。當然的吧。」
「她怎麼解釋她和濱中的關係？」
向井搖搖頭說：
「『受到樓層經理很多照顧，也認爲他是個好上司，所以也想當個好部下，至今仍無法相信會有這種事。』——標準答案。」
「已經讓她回去了嗎？」
「還沒，還叫她等著。你要見見她嗎？」
「我是想和她談談。」
「好。」向井點點頭，「濱中那邊如何？」
「老樣子。」
「是嗎。不過，今晚還不必放他回去，搞不好他明天就改變心意了。」
「組長。」
「什麼事？」
「毒氣那邊，濱中是清白的。」
向井露出似乎冷不防被擺了一道的眼神，接著緊盯著部下，嘴角浮現一絲笑容。
「證據何在？」
「他沒那個能耐。要執行那種計畫，必須有不小的膽量。」
「你是說，他沒那個膽子嗎？如果你是憑直覺這麼說，還眞不像你的作風。快去找新海美冬吧。」

新海美冬穿著無袖針織衫，雪白纖細的上臂十分炫目。加藤只看過她穿制服或套裝，因而對她穿便服的模樣感到很新鮮。

「聽說『華屋』暫時歇業啊。」他以這句話代替打招呼。

是的。——美冬說著點點頭，表情不免有些僵硬。

「聽說妳今天都待在家裡？妳完全沒注意到有人去翻弄門上的信箱嗎？」

「因爲我在裡面的房間看電視……」

「據濱中先生說，他打了好幾次電話給妳，可是沒人接，所以才找上門去。」

「我把電話線拔掉了。之前也說過，這陣子常接到莫名其妙的電話……」

「可是這麼做很不方便吧？沒人聯絡得到妳呀。」

「那也是不得已的，總比接到莫名其妙的電話給自己帶來壓力的好。再說，不可能有什麼緊急聯絡進來的，現在的我又沒有家人。」美冬低下頭說。

加藤也知道她是阪神大地震的災民。

「關於這次的事，妳有沒有什麼能提供的線索或覺得奇怪的地方？」

「剛才已經和其他的刑警先生說過……」

「不好意思，麻煩妳再說一次。」

美冬輕輕嘆了口氣才開始說。據她說，上個月也沒收到ＮＴＴ的帳單，覺得很奇怪；除此之外，也沒收到天然氣和電費的收據。

「萬一郵件眞的都是被偷走的，實在太令人震驚了。說實話我眞的很不願意相信。」

美冬如祈禱般將十指在胸前相扣，雙手微微顫抖。前幾次碰面時，她留給加藤的印象是沉著幹練，但這次的事似乎對她的心神造成很大的傷害。

「妳對樓層經理濱中先生有什麼看法？過去在職場上，他對妳是否曾經有過一些特別的對待？」加藤單刀直入地問。

新海美冬先是沉默，但當她抬起頭來時，吁了一口長長的氣。

「我剛才也說過，我現在還是無法相信。眞的沒弄錯嗎？濱中先生眞的不是爲了送回我的失物，才前往我的住處的嗎？」

「妳認爲那種說詞有說服力嗎？」

加藤這麼一問，她再次沉默了下來，好一會兒才又撥開劉海，強忍痛苦般蹙起雙眉。

「眞不敢相信。濱中先生工作能力很強，我一直很尊敬這名上司。從明天起，我大概誰都不敢相信了。」

7

客廳電視櫃上擺著一個小小的相框，裡面放的是圖畫般安穩幸福的全家福照。小學年紀的兒子站在中央，身後是一對夫妻，三人一起笑瞇了眼。大概是去爬山時拍的吧，不僅丈夫，妻子也是牛仔褲加球鞋的打扮。

而那名妻子正坐在加藤面前垂著頭，放在膝頭的左手裡捏著一條手帕，身穿開襟針織衫搭配白裙子。加藤認爲比起牛仔褲，這名女子比較適合現在的打扮。

「這麼說，妳早就發現情況有些不對勁了？」加藤問。

濱中順子微微點頭。

「他變得常常在想別的事情，對我說的話完全心不在焉……」

就算沒狀況，天底下做丈夫的也多半是這個樣子啦。——加藤把這句話忍住了。他本身在四年前離了婚，心裡很清楚自己還沒離婚時也是那副德性。

「還有……」她補充道：「回家時間也比以前晚了。以前九點就會回來，最近有時候會將近十一點才回家。」

「會外宿嗎？」

「這倒是沒有……」

「那麼反過來，早上會不會提早出門？」

加藤這麼一問，順子一臉似乎被提醒了的神情點點頭。

「聽您這麼說，的確會。雖然不是常常，不過偶爾會比平常提早將近一小時出門，說是店裡有事情要準備……」

「妳還記得這些變化是什麼時候開始的？」

順子的手貼上她瘦削的臉頰。

「我想，應該是二月的時候。」

加藤點點頭。若騷擾畑山彰子和新海美冬的人就是濱中，情況的確符合，早出晚歸可能是爲了跟蹤她們或去翻垃圾。

「請問……」順子以畏怯的眼神望著他，「我先生眞的做了那種事嗎？對店裡的女店員做出類似騷擾的事情……」

「偷了某個人的郵件是事實，因爲調查人員親眼看到了。」

順子閉上眼睛，再度深深垂下頭。加藤看得出對她而言，一些穩固的事物，像是安定的生活、將來等等正搖搖欲墜。

她並沒有說出意味著「我先生絕不可能做這種事」的話語，可能是早就隱約察覺有異了吧。

警方對濱中洋一的房間進行搜索，希望能夠有兩種發現：一是對「華屋」女職員騷擾的證據，一是製作毒氣裝置的證據。

「換個話題吧。」加藤伸手拿起茶几上的茶杯，想起方才順子泡茶時雙手顫抖的模樣。「上星期的這個時候，妳先生是否曾關在房間裡？好比製作些什麼東西。」

順子歪起頭，眉間一直是緊蹙著。

「剛才也提過，這陣子我先生經常關在房間裡，不過他在裡面做些什麼，我就不知道了。」

「妳常進去妳先生的房間嗎？我是說，妳先生不在家的時候。」

順子搖搖頭。

「之前進去過一次，被他罵得很凶。他說裡面有客人寄放的重要物品，叫我絕對不可以擅自進去。」

「這麼說，房裡是什麼情形妳都不知道了？」
「是的，幾乎都不知道。他眞的會很生氣，前幾天才大發脾氣，質問我是不是擅自進去過。」
「剛才，我稍微看了一下妳先生的房間，裡面有一些很特別的東西，像是工作臺、老虎鉗、小工具等等。」
「他有空的時候會玩金工，說是既然在賣珠寶飾品，技術方面也應該多少知道一點。」
「金工是一種相當精細的工藝吧。妳先生的手很巧嗎？」
「這個我也不清楚，應該跟一般人差不多吧。我先生給我看過他做的戒指和胸針，不過畢竟是外行人的手藝。」
順子有問必答，但顯然對這些問題感到很訝異。加藤並未告訴她「華屋」毒氣案的相關消息。
「加藤先生。」年輕刑警西崎在門口那頭叫道。他也參與了濱中自家的搜索，戴著白手套，「請您來一下。」
加藤對順子說聲抱歉，從沙發站起身。
「發現什麼了嗎？」來到走廊上後，加藤問道。
「這個。」西崎手上拿著幾張照片。
照片裡是新海美冬，一看就知道是偷拍的。

8

對方指定的碰面地點是水天宮附近某飯店的咖啡廳。一名令人想以侍應生而非服務生稱呼他的黑衣男子，老練地領著加藤與西崎到角落的席位。

加藤看了菜單，身子不由得向後一仰。

「你看看這個，一杯咖啡竟然要一千圓！」

「當然啊，飯店嘛。而且應該是可以免費續杯的。」

「這樣啊？那至少得續他個兩杯。」

加藤環視四周。咖啡廳裡有許多西裝革履的男子，似乎是企業人士。加藤也穿著西裝，但那些人身上穿的顯然是名稱相同但截然不同的衣物。外國人也很多，讓他一直覺得坐不住。

「眞不知道幹嘛選這種地方。」

「她說是她有事要來這一帶，而且這間店她平常也常來。」

「常來一杯咖啡一千圓的店啊？珠寶店的店員薪水這麼高嗎？」

「我是不知道啦，不過聽說獨居的女人都是小富婆，也可能是因爲泡沫經濟時期奢侈慣了，改不掉吧。」

「娶到那種女人一定很命苦。」

「我也這麼想。不過像她那種大美人，不愁沒人追吧。」

「美是美，我可敬謝不敏。明明看上去精明能幹，卻又裝出一副嬌弱的模樣，總覺得這個女的很難看透。」

「加藤先生用不著擔這個心，人家也看不上你。」

西崎正在損加藤時，咖啡送上來了。無論色澤香氣，加藤都覺得不同於一般咖啡店，一喝之下，果眞十分美味。

「來了。」西崎小聲說，朝大廳的方向看去。

一身白色套裝的新海美冬正往這邊走來，姿勢宛如模特兒般秀麗挺拔，行走的體態也美，還散發出一種堅毅的風采。加藤不禁再次懷疑——她眞的只是個粉領族嗎？

她注意到兩名刑警，嘴角微露笑容，走了過來。

「對不起，讓兩位久等了。」

「哪裡，我們也才剛到。」

穿著黑色長裙的女侍上前來，美冬點了皇家奶茶。看她沒有絲毫猶豫，加藤想那一定是她最喜愛的飲料。

「很抱歉，百忙之中打擾。」加藤仍坐著，低頭行了個禮。

「哪裡，再說今天也不算特別忙。」

「聽說明天你們店要恢復營業了。」

「是的。因爲發生過那種事，一定得加倍努力好挽回形象。」她筆直地凝視著加藤的眼睛，她那雙眼彷彿會讓人不由自主地被吸進去。加藤伸手去拿咖啡杯。

「其實今天前來打擾，是有一個很敏感的問題想請妳確認，也因爲如此，才請妳指定碰面地點。」

「什麼事呢？」美冬的眼睛一派認眞。

加藤想起濱中被逮捕那時候，當時這名女子一臉恐懼，然而今天卻顯得落落大方。在短短幾天之內便重新振作起來了嗎？

「前幾天我們對濱中先生的住家進行搜索，收押了許多東西。我們拿這些東西逼問濱中先生，結果得到了相當意外的供詞。」

皇家奶茶送來了。美冬道聲謝，先喝了一口，沒讓加藤的眼睛看出一絲一毫動搖。

「據濱中先生說……」他一邊注意不錯失美冬任何表情變化，繼續說：「他的目標就只有妳一人，而且表示並不是他單方面有意，他聲稱與妳有特別的關係。」

美冬的表情沒有變化，或者應該說，她似乎貼著一張沒有表情的面具。她凝視加藤好一會兒，眨了兩次眼，接著面無表情地說道：

「那是什麼意思？」

「就是字面上的意思。濱中先生說妳是他的情人。」

「我？」美冬按住自己的胸口，「怎麼可能！」

「妳是說那是假的？」

「當然！你們爲什麼要這樣誣衊我！」

「不是我們，是濱中先生說的。爲了確認，我們才會請妳出來碰面聊一下。」

「那是捏造的。我怎麼會和樓層經理……」她大大吁了一口氣，一面搖頭，「這眞的是濱中先生說的嗎？」

「是的。」

「眞不敢相信。」她猛眨眼，咬住嘴唇，「我和濱中先生沒有任何私人關係，純粹是上司與下屬而已。」

「但是濱中先生的描述相當具體。他說你們兩人的關係在妳調至同一樓層工作之後不久便開始了；見面的地點是新塔飯店，那是一間位於東陽町的大飯店，離妳的公寓也很近。據他說，都是由妳先辦理住房手續在房間裡等，他再過去會合。」

「請不要再說了！」美冬尖銳而斬釘截鐵地說：「那種地方我去都沒去過！」

在加藤眼裡看來她似乎眞的動怒了，實在不像是演戲；然而招出與她有私密關係的濱中，也不像說謊。到底是哪一方隱瞞了眞相？

「如果沒這回事，爲什麼濱中先生要扯這種謊？」

「我不知道。我才剛進『華屋』不久，和樓層經理又不怎麼熟。」

「妳沒有受到濱中先生這一類的示意嗎？我的意思是，他有沒有追求過妳？」

「這種事……」

美冬的表情有了變化，似乎這時才若有所悟。

「想到什麼了嗎？」

「沒有，不是什麼値得一提的線索。」

「無論多麼微不足道的事都沒關係，可以請妳告訴我們嗎？只要釐清和案子無關，今後我們不會再提任何這方面的問題，也不至於讓妳感到不愉快。我們完全沒有介入妳個人私生活的意思。」

美冬似乎有些猶豫，終究開口了。

「我調到現在的工作崗位之後，曾經和樓層經理去喝過兩次茶，都是在工作結束之後，因爲他說有事想和我討論一下。」說到這裡，她點點頭，「對了，那家店或許就是……」

「是什麼？」

「您剛才提到過吧？東陽町的飯店。」

「新塔飯店。」

「可能就是那裡。是經理送我回家的路上去的，可是我不知道飯店的名稱。」

「你們在那裡喝茶？」

「是的。」

「就光喝茶？」

「是的。」美冬的表情柔和了幾分，「一邊喝茶，一邊聽他聊有關店內經營方針等話題。就這樣。」

「很抱歉我必須繼續追問，他當時沒有對妳示好嗎？」

「那個……」她微微偏著頭，「也許算有吧。」

「妳是說？」

「經理約我到酒吧去，說想多聊一點。」

「可是妳沒答應？」

「因爲當時很晚了，而且和不熟的人喝酒又放不開。」

「原來如此。」

由於職業的關係，加藤對於辨別話語的眞僞很有把握，然而他卻完全摸不透新海美冬。或許她說的都是實話，否則，她就是一名極爲出色的演員。

「妳從其他同事那裡聽說過類似的事情嗎？也就是還有誰曾經受到濱中先生的邀約嗎？」

她搖頭表示不知道。

「我是個新人，不太會有人對我說這些私事。」

「是嗎。」

加藤正想著接下來該問什麼，她卻主動開口了。

「濱中先生爲什麼要偷我的信？」

「關於這件事……」

加藤不知道該不該說，但若不回答，這名女子恐怕難以心服。

「這完全是他的說法。他認爲妳有了其他對象，爲了想調查對方才這麼做。」

「什麼？」美冬眉間皺了起來，「他腦袋是不是有問題？」

「這個嘛，的確是不尋常。」加藤苦笑，「就算眞像他說的與妳有特別的關係，去偷人家信件也算是異常的行爲吧。」

「我和他之間沒有任何關係。」她以嚴厲的眼神怒視加藤。

「妳這邊的說法我們了解了，回本部之後我們會加以檢討的。只是，往後可能還有事情得向妳請教，屆時還請妳協助了。」

「我沒有說謊。」

加藤只是點點頭，伸手想拿桌上的帳單，她卻搶先了一步。

「我來付就好，指定要來這裡的是我。」

「不不，怎麼能讓妳破費……」

「我還想在這裡多待一會兒，整理一下情緒。」

「是嗎？」加藤搔搔頭，「那麼，我們就不客氣了。」

離開飯店之後，加藤問西崎：「你覺得呢？那女人是不是在說謊？」

「很難說。只不過……」西崎回頭望了望，才小聲繼續：「她好凶啊。」

加藤說同感，別有含意地笑了笑。

回專案小組之前，兩人先前往位於東陽町的新塔飯店。那是一棟白色高樓，在大眾餐廳與五金量販店毗鄰的街頭顯得相當突兀。

加藤在櫃檯出示一張照片。照片是向「華屋」借的，來自新海美冬的履歷。他問飯店人員是否見過這名女子。

頭髮三七分的飯店人員一一詢問過一旁數名工作人員之後，回報加藤與西崎。

「很抱歉，沒有人對她有印象。」

「那麼，有沒有客人是以新海美冬或濱中洋一的名字留宿？字是這樣寫的。」他把寫了兩人姓名的紙條給飯店人員看。

「請稍等一下。」

飯店人員以熟練的手法操作電腦終端機，寫了一張紙條拿過來。

「濱中洋一先生曾經惠顧過兩次。」

「咦！什麼時候？」

「平成五年，所以是前年了。兩次都是十月。」

「前年……」

「另外，沒有新海美冬這個名字的紀錄。」

這並不意外，外遇投宿會留下本名才奇怪。

加藤又拿出一張照片，這次是濱中洋一的。

「這位客人倒是曾經來過幾次。」飯店人員看著照片說。

「什麼時候呢？」

「這個，我想應該是今年。」飯店人員不是很有把握。

「有沒有女性同行？」

「這個，我就不清楚了。」飯店人員無能爲力似地搖搖頭。加藤點點頭，要他們記得實在是強人所難。

回到築地東署，加藤立刻把濱中叫進偵訊室。一聽到新海美冬否認兩人的關係，濱中從椅子站起來猛搖頭。

「她說謊！怎麼會沒有任何關係，沒這回事！刑警先生，請你相信我！」他對加藤投以求援的眼光。

「可是你說飯店是由她辦理住房手續，飯店卻沒人記得她。」

「一定是客人太多，忘記而已。」

「但是他們卻記得你。你說是由你負責退房？在那種飯店，到櫃檯辦手續的絕大多數是男人，所以只記得你卻不記得新海小姐也未免太不自然了。」

「可是……」

「你之前也住過那家飯店吧，前年秋天的時候。是跟誰一起去的？」

加藤的問題，讓濱中扭曲的表情瞬間虛脫，那是出其不意被將了一軍的反應。

「那種事……不重要吧。」

「是不重要。不管你是不是外遇成性、對象是誰、偷吃過多少女店員，和我們一點關係都沒有，我們只想知道毒氣案的嫌犯是誰。不過，既然發現這種東西，當然會想知道是誰寫的吧。」說著，他把一張影印紙放在濱中面前。就是畑山彰子收到的那封恐嚇信。「你老實招吧！其實每一個女店員你都追過吧？新海小姐是其中之一，畑山彰子小姐也是。可是沒有人理你，你惱羞成怒，就幹下那種事。」

「不是的、不是的，我沒有做那種事。請找美冬來，請讓我和她談。」

加藤俯視苦苦哀求的濱中，以冷靜的大腦自問：這是演技嗎？

9

「有兩個人？」向井皺起眉頭。

「這麼想，就說得通了。」加藤站在向井的辦公桌前，只是他說歸說，心裡早已死心，他知道上司多半不會接受。

向井稍微環起雙臂，抬眼看部下。

「你是說，有兩個變態？」

「是不是變態還不知道，但我認爲跟蹤『華屋』女店員的不止濱中一個。濱中跟蹤的，應該就像他本人說的，只有新海美冬一個。」

「新海不是否認了她和濱中的關係？」

「她說的不見得是眞話，因爲她還得顧慮在公司的立場。」

「你的意思是濱中的目標就只有新海一個，對其他店員沒有採取任何行動？」

「如果濱中對所有人都有所不軌，應該會全數加以否認，這就無法解釋他爲何只承認新海了。」

「一定是偷信當場被抓到，想不出藉口來搪塞吧。」

「這一點也有疑問。濱中說，他是因爲懷疑新海有了新對象，想查出對方是誰才偷信的。我認爲這個動機很有說服力。」

「所以呢？」

「對新海懷有如此異常嫉妒心的男人，會同時對其他女人懷有同樣的感情嗎？所以我才認爲畑山彰子收到那張形同恐嚇信的紙條，是其他人基於另一種嫉妒幹下的。」

「所以變態有兩個嗎？」向井戲謔地揚起嘴角，「照你說的話，事情就是這樣了：有一家叫『華屋』的珠寶店，正巧有兩個人在同一時期對那裡的女店員懷有同樣的迷戀，而且這兩個人在同一時期對各自的對象懷有同樣的妒意。一個去偷郵件，一個在店裡放了毒氣裝置。加藤，你想想，這種事可能嗎？」

「組長知道stalker這個詞的意思嗎？」

「什麼？」

「stalker。在美國相當受重視的詞。翻譯過來，大概是跟蹤狂吧。」

「我知道你對國外的情況很清楚。那個跟蹤狂又怎麼樣？」

「跟蹤狂是一種精神疾病，患者對目標對象的感情越來越強烈，到後來非要支配對方日常生活的一舉一動才滿意。這次濱中對新海的舉動就很符合，這種人一年比一年多，可能在日本也遲早會造成問題的。」

「因爲越來越多，所以同一時期出現兩個也不足爲奇嗎？」

「確實這次的案子，各方面時間上重疊的巧合太多……」

「是你想太多了。理性主義者加藤竟然會提出這種偏頗的答案啊。」

「所以如果不是巧合呢？」

「什麼意思？」

「假設濱中是一號跟蹤狂。二號人物知道濱中的行動，便順勢成爲二號跟蹤狂。手法會一模一樣就是這個緣故。後來這號人物便設下毒氣機關想嫁禍給濱中……」

加藤才說到一半，向井便開始搖頭。

「你剛才才說，跟蹤狂是一種精神疾病，也就是說無論本人意願如何，都會發病吧。不可能因爲現在有個好機會，就患上這種病吧。」

「所以……」加藤舔舔嘴唇後繼續：「二號跟蹤狂不是精神病患，他是演出來的跟蹤狂。」

聽到這話，向井也不禁露出驚訝之色，「爲了什麼？」

「這個還不清楚。但是組長，昨天科搜研送來的報告，您看過了嗎？」

「關於技術方面的那份？」

加藤點點頭說：

「根據報告，部分零件加工是以極精密的研磨技術製作，判斷應是技術達一級水準的人所爲。——是這樣沒錯吧。一個爲消遣而玩玩金工的人終究是做不出來的。」

「所以你認爲是二號跟蹤狂幹的好事？」向井再度搖頭，「聽起來是很有意思，但光靠假設，案子是不會有進展的。」

「可是……」

「你應該做的，」向井冷冷地說：「是去調查濱中身邊有沒有擁有這種精密技巧的工匠。事情不見得是濱中一個人幹的。」

「但跟蹤狂通常是單獨行動的。」

「不要再提跟蹤狂了。」向井揮揮手。

10

櫻木在「華屋」於毒氣案後重新開始營業的第五天回到工作崗位。當天他首先被營業高層召見，上面就他捲入事件受害表示慰問之後，便當場任命他為樓層經理，並宣佈暫時不設副理。這出人意表的人事命令讓他大為吃驚，不由得脫口問道：「那濱中先生呢？」話一出口，便後悔自己不該多話。

果然如櫻木所料，主管臉上出現了不快與為難。

「照目前的狀況，沒辦法讓他待在樓層經理的位置。現在還不知道實際情形怎麼樣，不過就算洗清了嫌疑，也要請他休息一陣子啊。」

回答便止於此。主管全身散發出不許再問下去的氣氛。

回到睽違許久的工作崗位，櫻木吸了一口新鮮的空氣。女店員個個顯得生氣勃勃，看來這不純粹是因為休息過一段時間的關係。她們已經知道櫻木調升為樓層經理，開始以經理稱呼他，讓他有些緊張。

不景氣再加上剛發生過那種事，實在很難說來客數有所增加，但看來也沒有大幅減少。「華屋」是老字號，很多客人都堅持非「華屋」的東西不買。他自我鼓勵：沒問題，一定可以撐下去的。

他穿上平日的制服在店內巡視。畑山彰子還是老樣子，雖然不得要領，仍拚命向男客推薦訂婚戒指；新海美冬無懈可擊，對著有錢人模樣的路過客人不著痕跡地展示新作；其他店員也努力想重振「華屋」的形象。

濱中先生，多虧少了你，讓我們樓層更加團結了。——櫻木在心裡向此刻必然在家裡蹲的前上司報告。

濱中洋一目前仍被警方拘留，但似乎並未被認定是嫌犯。包括他遭到逮捕的經過等詳情，櫻木都不清楚。得知濱中被逮捕的消息時，自己還在療養中。

然而其他的同事也一樣不清楚事情究竟如何。大家只曉得警方似乎認爲這陣子令女同事煩惱的種種騷擾，與這次的毒氣案有所關聯，但濱中的名字爲何會出現在其中，則全然不知。

直到現在，「華屋」仍偶爾會看到刑警的身影，他們銳利的眼神追尋著任何能夠爲濱中犯行佐證的事物。

濱中眞的是毒氣案的嫌犯嗎？再怎麼想，櫻木都覺得不對勁。他和濱中雖然不是很熟，但他不相信濱中做得出那麼複雜的機關。之前曾經有人拿了一架攝影機來，只有濱中連碰都不碰。櫻木從報紙的報導看到那毒氣裝置的製作相當精巧，儘管濱中對金工有些心得，手或許很巧，但這與科學知識是無關的。

當然，就算濱中不是嫌犯，「華屋」也不會就此盡釋前嫌，他們不能讓曾經遭到逮捕的人直接復職，而在證據不足這種曖昧不清的狀況下更是如此。再者，萬一他眞是騷擾的嫌犯，對女店員的影響尤其堪慮。這次的人事處置可說是合情合理。

那果然是致命傷啊，對女人可要多加小心才行……

櫻木思考著濱中的惡習。濱中好女色，只要是他看上的女孩，無論隸屬哪個樓層他都會設法接觸。櫻木早就暗想遲早會出問題的，沒想到成眞了。

眞是自作自受，我可不會做那種事。對女同事出手這種傻事，我才不幹。

櫻木邊想著這些邊巡視樓面，突然瞥見某個展示櫃後方放了一個紙袋，頓時停下腳步。那時的惡夢又甦醒了。

刺鼻的臭味，噁心想吐、頭痛、呼吸困難——這些感覺也在剎那間復活。躺在醫院病床上時，他也數度被這個惡夢驚醒，至今依然如此。短時間內恐怕忘不了吧。在地下鐵沙林事件中生還的人一定也有相同的經歷，即使嫌犯被繩之以法，在受害者心中，案子是不會結束的。

他膽顫心驚地靠近紙袋，但沒有貿然出手。他在一公尺前停下腳步，探頭窺視袋內。是空的，似乎是有人忘了拿走。櫻木鬆了口氣，走上前伸手去拿。即使如此，拿起袋子時仍有一絲不安掠過心頭。

當然拿起空紙袋之後並沒有任何事發生。他深深嘆了一口氣，將那個紙袋仔細摺好。

抵達高圓寺車站時，時鐘指著晚間十一時許。彰子一如往常選擇在路燈下行走，但聽到腳步聲隨後而至的那一瞬間，當場全身汗毛直豎。心想不會吧？但她仍忍不住加快腳步。

前方出現了人影，是一名中年女子的身影。彰子一心想求援，快步打算追上她，結果身後的腳步聲也加快了速度。狀況跟之前一樣。難道那個男的又出現了嗎？

只差幾公尺就要追上前面那女子時……

「喂。」身後的人叫道。

彰子差點沒失聲尖叫，正打算拔腿狂奔。

「喂！」男人的聲音再度響起。

彰子想向前面的中年女子求助，正要開口，中年女子回頭了，視線不是朝著彰子，而是看著她的後方。

「哎呀。」中年女子停下腳步。

「現在才要回家？」彰子身後的聲音說。是剛才那男人的聲音。

彰子悄悄回過頭，只見一名穿西裝戴眼鏡的男人快步走來，但他視線看的是中年女子而非彰子。那腳步聲是彰子剛才聽到的沒錯。

彰子趕過中年女子繼續向前走。那對感覺像是夫婦的兩人並肩而行，對話聲在彰子身後持續了一陣子，不久便聽不見了。

她對自己的冒失苦笑。那一臉老實的男人要是知道剛才一直被當作變態，一定會暴跳如雷吧。

結果她一路平安無事地抵達公寓。最近都是如此。沒有被跟蹤，沒有收到令人心裡發毛的信和電話，垃圾沒有被翻過的跡象，郵件也沒有被動過的樣子。一切都恢復到昔日的平靜。

因爲濱中洋一被捕了。從那之後，莫名其妙的事情便不再發生。

沒有人知道他究竟是不是毒氣案的嫌犯，但彰子確定騷擾自己的人就是濱中沒錯，因爲時間實在太吻合了。

一方面她也不著痕跡地向其他同事確認，果然自從濱中被捕之後就一切恢復正常，新海美冬也是這麼說的。

話雖如此，濱中爲什麼要做那種事？兩天前，那個叫加藤的刑警又出現了，他想知道濱中是否曾經約過她。彰子拚命在記憶裡搜尋，卻想不出濱中有過那種表示，便照實回答了。刑警聽了只是默默點頭。

關於濱中，她聽過一些傳聞。聽說他看起來正經八百，其實異性關係很隨便，而且追求過很多女人，但彰子本身並不曾受到他的特別照顧。

一踏進公寓，她首先查看信箱。除了報紙和廣告，沒有任何奇怪的東西。接著她走到自家門前，確認門縫沒有夾著東西。不知不覺中，她養成了這樣的習慣。

然而沒有任何異狀。她鬆了一口氣，開了門鎖。

點亮房間的燈之後，她望著安靜的電話，暗自祈禱濱中永遠不要回來。

第三章

1

閉上眼，以指尖摩娑金屬加工面，表面有一部分感覺得到極微小的凹凸，他依直覺判斷約爲二十微米。以砂紙輕輕研磨，之後再一次以指尖觸摸，大概是十微米吧，還差那麼一點。他拿毛巾擦掉額頭流下的汗水。今天也很熱，應該超過三十度了吧，冷氣根本形同虛設。

雅也拿起砂紙，正要貼到金屬面上時，身後有人拍他的肩。

「三點了，休息一下吧。」福田冷冷地說。他有一張大臉，雙頰略下垂，再加上耳朵也大，讓人忍不住想戲稱他爲福神。但絕大多數時候，他總是板著一張臉，現在也一樣。

「我把這個做好就過去。」

福田微微皺起眉頭。

「休息時間好歹配合一下大夥兒，再說這工作也不急吧。」

「噢。」

其實他是不想錯失此刻指尖的感覺，但老闆都這麼說了，只好聽話。雅也放下砂紙，離開工作臺。

休息區位在工廠角落，幾張鐵椅圍著一張舊餐桌。中川和前村坐在椅子上，已點著了菸。雅也也從工作褲口袋取出香菸。中川是個年過六十的小老頭，擅長焊接與淬火；三十多歲的前村則是所有工具機都會操作。

福田的妻子拿著裝了麥茶的茶壺與杯子過來。

「老闆，接下來要做什麼？今天本來是預定要焊上次那個承軸吧，可是東西還沒送來啊。」中川問。

福田很快就喝起第二杯麥茶，汗水自太陽穴一帶滴下。

「那個暫停了，我忘了說。」

「什麼，要取消啊。」

「他們說暫時不需要。聽那語氣，八成是停止製造了。那種健康用品好像賣不好。」

「又來了。」前村不滿地說：「一天到晚推出創意商品是沒什麼不好，可是好歹也出個暢銷的嘛。」

「等一下來做空氣槍。新的設計圖來了。」

「又是空氣槍啊，賣得還眞好。」前村語帶佩服地說：「這次是什麼槍？一樣是手槍嗎？」

「一種叫柯特的。」

「啊，這個我聽過。」

「骨架的設計圖已經到了，有些地方還滿細的，不過沒多難。」

「沒想到我這把年紀了，還要做手槍啊。」中川把變短的香菸丟進空罐裡。罐裡發出「滋」的聲響。

「中哥，那只是玩具啦。」福田安撫似地說。

「這我知道，可是總覺得有點不安心，不知道會不會有人拿去做壞事。」

「想太多了啦！」前村說：「再說，現在我們哪有資格管這些，有工作就要偷笑了。」

福田也衝著這段話點頭。

「趁現在能做多少就做多少，能出多少貨就出多少貨，天曉得什麼時候會被禁。」

「這麼危險嗎？」前村睜大了眼睛。

「空氣槍製造工會在抗議，上次好像才正式要求零售店別賣了。」

「那零售店怎麼說？該不會就乖乖聽話吧？」

「好像是一口回絕掉了，可是聽說警察那邊似乎準備出動，要是太囂張，惹火警察反而不妙，所以可能時候到了就會自動停賣吧。」

「意思是說，好日子只到那時候了。」前村一口氣喝光麥茶。

雅也沒有加入談話，但他也了解談話的內容。

隨著生存遊戲的流行，空氣槍也大受歡迎。但自去年開始，很多廠商不僅販售空氣槍，也開始推出其零件，這些零件的特徵只有一個——金屬製。

日本玩具槍工會自訂標準規定「手槍型空氣槍本體應爲塑膠製」，原因是塑膠製的槍與眞槍再怎麼形似也不會違反槍械法。

然而自去年起，不止一家零件製造商開始製作鋁製零件，空氣槍迷會購買這些零件來替換塑膠零件。幾乎所有的零件都在市面上販售，因此只要有心，便能製作出一把純金屬製的空氣槍，成品儼然是槍械法裡所指的仿製槍枝。

對此種情形第一個有反應的並非警方，而是日本玩具槍工會，原因是深怕發生社會案件之後，空氣槍會被視爲社會問題。因此工會主動要求數家零件製造商停止製造販賣，但目前仍沒有廠商願意配合。這也是當然的，受歡迎的槍枝零件即使要價一萬圓仍有將近一萬個的銷售量，而一把槍有好幾個零件，再加上若空氣槍的種類增加，需求又會跟著增加。對零件製造商而言，正是暌違已久的熱賣商品。

福田的妻子端著托盤過來。

「不好意思，跟昨天的一樣。」瘦削的福田老婆一臉過意不去地說。

她放到餐桌上的是裝在塑膠杯裡的果凍，中川立刻伸手去拿，討厭甜食的前村則面露苦笑。

「對了，最近有沒有看到安仔？」中川問福田。

「安仔？沒有。」

「這陣子連在小鋼珠店都不見他的人影，不知道現在怎麼樣了。」

「我倒是看到了他老婆。」前村倚著餐桌托著腮，拿起麥茶往杯裡倒。

「在哪看到的？」福田問。

「川口車站前。她在超市打收銀，胸前掛著實習的名牌。」

「兼差啊。」很快便將果凍吃完的中川嘆了一口氣，「安仔沒辦法工作，也難怪他老婆覺得自己應該出來賺錢。好堅強啊。」

「可是川口離安仔家不是有點遠嗎？」

「一定是故意找遠一點的地方啦，不想被認識的人看到嘛，所以我也沒上前跟她打招呼。」

對於前村的回答，福田與中川都點頭表示認同。

「安仔眞是運氣不好。以後該怎麼辦呀？」福田的妻子冒出一句。雅也不知道她的名字。

「是啊。我們做技術的手指動不了，什麼都甭提了。」前村歪了歪嘴，搔一搔剃得很短的頭髮。

「還動不了啊，不是都好幾個月了嗎？他沒去看醫生嗎？」中川偏著頭。

「上次是四月遇到他的，那時候好像還不能動。」福田望著自己的右手說：「咖啡杯也是用左手拿，完全沒用到右手。他說動手術就有希望，後來不知道怎麼樣了。」

「那個傻瓜，一天到晚叫他要小心，就是不聽，照玩，才會變成那樣。害得老婆非得拋頭露面出去賺錢，他不覺得丟臉嗎？」

「哎，別這麼說，安仔也沒想到會遇到那種事吧。」

「話是這麼說，他也給老闆添了麻煩，不是嗎？那時候，好幾件雕模的工作因爲安仔不在沒辦法做，頭痛得很啊。」

「也是啦。」

「老闆也沒頭痛多久吧。」前村站起身，把毛巾繞到脖子上，瞟了雅也一眼，「因爲很快就找到有本事的人接手了，搞不好還很感謝那件意外咧。」

「喂。」

「點心謝謝了。我先上工了。」

前村經過雅也身邊走向作業區。

「我也差不多該動工了。」中川也站起身。

雅也把還沒抽多少的菸扔進空罐。

福田離開位子，在他耳邊小聲說：「別介意。」

「不會啊。」

福田妻子開始收拾桌面。福田一邊斜眼看著老婆，一邊小聲對雅也說：

「我有話跟你說。下班後留下來。」

福田工業是位在千住新橋旁的一家市區小工廠。雖說小，仍比雅也父親經營的水原製作所大上一號。依現今的不景氣來看，福田的經營狀態算是表現得不錯。員工有三名；老闆福田曾經腦中風病倒過，從此便極少自己動手製作。

雅也是二月底開始在這家工廠上班的。來到東京之後，工作沒著落，他不免心裡著急。父親的壽險理賠核發下來了，但還完清水原製作所的債務之後，所剩的金額其實不如預期。然而在目前製造業疲弱不振的狀況下，即使有一技之長，要找到工作仍然不簡單，無論哪一家工廠都以減少員工爲最高指導原則。

就在這時候，美冬告訴他福田工業這間工廠，說是工作相對安定的公司，建議他去那裡找工作。這似乎是她從「華屋」的客人那裡聽來的。

然而雅也第一次上門的時候碰了一鼻子灰。福田以冷淡的口吻對他說，他們不缺人，沒有增加人手的打算。

即使如此，雅也還是將自己的履歷表交給了福田。看到雅也所取得的資格與證照之多，福田一時睜大了眼睛，但也只是說了句以後有需要會和他聯絡。

後來福田突然來了電話，問他有沒有使用放電加工機雕模的經驗，一聽到雅也回答以前用過好幾次，福田便叫他隔天到工廠來。

第二天，雅也前往福田工業，當場便被指派了工作。沒有正式的介紹，什麼都沒有，那天就算是雅也第一天上班。

至於發生過什麼事，詳情雅也幾乎一無所知，他只是被告知工廠有一個名叫安浦的員工出了意外無法工作，如此而已。但最近雅也開始發現，那好像不是單純的意外，似乎應該叫作「出事」比較恰當，但他並不想追問究竟。

一到五點，前村和中川便放下工作回家了。其實本來就沒什麼工作，三點才剛休息過，過了四點，中川他們又猛抽菸。

雅也換好衣服，在休息區看著雜誌時，福田來了。

「怎麼，已經換好衣服啦？」

「不要換比較好嗎？」

「我有點事想拜託你。這個，你做得出來嗎？」

福田在桌上放了一張設計圖。設計圖上的不鏽鋼板面有好幾條斜斜的細紋，規格之精細令雅也驚訝，平面的研磨也是要求最精密的。他心想，這不知是什麼東西的零件，他從沒做過。

「這是什麼？」

「嗯……，機器的零件，有人私下委託我的。」

「精確度的要求相當高啊。」

「沒辦法嗎?」
「多花點時間,應該做得出來。」
「是嗎。我就覺得你應該做得出來。我給你算加班費,能不能現在就開始動工?」
「好啊。」
雅也從椅子站起身。不必換工作服了,反正他身上穿的也是T恤搭牛仔褲。
他在銑床上固定鋼板時,福田走了過來。
「其實啊,我在考慮叫中哥不必來了。」
雅也停下手邊的工作,「怎麼又……」
「我是有正當理由的。上次交貨的零件有一成是不良品,焊得太歪了,焊接泡也太多,這種事在以前根本很難想像。現在中哥因爲年紀的關係,眼睛開始不靈光了,他自己想瞞,可是工作是瞞不了人的。」
「還有別的工作,不是嗎?」
「沒了。」福田說完,定定看著雅也的眼睛,「工作根本沒那麼多。連大企業都拚命裁員了,我們這種小工廠怎麼養得了沒有用的人?這幾天我會跟中哥提。我會跟他說因爲沒有焊接的案子了,要是之後忙不過來再找他幫忙。」
從語氣聽得出他根本沒這打算。
「你的焊接技術很好,只要有你在就不需要中哥了。」
「可是,要是我開始接焊接的工作,事情也會從前村先生那邊傳到中川先生耳裡去啊。」

「所以啊，焊接的案子你要趁前村不在的時候做。而且以後前村也不必每天來工廠了。」
「轉成計時工嗎？」
「這個嘛，方法很多。」福田搔搔頭。
雅也嘆了口氣。這裡也一樣嗎？——一股絕望之情湧上心頭。

2

搭東武伊勢崎線在曳舟站下了車，回公寓的路上，雅也繞去常光顧的定食店。那家店叫「岡田」，傍晚開始兼營小酒館，店裡的客人看來多是附近商店的店主以及藍領階級。店內以六人座的桌位爲主，想來是事先就設定讓不認識的客人同桌而坐吧。角落四人座的桌位剛好空著，雅也在那裡坐下。電視機就在頭頂上，正在轉播夜間棒球賽，那個位子就是因爲看不到電視所以不受歡迎。

有子送上濕毛巾。
「你好。」她對他盈盈一笑。
「我要烤魚定食和啤酒。」
她簡短地回了一聲好，便回到廚房。
有子應該不到二十五歲，幾乎沒化妝，總是穿著牛仔褲搭T恤。有子這個名字，雅也是聽其他客人和看來應該是她母親的老闆娘這麼喚她才知道的。她母親平常在裡面廚房，忙的時候也會到外場來幫忙；料理的部分似乎全部由她父親一手包辦，據說他曾經在著名的高級日本料理店的廚房待過。雅也剛到東京時，心裡還很不安，怕東京的菜不合自己胃口，但自從找到這家店之後，便不再擔心了。

其他的客人看著電視鼓起掌來，大概是支持的球隊得分了，當然是巨人隊。雅也雖不是阪神迷，總覺得最好不要隨便開口。別人一聽到他的關西腔，好像立刻就會來找碴。

美冬叫他趕快把口音改過來。她說，有時候說關西腔很有利，有時候反而不利，最好能視時機運用。美冬她自己便分得很清楚，若不說恐怕沒人會認爲她是關西人。

「標準腔很簡單的，又不是要學英語或法語，那是日語呢！而且電視每天都在說，不想聽也會聽見，只要把那些學起來就好了。」

說的簡單，但無論耳朵聽過了多少，嘴巴說不說得出來是另一回事。語言是要開口說才能學會的，但是現在的雅也沒多少和人對話的機會，更何況他本來就不擅長說話。

有子把餐點送上來。雅也掰開免洗筷時，她竟幫他倒啤酒。雅也吃了一驚抬頭看她。

「阪神今年不知道怎麼樣喔。」她說話的時候並沒有看雅也。

「不知道啊。」他露出苦笑。她大概是從口音裡自行猜測他是阪神迷吧，而他也沒有反駁。

「今天的飯糰要什麼口味？」

「這個嘛，那就梅子和柴魚各一個。」

「梅子和柴魚喔。」她點點頭離開。

雅也一邊吃鹽烤竹筴魚一邊喝啤酒，一整天的疲勞都在這一刻消失了。在家裡工廠工作的時候，幾乎沒有這種幸福的時刻，腦袋裡總是掛念著工廠的營運狀況。

然而，看來連福田工業也無法高枕無憂了。他想起自己與福田的對話。

沒什麼好說的，雅也心想，這下就跟水原製作所的後期一模一樣了。將大批員工一一解僱，縮小工作規模，一切都朝壞的方向發展，典型的惡性循環。

話雖如此，雅也也了解福田的心情。雅也才剛進去工作，福田便立刻認定這座工廠不需要三個員工，只要有一個全能的人就夠了。福田大概是見識到雅也的技術之後，判斷只要他一個人便綽綽有餘了吧。

還有，那零件究竟是什麼……？

看到雅也做好的零件，福田似乎很滿意，誇獎一番之後，小聲加了一句：

「這件事不要告訴其他兩個人，他們不曉得有這零件。以後偶爾還會有訂單，到時候也要拜託你了。」

雅也默默點頭。只要拿得到加班費，他沒有意見。

吃完晚餐抽過一根菸，雅也起身離座。付帳之後，有子把紙包的飯糰遞給他。

「來，你的。」

「謝謝。」買飯糰回家當宵夜也已成爲習慣。

「啊，還有，」有子拿出一個小紙袋，「你討厭甜食嗎？」

「不會啊。」

「那這個也給你。特別大優待！」她皺皺鼻子。

離開「岡田」之後，步行五分鐘就到了公寓，那是一幢小小的兩層樓建築。剛到東京的時候，雅也沒有工作，也沒有保證人，在那種狀況下要找房子相當困難，再加上這是一片全然陌生的土地，若只靠他自己可能真的會束手無策。

回到屋裡，剛打開日光燈，電話就響了。

「喂，是我。」

「嗯。」

「現在過去方便嗎？」

「好啊。」

「那我十分鐘後到。」說完電話就掛了。

十分鐘後——這麼說，她是在這附近打電話的。向來如此，就他記憶所及，她從不曾從她家裡打電話給他。

不久，門鈴對講機響起廉價的聲響，雅也起身開了門。她沒有這個房間的鑰匙，雅也也沒有她房間的鑰匙。

新海美冬穿著T恤，上面再套一件牛仔外套，下半身穿著牛仔褲。來這裡的時候，她不會穿有女人味的衣服，頭髮也不會精心梳理。

「還好吧？」她伸長了腿坐下，開口問雅也。上一次見面大約是十天前。

「嗯，還好。」

「工作怎麼樣？」

「情況不太好。」

雅也把福田工業發生的事告訴美冬。原以爲她會露出嚴肅的表情，沒想到她的眼睛反而閃閃發光。

「這就代表老闆很看重雅也的才能呀！不是很好嗎？」

「可是，這樣可能會有兩個人失業啊。」

「那又怎麼樣？這是個弱肉強食的世界，弱者只能吃虧。」

雅也沒作聲。美冬的話他明白，但總覺得無法釋懷。

「雅也。」美冬平靜地說：「以我們的身分，是不能說漂亮話的。」

他點點頭。一點也沒錯。打從大地震那一天，殺死俊郎的那一刻起，自己的人生就完全走樣了。

「這是什麼？蛋糕？」美冬彷彿要趕走沉重的氣氛般輕快地說，一邊伸手去拿餐桌上的紙袋，「啊，是『和音』的泡芙。眞難得，雅也也會買甜點呀？」

「不是買的，是定食店的女生給的。」

「定食店的？」美冬的雙眼閃過一絲亮光，「對了，你說過那裡有個可愛的女孩嘛。」

「我沒說可愛。」

「沒有嗎？不管怎麼樣，她一定對雅也有意思。」

「怎麼可能。」

「不用隱瞞啦，這又不是什麼壞事。可以給我一個嗎？」

「好啊。」

她說聲開動，咬了泡芙一口，指尖擦去沾在嘴唇上的鮮奶油後，望著他說：「雅也。」
「幹嘛？」
「如果你想跟她上床，沒關係哦。」
雅也一時之間不明白她的意思，反應慢了半拍。
「妳在說什麼啊？神經，我怎麼可能做那種事。」
「要跟她上床也沒關係，但是有條件。」美冬把臉湊過來，定定地凝視他的眼睛，「絕對不能射在女生裡面，這一點你一定要發誓。」
雅也皺起眉頭，他感覺得出美冬不是在開玩笑。
「如果你那麼做，我們的關係就完了。全部泡湯。」
「無聊。我都說我不會了。」
雅也伸手拿香菸和打火機。
美冬狡黠地一笑，大口咬著泡芙。
「眞好吃，還是『和音』的泡芙最棒了。雅也你也吃嘛！」
他嘖了一聲，吐了一口菸。

陰莖在她體內隨心跳脈動，雅也全身投入追求快感，泉湧的汗水滴在美冬的乳房上，腦內一波波的麻痺襲來。
開始有射精的預感了。今晚應該可以吧？他大腦內的一角思考著。她說絕對不能在其他女人體內射精，那麼意思就是，只能在她體內吧？

既然她什麼都沒說，雅也準備直接衝到最後。或許會懷孕，但懷孕就懷孕，他已經有心理準備了。

快感的波濤迫近，他加強下半身的動作。

「不行哦。」

然而就在此時，美冬輕巧地閃身到上位，很快抬起上身。

「為什麼……」

「就是不行。」

美冬讓雅也坐起身，雙唇壓上來。她的手伸往他的陰莖，指尖撫摸尿道，摩擦陰莖，那動作顯然是熟知該刺激何處。

快感的高峰再度逼近，雅也低聲呻吟，在她的引導下射了精。

「吶，可以問一下嗎？」

雅也躺在棉被上望著天花板，右手枕在自己的頭下，左手稍微彎著，美冬的頭就在他的腋窩裡，手放在他的胸口上。

「什麼事？」美冬嬌聲回答。

他以舌頭濕了濕嘴唇後說：

「戴保險套也不行？」

一聽到這句話她神情就變了。雖然沒看著她的臉，雅也感覺得到她的表情變得嚴厲。

「這事之前不是說過了嗎？」

「我忘了。再說一次。」

美冬嘆了口氣，離開他的腋窩，抬起上半身。

「雅也爲什麼那麼想射在裡面？」

「只要是男人都想吧，想在最舒服的時候自然釋放啊。雖然有時候怕懷孕會射在外面，可是其實誰都不想那樣，所以才要戴保險套呀。」

「我不是用手幫你弄了嗎？那樣不舒服？」

「是不會，可是還是想抱著喜歡的女人進入高潮啊。」

美冬又退開了些，拿毛巾毯蓋在胸前，身子靠到牆上。

「我想，那麼做有很多女人會很高興，可是我不希望雅也變成那種男人，我不希望你流於本能，被性慾控制。我希望你無論什麼時候都能控制慾望。」

「我才不會被慾望控制。」

美冬搖搖頭，似乎在說你不懂。

「如果可以射精，那射精就成了做愛的目的。雅也你以追求快感爲優先，就和一般人一樣了。但我們不能這樣。只要做愛，就得抱定控制對方的打算，自己的快感都是其次。所以絕對不能以射精爲目的。就是這樣。」

「妳的意思是，做愛也是操縱別人的手段？」

「當然，還用說嗎，沒有利益可言的性愛是沒有任何意義的。」

雅也緩緩起身，猛搔著頭。

「那和我做愛有意義嗎？」

美冬嫣然一笑。

「和雅也做愛的意義，是確認彼此的愛。可是就算這樣，我也不希望雅也輸給慾望，我希望你成爲一個即使做愛也不求射精的男人。而當你做到了，你就會變得更強。」美冬觸摸雅也的腳，她的手緩緩移動，撫著他的小腿肚。

這種無法釋懷的感覺一直讓雅也很迷惘，他很想知道美冬這奇特的性愛觀是從哪裡來的，又怕追問下去形同玩火。

「對了，那個做好了。」雅也試著改變氣氛。

「眞的？」美冬雙目生輝。

雅也仍光著身子站起身，取出放在小書桌抽屜裡的東西放到手掌上，端到美冬面前，「費了一點工夫就是了。」

她眼裡的光芒更強烈了。美冬將那個東西從他手心上拎起。

那是一枚以銀打造的戒指，材料是她給的。

「好厲害！雅也眞行！和我想要的一模一樣。」

「金工我以前在高專時代碰過一點點，只好從頭開始學，可是還是失敗了好幾次。幸好我們工廠有專用的機器，不然就很難了。」

美冬看戒指看得出神，不知道有沒有將他的話聽進去，過了好一會兒，她滿是光輝的雙眼才看向雅也。

「這三顆寶石鑲得很好。難不難？」

「最難的就是那個部分，我試了好多次。」

「好棒。我就覺得雅也應該做得到，可是沒想到竟然這麼快，而且做得這麼漂亮。」她再次望著戒指，「雅也，謝謝你，這樣我就有信心賭一把了。」

「說到這個，賭一把到底是什麼？」

「祕密！等一切順利再告訴你。」美冬吻了一下戒指。

雅也從廚房冰箱裡拿出一罐啤酒，拉開拉環，像要接住滿溢的泡泡似地喝了一口。

美冬拿戒指的設計圖給他看是在大約一個月前，她問他能不能做。事實上，剛上東京她就曾問他會不會金工，當時他回答會一點。他的確有經驗，但沒想到她眞的要他做。

她給他看的戒指設計圖非常奇特，即使對金工只有基礎認識的雅也也看得出來，最大的特色在於寶石的位置，三顆不同的寶石立體排列，他從未看過戒指是這種設計的。

他拿著罐裝啤酒回到美冬身邊，她還是盯著戒指看。

「有件事一定要跟妳確認一下，」雅也喝了一口啤酒繼續說：「妳說的賭一把，該不是什麼要不得的事吧？」

美冬的視線慢慢從戒指轉向他，「什麼意思？」

「就是不會像今年四月那樣吧。——這個意思。」

雅也試著擺出一臉嚴肅，她卻像在閃躲似地微笑了。

「沒什麼要不得的事。四月那件事也一樣，給雅也帶來麻煩了嗎？沒有吧？相信我。」

「可是那是……」

「別說漂亮話，雅也。」她彷彿看穿他的內心，不讓他有辯駁的餘地，「我們說好要兩個人奮戰到底的，不是嗎？周圍都是敵人，爲了活下去，我們不能只顧清高。」

「這我知道，我是擔心妳美冬。」

「我沒事的。只要雅也站在我這邊，我就能堅持下去。所以，雅也，」她那雙眼角微微上揚的大眼睛望著他，「不能背叛我哦。」

她的凝視讓雅也有種連人帶骨都要被吸進去的錯覺。他眨了眨眼輕輕甩頭後，朝美冬點了點頭。

「我永遠支持妳，絕對不會背叛。」

「謝謝你，我好高興。」美冬右手攬住他的脖子，直接把他拉近來在鼻子上吻了一下。

穿上衣服後，兩人一起喝著罐裝啤酒。美冬從不曾在這個房間過夜，今晚似乎也打算回家去。

「對了，妳不是有事要跟我說嗎？」雅也把花生放進嘴裡。

「嗯，有事想拜託你。」

「什麼事？」

「想請你調查一個人。」

「又來了？」雅也皺起眉頭，「又要去跟蹤人、翻別人的垃圾？」

「不用翻垃圾，不過大概需要跟蹤一下吧。」她微微偏起頭。

「要調查誰？又是『華屋』的店員？」

「這次跟『華屋』沒關係。」

她從包包裡拿出一張照片，放到雅也面前。

照片上是一名男子，臉很小，下巴尖尖的，戴著小鏡片的太陽眼鏡，應該算滿好看的吧，一身窄管長褲搭白色襯衫的休閒裝束不落俗套。拍照地點似乎是站在什麼店的店門口，男子的站姿也相當出色，散發出一股明星般的氣質。

「這誰啊？」

「名字叫青江眞一郎，」美冬拿起原子筆，在一旁週刊雜誌的空白處寫下青江眞一郎這幾個字，「是個美髮師。」

「美髮師？哦，男的美髮師啊。」雅也又看了一次照片。他對於這個職業完全沒有概念。

「還滿常見的，現在每家美容院裡都有男性的美髮師。」

「幹麻調查這個人？」

「當然是爲了實現我們的夢想嘍！」

「夢想？他行嗎？就一個美髮師？」

「雅也，可別小看他了。」美冬雙手拿著照片，看著雅也，「把這個人的長相看清楚，他就是有可能改變我們命運的人；就是對我們來說那隻可能會生金蛋的雞。」

3

接下來那個星期，福田工業的工作以製作模型槍零件爲主。將鑄造好的零件一個個仔細做最後修整是雅也的工作。

正當他在磨扳機零件的時候，手邊的光線突然暗了下來，雅也抬起頭一看，發現工作臺另一側站著一名陌生男子。那人在運動背心上罩了一件夏威夷襯衫，嘴裡叼著牙籤，年紀差不多三十五、六歲吧。

「老闆呢？」那人語氣粗魯地問，眼睛看著工廠內部，對雅也連正眼也沒瞧一下。

「應該在裡面。」

可能是聽到雅也操關西口音，男子投過來看到怪東西似的視線。一見雅也回視他，那人便將視線移往工作臺，拿起一個完工的零件。雅也正打算開口說「不要直接用手碰，皮脂會附著在上面」，那人已把東西放回原位。

「工還算可以嘛。」說完，那人向工廠深處走去。

「安仔，你在幹麻？」鑽床後方傳來話聲，是前村。

男子舉起左手應了一聲「唷」，右手仍插在口袋裡。雅也明白了原來他就是安浦。

前村出來走道上。

「好久沒看到你了，上次才聊到說不知道你怎麼了。還好吧？」

「還好啦。這邊呢？」

「老樣子，一直在做玩具。」
「不過還是有工作吧。」
「難講喔。」前村拿脖子上的毛巾擦臉，「今天怎麼想到要來？」
「喔，來打個招呼。對了，沒看到中哥，他腰痛又發作了？」
「關於這事啊……」
前村壓低聲量，雅也便聽不到了，但他猜得出他們談話的內容。
福田好像上個週末通知中川解聘的消息，星期一中川便沒出現了。發現情況有異的前村從福田那裡得知緣由之後大聲抗議，雅也全聽在耳裡——他都那把年紀了你還開除他，太亂來了！以後中哥怎麼辦才好？之前要他做牛做馬給你賣命，現在你竟然這麼沒良心！——大概是一口氣嚥不下，中午一到，前村就回去了。然而諷刺的是，他的早退反而證明了一件事，那就是雅也一人便足以讓工廠正常運作。但前村並不知情，想必是尚未萌生明天就輪到自己的危機意識吧。
「眞狠。這樣不就不能做焊接的案子了嗎，接單也有影響吧？」安浦說。
「最近沒半件焊接的工作，老闆好像就是因爲這樣才狠下心的。」
「哦。」安浦似乎在想些什麼，「老闆在嗎？」
「應該在。反正還不是跟帳簿乾瞪眼。」
「我去打聲招呼。」
安浦走進辦公室兼主屋的門。
之後沒多久就到了三點的休息時間。雅也來到休息區，看到前村獨自在那裡抽菸。雅也來工廠好幾個月了，前村幾乎沒主動和他說過話，雅也也不打算開口，心裡正想這段休息時間看來會很尷尬，福田妻子照例端來裝了麥茶的水壺、杯子以及零嘴。中村不在之後，點心時間就不再出現甜食了。

「安仔和老闆在說些什麼？」前村問。

福田妻子歪著頭說不知道。照理她不可能不知道，看來她是認爲不該由她來說吧。

不久，福田和安浦出來了。

「老闆，拜託啦，你先看看嘛，我已經好了。」安浦好像在爭取什麼，福田則是面有難色。

「話是這麼說，可是我們這裡也沒那個能力。別怪我。」

「少了我，老闆你們應該很不方便吧。這裡的機器每一臺都有脾氣，除了我沒人治得了的。」

「這麼多年來我一直相信你這說法，現在已經知道那是你在唬人的了。好了，死心回去吧！在這兒窮耗，不如去別的地方問問看。聽說你老婆在超市工作，不是嗎？你可得早點找到下個工作才行呀。」

「所以才來求老闆啊。」

「我這邊沒辦法，抱歉了。」福田背對安浦，在鐵椅上坐下。

安浦瞪了福田圓滾滾的背影好一陣子，然後一腳踢開旁邊的水桶。

「走就走！沒想到你竟然這麼無情。」安浦丟下這句話便離開了工廠。

前村看著福田問道：「安仔想回來工作？」

「是啊，他說他右手已經好了，照我看還是不行。其實就算醫好了，也請不起他啊。」

前村碰地一聲站起來，一言不發便衝了出去。大概是去追安浦吧。

福田嘆了口氣。

「那小子啊，擔心別人不如擔心自己。要是他以爲一直會像現在這樣有工作就太傻了。」

「老公……」

「沒關係，我跟他講過了。」福田喝了口麥茶。

「安浦先生手沒辦法動嗎？」

「也不是完全不能動，不過大概沒辦法工作吧。他遮遮掩掩的，不過看一眼就曉得了。」

眞可憐。——福田妻子喃喃地說。

「是被刺傷的。」福田說。

雅也不禁咦了一聲，沒聽懂這話的意思。

「被女人刺的，刺在這裡。」福田指了指右手手背。

「我聽說是出了意外。」

「因爲講出來很難聽啊。其實是被刺的。」

「怎麼會……」

「自作自受啦！」福田哼了一聲，「好像是他在池袋買女人，到了賓館之後就是那套老把戲，被下了安眠藥睡死了。如果只是劫財就算了，手還被人拿刀子刺，連神經都斷了，才會變成現在那副德性。」

雅也撫著自己的手背，「報警了嗎？」

「報啦。可是這類案子很多，警察才不會認眞調查。其實警察心裡一定也在想，誰教他那麼好色呢。我也是這麼想的啊。」

「這麼說，嫌犯還沒抓到嗎？」

「怎麼抓得到。」福田伸手去拿零食。

下班之後，雅也吃過晚飯便來到澀谷。最近他總算對東京的地理比較熟悉了，但有時候還是搞不清楚方向，澀谷尤其令他感到吃力，但美冬的委託他不能不辦。

走進宮益坂上的那家咖啡店。說「那家」，是因爲這陣子他每天都來。

靠窗的桌位空著，他在那裡坐下，點了咖啡，拿出菸和打火機。

隔著馬路，對面是一棟嶄新的建築，二樓是一家名叫「Bouche」的美容院，玻璃幃幕，站在下方抬頭可以看見白色的天花板。

雅也看看時間，再五分鐘就八點了。「Bouche」的營業時間到晚間八點，但多半還有客人沒走，所以眞正打烊通常是八點半左右，而工作人員會再晚個十五分鐘才離開。因此他預計得再等上四十五分鐘，他要盯的人才會出來，但他也不能晚四十五分鐘再來堵人，因爲有時候也會八點準時打烊。

他從襯衫口袋裡拿出照片。其實他已經將那張臉記得清清楚楚，不需要照片了。

青江眞一郎——這個男人爲何會是下金蛋的雞，雅也完全搞不懂。問美冬，她只說「那是將來的驚喜」，還加註一句「而且也要看雅也調查的結果如何」。

截至昨天爲止的調查，已經知道青江住在戶越銀座附近，那是一幢五層樓高的套房式公寓；青江沒有車；目前還不知道他常去哪家居酒屋；他會在公寓附近的便利商店買爲數不少的流行雜誌，也常買便利商店的便當，家裡顯然幾乎不開伙。

雅也邊喝咖啡邊抽菸。咖啡喝完了，他隔了一陣子又點了奶茶。時鐘指針已經快指向九點了，「Bouche」的燈依然亮著，之前從沒這麼晚過。聽美冬說，大型的美容院會定期舉辦研習會之類的活動，好讓只能幫客人洗頭的新人有機會在這些研習會中磨練技巧。若眞是這樣，今天可能要等上更久了，一想到這裡，雅也不禁憂鬱了起來。

過了九點，時鐘的長針又移動了三分之一。奶茶都已經涼透的時候，「Bouche」的門打開，一群看似店員的年輕人走了出來。雅也發現青江眞一郎也在其中，於是他站起身。

平常青江應該是朝澀谷站走，但今天和新來的工作人員揮手告別之後，他仍留在原地。

雅也付了帳走出咖啡店，因爲他怕青江會招計程車。這條路很塞，車流緩慢，但一出青山路之後，通往某些方向便一路暢行無阻。要跟蹤人可是連一秒鐘都慢不得。

雅也一邊留意不引起青江注意過了馬路，這時，有個年輕女孩從大樓走出來。她穿著牛仔褲搭白T恤，咖啡色短髮，戴著帽子。

女孩走近青江，兩人很自然地並肩邁開腳步朝澀谷車站方向走去。

雅也很想拍下那女孩的照片，他直覺那女孩並不單純是青江的同事。

「的確是很想看看照片呢，不過既然知道她叫什麼名字，到『Bouche』就可以看到她了。」

聽了雅也的形容，美冬邊點頭邊說。

「住址也知道了。」雅也指了指自己寫下的字條，上面寫著神泉町。「是唸shin-sen……還是唸作kami-izumi？（*1）」

「shin-sen就行了。那，青江在她的公寓過夜了？」

「我等到十一點半還沒出來，應該是吧。」

女孩名叫飯塚千繪，姓氏是從門牌得知的，名字則是後來又去了趟公寓從信件查出來的。雅也之前還會排斥偷翻別人的信件，現在已經相當習慣了。

「青江只有星期三會到千繪那裡去，大概是研習弄到很晚，順便在那邊過夜吧。」

「不像同居？」

「照現在的狀況不可能吧，因爲他們住的都是小套房，如果要同居，應該會先搬家。」

「不知道他們交往了多久？」

「感覺不是最近才開始的。」

「是嗎。」美冬聽了這句話，陷入沉思。

「調查他到底要幹麻？我跟蹤他快十天了，也沒什麼特別的。那個美髮師爲什麼是會生金蛋的雞？」

聽到這句話，美冬凝視著雅也的臉。

「雅也，你頭髮長長了，該剪了吧？」

「妳該不會要我去『Bouche』剪吧？」

「有什麼關係？反正你也要找地方剪。」
「饒了我吧！我從沒進過美容院。」
「你會不好意思？」
「當然啊！」
「會嗎？可是呀，不久的將來，你的『當然』可能就不再是『當然』了哦。」
「什麼意思？」
「接下來是男人也會上美容院的時代，不只年輕的男孩子，像雅也這樣的大男人也會去。」
「不會吧。」
「就算景氣差，人們還是肯花大錢讓自己更好；更精準地說，人們會變得只肯把錢花在自己身上，而打點髮型就是最快的辦法了。」
「所以妳是說美容院將竄紅？會這麼簡單嗎？」
「你看著吧！我的直覺從來沒有落空過。」美冬狡黠地笑了。

4

新海美冬進店裡時，青江眞一郎還在剪上一位客人的頭髮。映在鏡子裡的她與青江的視線一

＊1 日文中的「神泉」有兩種發音，音讀爲shin-sen，訓讀爲kami-izumi，地名有其特定讀法。

接觸，美冬含笑點了點頭，青江也朝著鏡子微微點頭致意。她今天穿的是兩件式的白色套裝，青江心想，反正一定是香奈兒的，這名女子總是穿香奈兒。

他早知道她今天會來，因爲預約名單裡有她的名字，註明只要剪髮。她上次來剪髮是兩週前。最近她一個月會來一、二次，每次都指名要找青江。

將上一位客人的髮型吹整好之後，助手過來告訴他美冬已洗髮完畢，青江默默點了點頭。

美冬在鏡子前看著雜誌，青江自她身後走近。可能是感覺到了，她抬起頭來，兩人的目光再度透過鏡子交會。

「妳好。」

「看你還是一樣忙。」

「託福。」青江雙手一邊撥鬆她濕透的頭髮，「今天只要剪就好？」

「對，跟平常一樣。」

青江小聲回答好的，便拿起剪刀。

美冬的頭髮帶點栗子色，很細，但每一根髮絲都強韌有光澤，青江每次都很想利用這樣的髮質嘗試比較大膽的造型，但忍下來了，因爲那不適合美冬成熟的氣質。

「今天方便嗎？」美冬問。青江正在處理劉海，一時之間停下了剪刀，還猶豫著該如何回答，那雙眼角微微上揚的大眼睛已經望了過來，「方便吧？」

「嗯……」

「那麼九點在上次那家店見。」

他回答一聲好，然後迅速確認剛才的對答沒被千繪看見，所幸千繪似乎正專心為其他客人做造型。

就店裡預約紀錄上所記載的，新海美冬開始出現在「Bouche」是今年三月，頭一次來便指名青江。她在介紹人那一欄留白，因此當時青江並不知道她為何會知道自己、選擇自己，也沒特別去問。

之後她每個月來一次，慢慢地間隔縮短了。美冬在店裡也造成小小的話題，年輕的女同事都說她絕對是模特兒或明星，不然就是超高級俱樂部的伴遊女郎，因為一般人之中不會出現那種大美人。青江也認為極有可能。

他曾經問她從事哪一行，美冬的回答是「一般的工作」。當客人的回答曖昧不明時，身為服務業從業人員是嚴禁追問的。

「不知道你下班後有沒有一點時間？」美冬上次來的時候向他提出這個問題，當時他正在為她吹整髮型。

青江有些吃驚，望著鏡中的她。她嫣然一笑。

「放心，我不是找你約會。有事想找你商量。」

「找我嗎？」

對。——說著，鏡中的美冬抬眼看他。那一瞬間他的心臟猛跳，這一定就是所謂的妖豔吧，青江心想。

他們約在距離「Bouche」步行約兩、三分鐘的一家咖啡店，美冬在靠裡面的桌位等著。青江端正姿勢，朝她走去。她說有事商量，他猜想反正不會是什麼大事，說穿了，只是希望兩個人單獨碰面。偶爾會有客人這麼邀約，但至今他從未答應過，因爲要是出了什麼差錯，一方面會給店裡添麻煩，被千繪知道就更棘手了。

但對象是新海美冬則另當別論。他對這名神祕美女懷著想一探究竟的好奇，而且當然，內心也潛藏著男人的慾望。

然而，美冬等他點了飲料之後提出來的話題卻完全出乎他意料之外。

「開店？我……嗎？」

「不是你一個人，是你和我。」她的嘴唇漾出笑容，似乎以望著青江狼狽的模樣爲樂。

「這是開玩笑嗎？」

「哪裡的話，我怎麼可能會爲了開玩笑特地約你出來呢！」

據她表示，她是透過種種調查才得知青江這個人的。例如在街上看見髮型亮麗的女性，便叫住對方詢問是在哪家店請哪位美髮師操刀的。她以這種方式篩選美髮師，再去找該位美髮師親身體驗，最後選出了青江。

「有幾個條件。首先，要有獨創性，要年輕，而且現在沒有自己的店。還有最重要的，就是要有光芒。」

「光芒？」

「對。只靠手藝高明，在接下來的時代是無法存活的，一定要有能夠抓住客人的心的特質。

說得極端一點，成敗的關鍵就在於能讓客人盲從到什麼程度。『只要交給那位美髮師全權處理，就能擁有最時尚最美的髮型。』之後就是這樣的時代了；『因爲是那位美髮師做出來的髮型，當然是最完美的。』一定要讓客人這麼認定才行。也就是說，美髮師本身就是品牌，而我相信你有這樣的光芒。」

青江被美冬充滿熱情分析說明的氣勢壓倒了。他從未如此深入想過美髮界的未來，也不認爲自己特別。

簡直就像遇上狐仙了，他始終拋不下被作弄的疑慮。

但她的說明還沒結束。往後的美容院，光有好的服務是無法生存的，技術人員與經營者都必須擁有製作人的資質。

「總而言之……」美冬頓了頓，繼續說：「錢由我來準備。要以什麼樣的概念來經營什麼樣的店，就我跟你兩個人一起商量決定。然後依照討論出來的概念，由你來剪髮，我則負責思考怎麼做才能讓生意興隆；會計也由我這邊處理。兩人同心合力，一定會成功的。」

「請等一下，這太突然了……。我完全不認識妳呀！妳是來『Bouche』的眾多客人之一，只是這樣而已。」

她不解似地蹙起了眉，雙手按住自己的胸口。

「這不就夠了嗎？除此之外，還需要知道什麼？」

「好比說妳是從事哪一行的，與美髮界有沒有淵源、住在哪裡……，我什麼都不知道。」

「知道這些的話就行了？那我回答你。我現在在銀座一家叫『華屋』的珠寶店工作，至於美髮界是接下來正準備接觸；我住江東區。這樣可以了嗎？」

「華屋」這個店名稍微緩和了青江的戒心，但力量仍不足以令他敞開心房。

「我知道妳常來店裡，可是沒有任何根據讓我可以相信妳。」

聽到他的話，美冬噗嗤一笑。

「不然呢？我在騙你嗎？」

「我不是這個意思。」

「那我問你好了。假如我是個瞞天過海的詐欺犯，向你提出這種建議，對我有什麼好處？剛才我也說了，錢由我來想辦法，你一毛錢都不必拿出來，我也沒要你當保人。換句話說，就算這整件事都是假的，你也不會有任何損失，不是嗎？」

青江無法反駁。她說的沒錯，承擔風險的是她，萬一經營失敗，青江只要摸摸鼻子回先前的店就算了，但她賠掉的錢卻一去不回。

「資金真的是妳的嗎？」青江問，卻是話裡有話。

新海美冬似乎察覺了他的意圖，嘴唇浮現微妙的笑意。

「你是擔心資金來路有問題吧。這也難怪。」

「我知道『華屋』的確是一家一流的店。」

「你的意思是，你不認爲光靠那裡的薪水能存到這麼多資金，對吧？你的眼光不錯，但我的錢沒有任何可疑之處，傷心之處倒是有。」

「傷心之處？」

「是壽險理賠，我父母親的。」她毫不遲疑地說：「他們在阪神大地震中去世了。」

青江再度語塞，但原因與之前不同。

地震災害一般不易取得壽險理賠，但阪神大地震是特例處理，這件事青江也曾聽說。美冬說，她因此得到一大筆金錢，但該如何運用卻遲遲決定不下。

「就算有幾千萬，在一些小地方上不節制，很快就會花光的。我希望能夠留下有形的東西，最好是足以支持將來生活的事物。於是我下定決心，我要一個人獨立創業。」

「所以選擇經營美容院嗎？爲什麼偏偏挑上……」

「這很難解釋，不過一定要說的話，就是靈感吧！」她指指自己的頭。

「那個靈感可能會害妳血本無歸。」

「那麼我也只能認命。但是，三年後你一定會感謝我的。」她自信十足地說。

青江立刻將這件事告訴了千繪。他和飯塚千繪交往兩年半了，兩個人不知聊過多少次將來一起開店的規劃，卻沒談到如何具體執行。青江今年二十九歲，千繪二十三歲，雙方也沒提到結婚這個字眼。青江是想等開了店再說，而千繪多半也是如此吧。

「什麼嘛，聽起來就是個騙局。」千繪劈頭就是這句，接著說：「不太好啦！還是回絕吧。」

「可是，千繪妳也知道新海小姐，她看起來不像壞人啊。妳之前不是也說過，以後想變成像她那麼成熟有氣質的人嗎？」

「可是條件也未免太好了，小眞你竟然不用出錢？」

「也不算特別好吧。所謂的共同經營，就是什麼都一半一半，可是實際上出勞力的是我，她只是算錢而已。」

「那不就變成小眞吃虧了嗎？」

「會嗎？」青江陷入思考。

他進現在這家店剛好十年，也差不多該獨立了，他心裡滿是等自己開店之後要如何如何的想像，也有信心這些想法若都能實現，成功便唾手可得。

然而他沒有資金。當然，只要肯妥協，並非毫無希望，最簡單的便是挑租金便宜的地方開店，但租金便宜的地方就代表與東京都心距離遙遠。他認爲在流行資訊落後的地方，很難將自己的手藝發揮得淋漓盡致，能不能獲得成就感也是個問題。

新海美冬說想把店開在青山一帶，若能成眞，那就太完美了。現在的店位於澀谷，他去青山開業就不會干擾客源，對現在的店也說得過去。

「還是算了啦！」千繪卻像看透了他的內心，「要開店，還是應該腳踏實地存錢，靠自己的力量才對。河村老師也是這麼說的。」

河村老師是「Bouche」的老闆暨首席美髮師。

「老師當然會這麼說，因爲我走了，店裡就少了一塊招牌。可是照現在的薪水，什麼時候才能存得到錢啊。」

「小眞你想跟她開店？」千繪的視線裡帶著責難。

「我沒這麼說，我還在考慮。」

「小眞，拒絕啦！」千繪一臉不安，「我有不太好的預感。我覺得新海小姐是個很棒的人，可是那只是外表而已，我其實很怕她。」

「怕？」

「嗯，我覺得她會把小眞拉到一些不太好的地方去。」

「不太好的地方？賓館嗎？」搞半天原來是吃醋啊？青江半取笑地望著女友，但千繪沒有笑，雙眼正瞪著他。

「拒絕啦，拜託。」

「嗯……這個嘛，我再想想。」

千繪似乎很不滿意青江這個回答。然而她越是反對，越是讓他感到眼前是個大好機會。

約好碰面的地點就是上次那家咖啡店。新海美冬正在靠窗座位喝著皇家奶茶。高腳椅的椅墊很高，美冬穿著迷你裙的腿顯得更加修長，她輕輕翹起那雙長腿。

青江在她對面坐下，點了可樂。結束工作之後他總是非常口渴。

「辛苦了。」美冬對他微笑。那笑容足以令任何人卸下心防，千繪怕的或許就是這一點。

「關於上次的事……」

他才說到這裡，美冬直起手掌阻止他說下去。

「別急，我沒有要你這麼快做出結論。」

「可是……」

「今天呢，跟上次相反，」她調皮地聳聳肩，「上次我不是說，我找你出來不是約會，是有事想和你商量的嗎？不過今天相反，沒別的事，就是找你出來約會的。」

在她妖媚的笑容之下，青江心裡又有什麼東西開始動搖。

她問他想吃什麼，他回答都可以。話才出口，青江便發現自己等於是答應和她一起用餐了，毫無反悔的餘地。新海美冬拿起帳單走向收銀臺。

無所謂吧，不過是吃頓飯嘛。——他望著她窈窕的背影這麼想。

搭上計程車來到青山，美冬走下一道通往大樓地下室的樓梯，青江只能跟著她走了進去。樓下是一家日式風情的餐廳，店內裝潢採用竹子與木材，但也有陳列了洋酒的吧檯。

美冬似乎事前預約了，說出名字之後，兩人便被帶到後面的房間，那是一個以竹子隔間的席位。

美冬問他有沒有不吃的東西，他回答沒有，於是所有點菜都由美冬決定。

「飲料呢？這裡的紅酒很多。」

「由妳決定。」

美冬向服務生說了一個聽起來像是酒名的詞，是青江從沒聽過的名字，其實他知道的酒名也有限。

「妳常來這家店？」

「偶爾。還不錯吧！要是覺得這裡的菜還不錯，就多來光顧吧！」

他點點頭，一邊把菸灰缸拉過來，腦子裡一邊胡亂想像著在這種店吃飯要花上多少錢。帶千繪來的話，她一定會很吃驚吧，或許還會說有錢來這種地方吃飯不如把錢存起來。

「青江，你最近看過牙醫嗎？」

「牙醫嗎？沒有。」眞是個沒頭沒腦的問題。他手指夾住香菸，卻沒有點火。

「有抽菸的習慣，最好一個月看一次牙醫。」

「我的牙齒算滿健康的，連蛀牙都沒有呢，而且我還滿注重刷牙的。」

美冬露出雪白的牙齒笑著搖搖頭。

「不是常刷牙就好，也不能因爲沒有蛀牙就掉以輕心。」

青江點了菸，吐出灰色的煙，小心不讓煙熏到她。

「因爲焦油會染黃牙齒嗎？」

「如果只是焦油還好，主要是對牙齦不好。香菸會活化牙周病的病菌。」

青江微偏著頭繼續抽菸。他知道牙周病這個病名，但詳情一概不知，也不明白她爲何會談起這些。

「青江你是專業美髮師吧。」

「我自己是這麼認爲的。」

「既然如此，就聽我的話。保持牙齒健康是專業美髮師的義務。」

「是嗎？」

「你也不願意幫一個全身有大蒜味的客人剪頭髮吧。」

青江將叼著的菸拿開來，「我有口臭嗎？」

「還好，目前沒有問題。但如果不仔細照顧牙齒，難保以後不會有。站在客人的立場，近在身邊的美髮師牙齒整潔美麗，當然好過一口黃牙。牙齒最好是純白的。」

有道理。青江也認同她的話，點了點頭。他會在意有沒有大蒜味，卻不曾想那麼多。

「每個月要洗一次牙，這點請你一定要做到。我自己也是這樣。」

看著美冬豎起手指的模樣，青江心想，她已經把我當成事業夥伴了嗎？

上菜後，兩人舉起紅酒乾杯。菜色是日式與義式的混合料理。

美冬沒提開店的事，而是聊著旅行及旅行中的飲食。從這些內容聽起來，她似乎遊歷過許多國家，尤其是法國和義大利，不知去過多少次。

「妳都是去觀光嗎？」

「也有，但幾乎是工作，去採購飾品和服裝。」

「哦，『華屋』的……」

美冬輕輕搖頭。

「我是今年才到『華屋』工作的，當採購是之前在別的公司。」

「爲什麼辭掉之前的工作？」

「嗯……一言難盡。」美冬微偏著頭，「簡單說，就是膩了吧。」

「膩了？」

「覺得自己能做的全都做了。反過來說，也看到自己的界限，開始認爲不能再這樣下去，一定要有所改變。」她抬眼看著他，「這樣的說明不知道行不行？」

「啊，不會不行啊。」

「喏，青江先生，你認爲人可以活幾次？」

又是個沒頭沒腦的問題。

「我不信這一套，什麼重生或前世的。」

「我不是那個意思，我是想問你認爲人一輩子可以有多少次重新來過。好比說結了婚，人生不是會改變嗎？工作也是。像這些轉折點，大概會有幾次？」

「這我也不曉得。如果照這種說法，我下定決心不上大學而到東京來當美髮師，應該是第一次吧。不過後來就沒什麼戲劇性的轉變了。」

「那麼，轉變的時間點差不多到了吧？」

「也許吧。」青江將紅酒含在嘴裡，心想這大概是她爲進入正題所做的佈局吧。

然而美冬並沒有將話題轉到開設美容院上去，只是就她從過去經驗中得到的商業知識、與客人的交易、打開市場的方法等等，穿插許多軼事見聞說給他聽而已。這些故事抓住了青江的心。她的說話技巧也很高明，不會自己一味說話，而是經常徵求他的意見和感想，而且也不是問過就算，她會從他的話裡再擴大話題，向下發掘問題。他們的話題不斷，時間轉眼就過去了，一紅一白的葡萄酒瓶也空了。

「要不要換個地方喝？明天店裡公休吧？」走出餐廳時美冬說。

這一餐由她請客，就這樣分道揚鑣有種占人便宜的感覺，而更重要的是，青江自己也還想和她多相處一點時間。

他一回答好啊，美冬便舉起手來招車。自青江身後駛來的計程車在兩人身旁停下。

5

拿酒瓶往杯裡倒酒，手卻不聽控制把酒潑倒在桌上。他嘖地咂了一聲嘴，拿起身旁的手巾擦拭。長褲都潑濕了。

連酒都不會倒了嗎！——安浦達夫咒罵自己，瞪向右手，縫合的傷痕還明晃晃地留著。

總算習慣拿筷子了，拿鉛筆寫字也幾乎不成問題，但前提都是全副心神必須集中在指尖。若稍不注意，筷子也好、鉛筆也好，都會從手中掉落，因爲指尖沒有感覺，閉上眼睛，甚至會有種沒有手指的感覺。

指尖是技工的命根子。現在這副模樣，形同折翼的鳥兒，一點用處都沒有。

這陣子他一直到處找工作，卻沒有地方肯用他。他也曾死了心到工地做粗活，但慣用手的手指不聽使喚，搬不了重物也揮不動鋤頭，馬上就被開除了。

要是沒發生那件事……。他也曾後悔，但爲時已晚，手指永遠無法復原了。

桌面忽然落下了人影，中川就站在眼前。

「有錢喝酒啊？」中川在對面坐下來。

「這是最後的了。」安浦以左手拎起剛才潑掉一半的酒瓶。

中川叫來居酒屋店員，點了涼拌豆腐和日本酒。

「你老婆說你應該在這裡，我就來了。」

「是嗎。」

「眞是個好太太啊！在超市從早做到晚，老公要出來喝酒也不會阻止，你眞該好好感謝她。」

中川的話讓安浦無話可回。他比誰都清楚自己該向妻子道歉，原本會受傷就是因爲他玩女人，然而妻子沒有半句怨言，很快便去找了打工的工作。如果沒有她，他肯定早就餓死了。所以他無論如何都想出力掙錢，想要一份工作。

「中哥你也被福田開除了吧？現在在做什麼？」

「我退休了，只能靠一點點積蓄硬撐，撐到領年金啊。」

「這樣好嗎？」

「是不好，可是也沒辦法，哪有地方肯花錢請我這種老頭？」

「老闆也眞狠，竟然這麼簡單就把多年來一起打拚的我們給踢出來。現在只剩清哥還留下來吧。」

「天曉得，阿清也很難說吧。」中川拿起送上來的酒，幫安浦的酒杯斟滿再倒自己的，掰開免洗筷後伸手夾豆腐。

「很難說……？連清哥都要開除嗎？」

「昨天阿清打電話給我，說以後不領月薪換成時薪，然後當場只讓他工作兩個小時。阿清抱怨說，這樣連房租都付不起。」

「這樣還做得下去嗎？訂單眞的這麼少？」

「應該是有單子。之前的空氣槍訂單沒少，而且上次我經過工廠，看樣子好像進了鐵材，一定是又接了什麼工作吧。」

「那不是很奇怪嗎？這樣爲什麼還要裁人？」

「工作是有，可是人只要一個就夠了。」

「一個？那個年輕人嗎？」

是啊。——中川說著把酒喝光，再次倒酒。

上次雖然沒看清楚長相，安浦記得那人個子很高，也看過他做的東西，即使在老手安浦看來也是一流的。當時他就想，已經有了這麼一個人，老闆八成不會再理自己了。

「福田那裡的機器他全都會用，而且焊接好像也做得不錯，再加上修磨的技術又好，那個鐵公雞老闆當然會選他啊。聽說是從關西來的，還眞是來了個瘟神。」中川哼了一聲。

「中哥你是說，要是他不來就沒事了？」

「就我和阿清來說是這樣。」中川拿出香菸，「安仔你也是啊，搞不好就能回來了。」

「會嗎？」

「因爲很多地方光靠我和阿清是應付不來的，不過可能有條件。你的手指就算沒辦法跟以前一樣，也要能動才行。」

「會動啊！吶，你看。」安浦以右手拿筷，夾起剩下的醬菜。

中川點點頭，但表情仍是鬱鬱不樂。

「可是實際上那小子就是存在，所以也沒辦法。要是他也跟安仔你一樣手被誰刺一刀就好了。啊，這話是我隨便說說，你就當沒聽到吧。」中川看了看四周，拿手指抵住嘴唇。

走出居酒屋，安浦與中川道別。他心想是該直接回家，卻沒那個心情，於是朝著反方向蹣跚走去。

一回神，已來到福田工業旁。他也不知道自己是有目的而來，還是因爲走慣的路，腳便不由自主地走來這兒。

以前聞到不想再聞的機油味令人懷念。

他心想，再試著求求老闆吧？若自己說什麼雜活都肯做，也許福田能夠體諒。

然而他搖了搖頭。事情不可能這麼容易。之前都已經那樣懇求再三了，結果只得到冷冰冰的對待。

他沒有理由站在工廠前，正準備轉身離去，這時他發現工廠出入口的門縫裡透出亮光。

開除我們卻有班可加……？

安浦走近工廠。出入口的門開了一道縫，廠裡並沒有大型工具機運作的聲響。

他把門打開了幾公分窺視工廠內部，迎面就是一個高瘦的背影，正在使用小型刻磨器磨什麼東西。每磨一下，就確認磨的結果，似乎是在研磨一個極爲細小的東西，但從安浦的位置是看不見的。

無論如何，很肯定的是這個人正在加班，在賺時薪。這麼一個來路不明的人。

要是他的手被人刺一刀就好了。——中川的話在腦海浮現。

安浦環顧四下，確認沒有別人後便繞到工廠後方，那裡是堆放廢材與損壞機器的地方，每年會付錢請業者來處理幾次，但現在這麼不景氣，沒那個閒錢，金屬垃圾山便越來越龐大。

安浦在昏暗中定睛細細物色。因爲那傢伙個子高，得找長一點的東西才行，最好是彎成勾形，而且前端尖尖的……

但那裡並沒有符合他希望的東西，最後他挑的是一根長約五十公分的鐵管，前端還焊接了一段短管。電弧焊做得不太好，他當下就認出那是中哥的傑作，老花眼度數加深之後，中川的技術的確變差了。

但是，怎麼能夠因爲這樣便把人給開除呢！人是活生生的，年紀大了手藝自然會變差，也可能發生意外而造成行動不便，此時互相幫助才叫夥伴啊！他們的關係應該不單單是雇主與員工才對。安浦想起福田的臉。

他悄悄躲在那裡，自知有些醉了，但他告訴自己，他是清醒的，並不是借酒裝瘋做出這種事。事到如今他已經走投無路了，這是沒辦法的事。

驀地，幾個月前的那個晚上在腦海裡甦醒。那是個寒冷的夜晚，安浦穿著厚厚的夾克，在池袋那家經常光顧的店裡，喝得比今晚還醉一點。

他邊走邊想，上哪家特種營業去吧，還是要到外國女人聚集的地方晃蕩呢？受到阪神大地震的影響，建築零件的訂單增加了，連帶讓他們加了不少班。加班費才剛入袋，膽子正壯。

「先生。」突然，旁邊有人出聲叫他。

一個分明是晚上卻戴著太陽眼鏡的女人，穿著廉價大衣站在那裡，誇張的大波浪捲髮是紅色的。

上等貨。——安浦才看一眼就這麼想。大衣的前襟微微敞開，露出雪白的腿與乳溝。女人默默豎起三根手指。安浦雖然覺得太貴，同時腦中也閃過「她值得這個價」的想法。安浦走到女人身邊。香水味撲鼻。那女人頸項上、手腕上都戴著叮叮噹噹的廉價飾品，而且妝也很濃。

「有點貴。這個價錢呢？」他豎起兩根手指。

女人將他的手往下按，伸出兩根手指之後，攤開手掌。看來是兩萬五的意思。

「OK，好啊。」

安浦一回答，女人便抓住他的手，帶路似地向前走。

今晚眞走運。——他竟天眞地這麼想。

眞是著了魔了。一回想起當時，安浦便恨透了自己。之前從沒在那條路上遇見流鶯，但他卻毫不起疑。

因爲他的心思全在那女人的姿色上。能夠與這種美女上床讓他樂昏了頭，以致沒想到去懷疑這種姿色的女人是不可能當流鶯的。

他在女人的帶路下進了一家廉價旅館，那地方充滿消毒水味，以及爲了掩蓋消毒水味而噴的芳香劑的味道。女人完全沒開口，只是以肢體動作來表達意思。安浦心想她大概不會說日文吧，八成是剛來日本不知道怎麼賺錢，所以才有樣學樣在那種地方當流鶯。女人一些不自然的疑點，安浦都自行做出種種想像來解釋，他滿腦子只想早點和這女人上床。

一進房間，安浦就從身後抱住女人，撥開她的長髮，舔她的頸子。女人的後頸並排著兩顆小痣。

然後他想脫掉她的大衣，但女人一轉過身來面對他，便抬起下巴來索吻。兩片形狀姣好的嘴唇就在眼前，他猴急地將自己的嘴唇印上去。

就是從這一刻之後。

記憶從這一刻之後便消失了。當他醒來，人躺在地上，同時感到劇痛。一看右手，流了一大灘鮮血。這景象實在脫離現實太遠，他一時之間難以接受。

他爬起來，大聲喊叫，他不記得喊了什麼，但沒有半個人來。當然，也不見女人的蹤影。

劇痛使他冷汗直流，他好不容易來到電話旁，以外線撥打了１１９。電話一接通，安浦便一股腦兒描述當時狀況——我被刺了，在流血，痛死了，陌生女子幹的，不知道什麼時候昏過去，池袋，流鶯。由於他說話時腦中一片混亂，對方很難理解。

急救之後，他接受警方問話。刑警顯然很瞧不起安浦，認為他色迷心竅，不但受了傷還被搶錢，真是愚蠢至極，在提問時話語中都是輕蔑。

但這並非安浦撒了幾個謊的主要原因，他說謊是不想因爲買春觸法。他說他是在公園遇到那女人，聊了一陣子之後，兩人情投意合便進了飯店；而失去知覺的經過他也很難清楚交代，一方面記憶不是很清晰，但其實是因爲不好意思說出自己一進房間就抱住女人。

所以他宣稱是女人下了藥。他說女人拿出飲料，他喝了之後突然很睏。

而刑警也沒有深入追究。這種事很常見，而且警方多半認爲就算有些微出入也不影響案情吧，總之，警方表示抓到凶手的可能性極低。

之後那件案子的調查有什麼進展，安浦全然不知，也不曉得警方是否曾展開正式調查。警方那邊沒有任何聯絡，想必是連可能的嫌疑犯都沒查出來吧。

對警方來說，這也許是件微不足道的案子，但安浦認爲這個事件毀了自己的一生。他丟了飯碗，人際關係也毀於一旦。

所以——他左手握緊了鐵管——我要讓微不足道的事件再發生一次，然後，搶回自己的人生……

工廠的燈熄了。

安浦張大眼睛，蹲低身子窺視工廠的出入口。不一會兒，一個高個子的人影出來了，關上出入口的門，上了鎖。明明是剛進來的新人，卻握有工廠的鑰匙，想當初只有最資深的中川有資格拿鑰匙。

那個新來的身穿T恤和工作褲，一手插口袋，另一手拎著上衣搭在肩上。

安浦跟隨在後。他想盡可能在離工廠遠一點的地方動手，這是爲了讓案子看起來像是路上的隨機犯罪。如果在工廠旁邊，很容易就被看出是鎖定特定人物的犯案了。

然而，越靠近車站人越多，於是安浦決定等他走進住宅密集的小巷。

那個新來的在自動販賣機前停下腳步，買了罐裝飲料，當場拉開拉環，只見他的二頭肌高高隆起。他看起來雖瘦，力氣似乎不小。

新來的邊喝邊邁開腳步，飲料罐拿在右手。安浦心想，要是有刀子就好了。那樣就只要從後面悄悄靠近，朝對方的右手刺一刀就行了。只要對方還沒看清自己的面孔之前逃走就不知道是誰幹的了。

還是改天準備好小刀或菜刀再來好了？——這個念頭也曾出現，但很快便從腦海消失。不爲別的，只是因爲他現在就想採取行動的渴望勝過一切。

新來的轉了個彎，走進路燈稀少的巷子。機會只有現在了！安浦加快腳步。

他跟著轉了彎，卻不見那人的身影。安浦停在原處，張望四下。

「喂。」那人突然從電線桿後方冒出來。

安浦嚇了一跳向後退，才想起自己手上有武器，當下不分青紅皀白便打過去。但對方個子高，輕鬆閃過之後，往安浦腹部猛踢一腳。安浦發出呻吟，鐵管掉落在地。安浦說不出話來。

「幹什麼？」那人問，聲音裡沒有絲毫驚慌。

安浦連忙撿起鐵管，然而他用的是右手。鐵管是握住舉起來了，手指卻支撐不了重量，於是鐵管又從手中掉落。

這時，新來的總算發現這名暴徒是誰了。

「你是安浦先生？」

安浦雙手遮臉，當場蹲了下來，眼淚流出，不久便放聲抽噎了起來。想到這下一切都完了，又想到自己連鐵管都揮不動的無能，他的腦子裡悔恨交加亂成一團。

「總之先站起來吧。」

新來的揪住安浦的領口，拉他起來，直接把他押往旁邊的牆。

「你想幹麻？爲什麼要攻擊我？」不知何時新來的已將鐵管拿在手裡，以前端頂住安浦側腹轉動著。

「我是想……要是沒有你就好了。」安浦喘息著只說了這一句。

新來的一臉不解地皺起眉頭，但似乎很快就明白了。他望著安浦，點了好幾次頭。

「是嗎，原來是這麼一回事。」

「要把我送警局還是哪裡都隨便你，反正我已經完了。」安浦自暴自棄地說。

新來的放開安浦，安浦只聽見他大大地嘆了一口氣。

「算了，你走吧。」

「你要放我走？」

「我都叫你走了。」

安浦連忙想開溜，但背後傳來一聲：「慢著。」

他硬生生停下腳步，回過了頭。新來的拿著鐵管一邊輕敲著肩一邊走近。

「既然都遇到了，找地方喝一杯吧。我想聽聽你的故事。」

安浦吃驚地望著對方。

6

中午前，青江回到自己的公寓。風吹來感覺分外舒適宜人，是因為腦袋還有些飄飄然嗎？

不過，今天早上的紅茶真好喝。平常他一起床總是喝咖啡，從不知道早餐茶竟能令人心情如此愉快。

不，不是紅茶好喝，令人回味的是一起喝茶的對象。青江醒來時，美冬已經不在床上了，他循著紅茶香來到客廳。她在廚房裡，對他投以溫柔的微笑。她已經化好妝了，而且是適合早上的淡妝。

明明覺得喝了不少酒，卻沒有宿醉的感覺。只是身體覺得輕飄飄的。他不敢相信昨晚的事竟然是現實。回溯記憶，那令人目眩神迷的快感便跟著醒來。

是她主動的，所以責任不在我。——青江這麼想。他無法否認，當她說要找地方繼續喝的時候，他心裡的確有過一絲期待，但他完全沒有自己主動邀約的意思。

決定到她住處去的經過，他的印象也很模糊。還想再喝呢！找地方再喝一點好了，不過這麼晚了，還有店家開著嗎？——似乎是這段對話的結果。

青江打開自家門，當下便知道千繪來了。玄關有她的鞋。

一拉開隔間的簾子，便露出千繪圓圓的臉蛋。

「你跑到哪裡去了？」千繪語帶責備，她似乎從昨晚就一直等他。

「六本木，去看朋友的演唱會。」

「喝到早上？」

「在KTV睡了一下。」青江走進廁所。他不知如何面對千繪。

「怎麼不打個電話給我呢，放假前一天我通常都會過來啊。」他一從廁所出來，千繪便嘟著嘴這麼說。

「我是想過，可是沒機會打電話。抱歉。」

千繪還在鬧彆扭。廉價玻璃桌上，大剌剌地攤著她買來的袋裝零食和寶特瓶果汁。青江心想，眞是天差地遠，連優雅的邊都沾不上。

「喏，陪我去買東西啦。」

「今天就饒了我吧，我累死了。」青江躺下來，趾尖碰到了電視櫃。空間小得令人難以忍受。

「咦——，可是你答應過人家的啊。」千繪搖晃著青江的身體。

這傢伙還是個小孩。他想。還沒成熟，不是眞正的女人。

他想起新海美冬後頸上的那兩顆痣。

第四章

1

從以前每到三宮便常光顧的那家牛排館，遷至距原址約一百公尺的地方。門口掛的還是原本那塊招牌，這讓曾我多少安心了點。街上仍四處可見地震留下的傷痕，也可以算是終於開始復興的徵兆吧。

「全部就只救出這塊鐵板哦。」老闆娘驕傲地說。豐腴的體型和略帶粉紅的臉色和從前沒兩樣，但想必是經過相當一段時間的平復，臉上才能再出現這樣的神情吧。

鐵板可是這家店的財產吶。——說著，老闆娘伸手撫摸閃著銀光的板子。

「不過眞了不起呢，才一年就讓餐廳恢復得這麼好。」曾我拿著紅酒杯，環顧店內。時間將近晚上十點，已經沒有別的客人了。本來九點半就不再接受客人點菜，但曾我事先打過電話來，店家是專程等他的。

「能聽到客人這麼說，當然教人高興，可是遲早還是得回原來的地方，還要花上一段時間就是了。曉得我們以前樣子的人，看到這裡一定覺得很寒酸吧。」

「我覺得這裡也很不錯啊。」

「謝謝。」

老闆娘微微一笑，喝了一口生啤酒，一臉心知肚明那是客套話的表情。之前的店有現在的兩倍大，最難得的是充滿了懷舊風情，要以人工方式重現恐怕不是件容易的事。

據她說，之前的店在地震中並沒被震倒，但四周的房子一一起火，最後只能眼睁睁看著整家店燒毀。她說能把重達幾十公斤的鐵板搬出來已經算是很幸運了，這話想必不誇張。

「到頭來，還是從前人蓋的房子比較結實。我們之前的店是洋人住過的大洋房改裝的，哪像附近新蓋的房子，全都震倒了。」

曾我只是隨口附和。其實以最新的預製住宅工法建造的房子是最爲堅固的，但沒必要特地指正就是了。

「曾我先生現在是在東京吧？不會再回來了？」

「是啊，暫時都會在那邊吧。」

曾我任職的商社總公司位於大阪。他雖是埼玉人，但一直到三年前都待在大阪總公司，後來才調往東京分公司。東京那邊雖名爲分公司，其實公司大樓和業務規模都超過總公司，因此他調往分公司實質上是升遷。分公司預定近期內便會更名爲東京總公司了。

曾我主要負責的是產業機械，今天在大阪開會，他是在工作結束後才來到神戶，這是他一開始便計畫好的。

「今晚要住這邊？」

「嗯，我明天打算到西宮去。」

「西宮？哦，去做什麼？」

「有朋友在那裡。」說完，他搖搖頭，「應該說是『生前在那裡』吧。老闆娘，妳記得新海先生嗎？」

「新海先生？」她先是露出在記憶中搜索的表情，接著大大點頭，「哦，是不是那個住在京都三条的……」

「對對對。」

「很有氣質的一個人啊，頭髮全白，戴著金邊眼鏡。」

「那位新海先生之前就住西宮，後來在去年的地震往生了。」

「是嗎。」老闆娘皺起眉頭，但臉上並沒有驚訝的神色。想來對於經歷過那場大地震的人而言，有人罹難早不是新聞了。「眞可憐，他走了啊……」

「聽說夫人也一起走了，所以我想去獻個花。」

「曾我先生說過，以前受到新海先生很多照顧是吧。」

「工作上該怎麼做都是他教我的。他辭職之後，好像和夫人過著兩人生活，沒想到會遇上那種事。」

「罹難的大多是老人家。好不容易可以逍遙自在地過日子，沒想到……。眞是太殘酷了。」或許是想起了什麼人吧，老闆娘拉起圍裙按住眼頭。

離開牛排館後，曾我走向逃過一劫的商務飯店。到了飯店一進房，第一件事就是打開窗簾。曾經那麼美麗的神戶夜景，如今卻是一片漆黑。沒人住的大樓、損壞的霓虹燈，在那片黑暗之中沉沒。

沖了澡鑽上床，要關床頭燈時，發現旁邊牆上有個小小的裂縫。不知是不是地震造成的，就算是，一定也通過地震的災後檢查了吧。

前幾天神戶才舉行過「阪神淡路大地震罹難者追悼典禮」，首相等人好像也出席了，但災民的現狀與「受到充分的援助」相差十萬八千里。至今仍有近十萬人住在臨時住宅、學校及公園等地。曾我的一個朋友才剛買的公寓卻不能住人，剩下的只有貸款，然而實在看不出國家眞心幫助災民的樣子。政府正準備對負債的住宅金融機構投入將近七千億日幣的公家資金，難道不能撥出裡面的百分之幾給災民嗎？

他在大阪總公司待了七年，在這邊有很多朋友，成爲震災災民的據他所知就超過十人，但確定罹難的只有新海夫婦。

他是透過電視知道的。播報員不帶感情地念出死者的姓名，其中就有新海武雄、新海澄子的名字。

新海是曾我在大阪時的部長，由於畢業自同一所大學，對曾我相當厚愛。

明明距離退休年限應該還有兩、三年，卻聽說新海突然辭掉工作。事情雖未公開，但當時在大阪總公司的人，大多都知道他是揹黑鍋而離職的。

當時是泡沫經濟鼎盛時期，某大汽車製造商蓋了新工廠，廠內絕大多數的生產機械都透過曾我的公司仲介購買。那筆生意之大，在目前不景氣的狀況下是無法想像的天文數字，因此回扣也極其驚人，關係到的人數也隨之增加。然而其中一人出了紕漏，於是這不當的金錢交易可能會牽連出大批人士，該如何斷尾求生？最後，新海被選爲犧牲者。

詳情不明，但社長和董事不可能「一無所知」。每次看見那些人至今仍作威作福，曾我內心總不免憤慨。

而傳聞少不了加油添醋，封口費便是其中之一。有一說是，新海領取的金額是正規退休金的兩倍以上，甚至有人因此認爲部長被迫辭職其實很划算。

但傳聞難辨眞僞，就算是眞的，曾我也相信那並非新海所願。眞心誠意、腳踏實地，才是成爲一個有用的商社人的捷徑。——新海總是這麼說。新海部長揹起貪瀆嫌疑的汙名退休，曾我想像得到他內心必然有無限遺憾。新海之所以願意承受，一定是出自於對公司的一片忠心；他會過著隱姓埋名般的生活，也是爲了避免遭到追查。

但到最後卻死於地震。一想到一定有不少人得知他的死訊後暗中竊喜，曾我就覺得無法忍受。

關燈後閉上眼，卻遲遲無法入睡。可能是想著新海的事吧，精神很亢奮。

翌日早晨，離開飯店來到西宮之後，曾我搭上計程車。他將一張賀年明信片拿在手裡。新海退休後每年仍會寄賀年明信片給他，而且一定都是親手寫的，從端凝穩重的字跡用心寫下的文句中，看得出他誠懇篤實的人品。

曾我取出賀年卡是爲了讓司機確認地點。之前他只拜訪過新海夫婦的公寓一次，但當時的記憶並無法成爲參考，因爲市街的面貌與當時已截然不同了。

司機確認地圖之後開車。

「那一帶是災情很嚴重的地方啊。我朋友也是在那邊，火災把房子全燒掉了。」

「司機先生也是這裡的人？」

「我住尼崎。運氣還不錯，住的地方沒事，可是車壞了，有好一陣子沒辦法工作，過得苦哈哈的。」

他這麼一提，曾我才注意到這是輛個人計程車。

「寄那張賀年卡的人沒事吧？」

「啊，去世了。夫婦都走了。」

「這樣啊。」司機嘆了口氣，反應和牛排館的老闆娘一樣，「可是啊，夫婦一起走或許比較好。我這麼說大概有點沒口德，可是夫婦倆只留下一個反而辛苦。先生一個人被留下來，什麼都不會；剩太太一個，也不知道靠什麼過日子，這也就算了，最難過的是忘不了死去的人。」

曾我並不認爲司機先生這段話是沒口德。他才剛看過一則新聞，內容報導因震災而變得無依無靠的老人在臨時住宅中衰弱而死。他們需要的不只是金錢和食物，最重要的其實是讓他們努力活下去的動力。

得知新海夫婦的死訊時，他很想當下直奔現場，然而根據所得到的訊息，現場狀況實在不容許他這麼做，一方面工作也因震災而忙碌了起來，結果曾我遲遲無法成行，一年就這麼過去了。

曾我打開皮包，將賀年卡收進內袋。內袋裡還有另一樣重要的東西，他確認東西還在之後才合上皮包。

這次他特地來到這裡，除了獻花，還有另一個重要的目的——他要親手將一樣東西交給新海夫婦的女兒。

他是在去年底發現那樣東西，在整理公司辦公桌時找到的。本來就不是曾我的東西，好像是有一次新海借放他這邊，之後一直沒拿回去。

他想設法將東西還給新海的女兒。那東西放在自己身邊也沒意義，但他又不能擅自處理掉，更何況這對她來說一定非常重要。

曾我記得她名叫美冬。他沒見過她，但曾經到她工作的店裡去過。

「這次她說要在南青山的精品店工作，一家叫作『ＷＨＩＴＥ　ＮＩＧＨＴ』的店，我也不知道是賣什麼的，你要是有空，就去幫我看看她吧！什麼都不用買。」以前新海曾在電話裡對他這麼說。

既然是南青山，一定只賣高檔貨。——心裡雖這麼想，曾我下班後還是去了一趟。整面玻璃帷幕的店內，陳列的果然都是他很難買下手的商品，而且那天美冬偏偏請假，前來招呼他的是該店的女老闆，年齡約三十來歲，沉著穩重的舉止令人感覺氣質高雅。

「眞是不好意思，讓您特地跑這一趟。新海小姐很少請假，可是剛好今天說有事不能不處理。」女老闆似乎打從內心過意不去，「她在店裡的表現非常好，請您務必轉告她的父母親。」

我會的。——曾我答應道，而事實上當晚他便打電話向新海報告了。

那是他第一次也是最後一次去到「ＷＨＩＴＥ　ＮＩＧＨＴ」。這次他爲了找美冬而二度前往時，那裡已變成一家餐廳了。他心想，可惜了那位氣質出眾的女老闆，畢竟是敵不過這波不景氣的浪潮。

總之，曾我很想查出美冬的下落。他想不出更有效的辦法，只好先到新海夫婦居住的地點來碰碰運氣。

計程車行駛在瓦礫處處的市街之中，幾家店只搭了帳篷便做起生意來，每個人都努力地求生。

「大概是這一帶吧。」司機放慢了速度。

曾我環視四周，不見任何足以喚醒記憶的景象，一切都改變得太多了。

「到這裡就可以了。」曾我說：「我再一邊走一邊找找看吧。」

「是嗎。不好意思，沒幫上忙。」

他下計程車時，手上除了皮包還拿著一個紙袋。這時司機恍然大悟似的點點頭說：

「難怪，原來是這樣啊。我就覺得有股香味。」

曾我對他報以一笑。紙袋裡裝的是要拿到現場祭拜的花。

計程車開走之後，曾我仍在原地佇立了好一陣子。有些地方的瓦礫已清空，差不多可以開始重建工程了，但還沒著手清理的地方也不少；也有幾幢運氣好逃過一劫的民宅，但交通依然不便。無論如何，重建之路艱險難行，一切都必須重新開始。

人影稀疏，偶爾看到的幾個都是從事建築工程的人。看來要找到新海夫婦的住所不是那麼容易。

一幢小屋前，有一名中年女子正在替盆栽澆水。那房子看來不像是新建築，所以一定是屬於運氣好的那一群了，但水泥牆上有修補的痕跡。

曾我出聲叫了那名女子，她緩緩朝他轉過頭來。曾我拿出新海寄來的賀年卡。

「看這住址，應該是那棟房子後面那邊。」女子指著一幢灰色的大樓，「不過，那邊的房子幾乎都沒了。」

「我知道。」曾我道謝後便告別了那戶人家。

好幾戶民宅正在進行興建工程。由於政府呼籲各地建設耐震市區，因此有些地方是整區聯手投入重建，但這裡的腳步顯然不太一致。不過，要失去家園的人忍耐著等到行政計畫擬定後再重建新家，也未免太過殘酷，畢竟家家戶戶的需求各自不同。

他來到中年女子所說的地方，果然這裡也一樣，大多是建築空地。在曾我的記憶中，當年這一區的小型大樓比住宅要來得多。幾處建地已經展開基礎工程，戴著安全帽的男子們操作著重型機具。

看到路邊有塊掉落的招牌，曾我停下了腳步。招牌上寫的是「水原製作所」，幾個字刺激了他的記憶，新海武雄的聲音在腦海裡響起。

「在紅綠燈轉彎之後繼續走，不久就會看到左手邊有個叫『水原製作所』的工廠，再過去就是我們家公寓了。兩層樓，外表一點都不起眼。」

之前去拜訪的時候，在電話裡聽到新海如此說明。就是那家工廠，錯不了。

水原製作所的工廠看上去勉強算是倖免於難，鋼骨雖有些傾斜，依然豎立著。但往裡面一看，只見水泥地板裸露，什麼都不剩。地板上留下了種種不同形狀的痕跡，負責產業機械部門的曾我一看就知道那是工具機留下的。

繼續向前走，出現一片空地，曾我停下腳步。這片橫向細長的土地，一定是新海夫婦公寓的所在之處。空地左側還殘留著部分水泥階梯，他記得自己曾爬過這道樓梯。

「哦，你到啦，我們家還挺遠的吧。」

「眞是辛苦你大老遠跑來，我們兩個一直盼著你來呢！」

新海夫婦倆的面容先後浮現腦海。那天晚上，他們眞的是由衷歡迎曾我的造訪，新海夫人親手做的菜便道盡了一切。

曾我自紙袋裡取出花，放到空地一角，合掌默禱。閉上眼睛便感覺到風聲，彷彿死者的低語。

合掌之後他仍站在那裡。不久感覺身後有人，一回頭，有個老人正看著他。老人身穿毛衣，套著厚厚的大衣，還戴了毛線帽。

老人說話了，但聲音太小，曾我沒聽清楚，「咦？」了一聲。

「找朝日公寓嗎？」老人邊說邊走近來。

朝日公寓這幾個字提醒了他，新海夫婦所住的公寓就是這個名字。

「是的。我朋友本來住這裡，好像震倒了啊。」

「是啊，全都毀了。好像房子本來就蓋得不太牢靠。」

「老先生您也是這附近的人嗎？」

「我家在那邊。幸好只是歪了一點，沒倒。」

「有戶姓新海的人家之前住這棟公寓裡，不知道您認不認識？」

「新海嗎？哦，我倒是沒聽過。」老人思索著，「我不認識這個人，不過我認識公寓的房東。」

「房東？」

「姓阪本，前面轉角在蓋新家的就是。」

也許是剛才看到那戶興建中的房子。

「現在還在蓋，應該沒住在裡面吧？」

「不知道啊，大概吧。」

曾我道了謝，沿著來時路往回走，來到剛才興建中的房子。穿著厚工作服的男子正站在路上看著設計圖。曾我喚了聲：「不好意思，請問一下……」

男子抬起頭來。

「請問這裡是阪本先生的房子嗎？」

「是啊。」

「不好意思，可以請你告訴我怎麼聯絡阪本先生嗎？我想向阪本先生請教一下關於他出租的公寓的事。這是我的名片。」他遞出名片。

男子一臉困惑，看看名片又看看曾我。

「你說的公寓，是本來蓋在那邊的那棟嗎？」

「是的，朝日公寓。我的朋友住在裡面。」

「哦……，你請等一下。」男子走進興建中的房子。

不久男子返回，手裡拿著一張紙條。

「我只知道電話。」

「啊，這樣就可以了。」

一看電話號碼，區域碼是０６，不在西宮市內。看來是住在大阪。

曾我自西宮車站打電話，所幸對方在家。曾我開門見山地說有些關於新海先生的事想請教。

「你是新海先生的朋友？那正好，我也有事。」男子說道。

「您是爲了什麼事找他呢？」

「我在找新海先生的女兒，不知道怎麼聯絡，正在傷腦筋哩。」

曾我很失望，因爲這正是他想打聽的。他照實說了之後，電話那端也傳來失望的嘆息聲。

「哎，這樣啊。不好意思，就像我剛才說的，我也是什麼都不知道。」

「到區公所去問會有消息嗎？」

「我想他們也不知道。我去查過了，區公所沒有他們女兒的住址。地震的時候，她好像是跟父母一起在公寓裡。」

「這麼說，新海小姐也遇到震災了？」

「照理說是吧。」

一家三口一起罹難。——他從沒想過這個可能性。

「請問，阪本先生，我現在方便過去打擾一下嗎？我想多了解一下狀況。」

「可以是可以啦，不過我也沒什麼消息能告訴你，我知道的就這麼多了。」

「沒關係，麻煩您了。」聽筒緊抵著耳朵，曾我直接對著電話行禮。

大約三十分鐘後，曾我來到大阪的福島區。阪本告訴他的公寓大樓位在距大阪環狀線野田站走路幾分鐘的地方，他說這裡是出租公寓，地震發生後，旋即由認識的不動產商介紹過來的。

「這棟公寓還沒地震的時候一直空著，沒打掃也沒整理，但是有得住就謝天謝地了，我趕緊搬了過來。那時候大家都搶著要租房子，我做夢都沒想到，我租房子給別人，自己卻沒地方住。」

阪本邊向曾我奉茶邊說。自己的住家燒毀，經營的公寓也倒場，這種狀況實在叫人笑不出來，但他的口吻卻聽不出灰心喪氣。阪本說他在梅田還開了間咖啡店。

「說到朝日公寓啊，現在成了那副德性，得把押金退還給租戶才行。其他人都退了，只剩新海先生他們家。」

「所以您才到區公所調查？」

「是啊。我在電話裡也說過，去了什麼都沒查到。」阪本摸了摸稀疏的頭頂。看他一副精打細算的模樣，卻規規矩矩地要將押金還給承租人，可見他是個好人，或者是同爲災民的同伴意識不容他起歹意呢？

「您說地震時新海先生的千金也在現場，是眞的嗎？」

「她好像帶著父母的遺體一起到體育館避難。我們那天早上人在廣島，不知道家裡和公寓怎麼樣了，急得要命，可是電車和車都到不了，實在沒辦法。」

「這麼說，阪本先生也沒能見到新海小姐？」

「我沒見到。不過，新海先生的鄰居說他們曾在避難所打過招呼。聽那個人說，新海小姐好像是在地震前一晚到公寓的，因爲從沒聽見新海家那麼熱鬧過。」

「地震前一晚？怎麼那麼……」不幸這兩個字，曾我吞了下去，因爲他想起阪本也是災民。

「所以我也是在找他女兒，還讓你跑這一趟，眞是不好意思。」

「哪裡，是我執意要來打擾的。」曾我搖搖手，「請問，您與新海先生所簽的租約還在嗎？」

「當然。」阪本打開放在椅子旁一個扁平的皮包，從中取出檔案夾，「就是這個。」

曾我說聲不好意思，伸手接過。

他把希望放在保證人那一欄上，心想上面也許會填親戚的名字，然而那裡卻是空白的，只塡寫了緊急聯絡人欄位。

東京都澀谷區幡谷2—×—×—306

新海美冬（長女）

電話號碼　03—××××—××××

「您問過這裡嗎？」他望向阪本。

「打過電話，不過那裡好像已經沒人了，電話語音說那個號碼是空號。」

曾我從上衣口袋取出記事本，「我可以抄下來嗎？」

「可以是可以，可是去那裡也沒用吧？」阪本歪著頭，「要是你找到新海家的女兒，可以叫她和我聯絡嗎？」

曾我笑著表示那是一定會的，一邊抄下電話住址。

2

看到預約表的時候，青江還以爲自己眼花了。不僅這個星期，下星期也幾乎滿了，這種情況自開幕以來還是第一次。

「好誇張喔，電話響個不停。」見習美髮師濱田美香睜圓了眼睛說。接電話也是她的工作，但之前的預約狀況想必從不曾讓她如此應接不暇。

預約表上的名字幾乎都是青江不認識的客人，而這些客人爲何會想來他店裡，原因再清楚不過。

「宣傳的力量果然很大。」濱田美香說出青江內心的想法。

他也只能點頭稱是，同時再次佩服不已——她真的很厲害。

濱田美香所說的宣傳，是指流行雜誌上的報導。這陣子，好幾家雜誌陸續推出了髮型特集，其中青江的店「ＭＯＮ　ＡＭＩ(*1)」可說必定榜上有名。當然，報導中也介紹了其他店家，但那些都是早已享譽美髮業界的名店，剛開張的新店唯有「ＭＯＮ　ＡＭＩ」。

當然，這樣的成功並不是偶然。這麼說，難道是各雜誌編輯訪遍全東京的美容院，剛好每個人都看上「ＭＯＮ　ＡＭＩ」？當然也不會有這種事。

一切都是美冬的安排。

開幕前她便對青江這麼說：

「你負責想幾個原創的髮型出來，當然要是你的自信之作，弄好了要拍照。」

聽到他問拍這種照片做什麼，她便一副「你連這個都不懂嗎」的模樣，攤開手苦笑。

「要用來推銷『ＭＯＮ　ＡＭＩ』呀！還用問嗎？」

於是青江想了幾個髮型，美冬找來願意當模特兒的女孩和攝影師。青江幫她們完成新髮型後，便逐一拍照。

美冬將洗好的照片送往幾家出版社，她選的都是出版年輕女性流行情報誌的公司，其中幾家特別重要的，則由她親自帶著照片去見編輯。她早已辭掉「華屋」的工作了。

美冬這番努力的結晶便是這些報導，但要不是各出版社不約而同推出髮型特集，努力也不會有成果。所以這可說是美冬策略上的勝利，多虧她冷靜地看出現在社會大眾需要什麼樣的資訊，以及發訊源正準備發出什麼訊息。

自從上過雜誌之後，「ＭＯＮ　ＡＭＩ」便搖身一變晉升爲知名美容院。青江雖從之前上班的「Bouche」帶來兩個人，但還是很快地人手不足，緊急招聘了幾名員工進來仍忙不過來，還得僱用臨時員工。

我贏了這場賭注。——青江這麼認爲。

這天傍晚，飯塚千繪來到店裡。當時青江剛好站在入口附近的櫃檯，隔著玻璃與她的視線遇個正著。

*1 爲法文「我的朋友」之意。

他走過去開了門，「嗨。」

「你好。」千繪顯得有點尷尬，「好像很忙喔。」

「是啊。」他看了看鐘，「等一下有個預約，不過只是剪而已，不會很久。我想八點應該出得去。」

「那，我八點再來好了。」

「也好，不過這附近有家義大利餐廳，要不要約在那邊？」

「好啊。」

青江告訴她餐廳的地點。千繪說了聲那八點見，便離開了。

他一邊為下一位客人剪髮，一邊想著千繪。自從辭掉「Bouche」之後就沒見過她了，雖然不是吵架分手，但兩人之間的確變得很尷尬。

原因就在於青江沒理會她的忠告。千繪自始至終都反對他借用新海美冬的力量獨立。千繪的意思他不是不明白，要一個不怎麼認識的人出資，感覺的確不舒服。想獨立就該老老實實地存錢。——這種腳踏實地的想法並沒有絲毫不妥。

若在以前，青江一定會尊重她的意見。但自從遇見美冬之後，千繪的話聽在耳裡全都顯得孩子氣。這個世界光靠腳踏實地是混不下去的，努力付出未必有收穫，要成功就得豁出去賭。——他認為這種想法才符合現實。

與美冬的相遇也改變了青江對女性的觀感。過去，他交女友的條件是可愛，和千繪交往也是如此。但他在美冬身上感受到全然不同的魅力，那並不是所謂成熟女子的美豔那麼單純。和她在一起，需要的是如同對付利刃般的敏銳，他眞切地感受到自己的內在有什麼被激發出來。

簡單說，青江就是在所有的面向上感到千繪有所不足，而千繪不可能沒察覺到他這樣的變化，搞不好她甚至是懷疑青江與美冬的關係的。最後的結局，便是雙方拉開了彼此的距離。

青江思索著千繪這時候來找他的原因，如果她希望重修舊好的話該怎麼辦。他發覺自己內心其實懷著這樣的期待。

八點整，他出發到約好的地點，那是一家位於地下室的餐廳。

「你們店現在好紅喔。」他才剛坐下，千繪便這麼說。

「是雜誌的影響力大啊。」

「可是，那也代表大家認同小眞的能力啊。」

「很難講吧。」

他們向服務生點了主廚推薦套餐。

「那個，很好看呢，」千繪說：「那個墜子。」

「哦，這個啊。上次在六本木買的，我還滿喜歡的。」青江摸了摸首飾，那是一個刻了骷髏與薔薇的墜子，和千繪分手之後才買的。

彼此報告近況之後，千繪欲言又止地問：

「小眞，你是不是覺得我很笨？」

「怎麼說？」

「因爲，我反對你開店，可是店卻成功了。你心裡是不是在想『知道我的厲害了吧』？」

「沒有啊。再說，現在還不能說已經成功了，一切都要看接下來。」

「可是，你很慶幸沒聽我的話吧？」千繪抬眼看他。

「這個……」只說到這青江便語塞了，他想不出打圓場的話。

「不用騙我了，會這麼想也是當然的。」

「我不是騙妳……」青江含糊地說。

好好的一頓套餐卻吃不出味道。

「妳是為了問這個專程跑來的？」青江試著發問。

「也不是啦……，就是想來看看小眞，想說不知道你怎麼樣了。」千繪拿著刀叉低著頭說。

果然，青江心想，她想重修舊好卻說不出口。青江很猶豫是否該由自己開口。

就在這時，聽到一聲歡迎光臨。千繪循著聲音的來向看去，不禁睜大了眼，青江見狀也轉頭一望，大吃一驚。

新海美冬正走進店裡，朝他們走來，一副早就知道他們在此的模樣。

「妳好。」她向千繪微笑。

千繪也點頭說妳好，接著望向青江，一臉詢問「是你叫她來的嗎」的表情。他微微搖頭，帶著「怎麼可能」的意思。

「我可以坐這裡嗎？」美冬拉開青江旁邊的椅子。

他只能回答請坐。

美冬一坐下便向服務生點了雪莉酒。

「我就知道你們在這裡。」

「爲什麼?」

「我問『MON　AMI』的人的呀!他們說有個可愛的客人來找青江先生。青江很喜歡這家店,我就猜你們多半是約在這裡。」美冬皺皺鼻子笑了。

「呃,她是我以前在『Bouche』的……」

青江正想介紹千繪,只見美冬微笑著點頭道:

「我知道,是飯塚千繪小姐吧!見過幾次。」

千繪再次微微低頭致意。

「喏,你們在討論什麼?」美冬看看兩人。千繪垂著頭。

「也不是什麼討論……。她剛好來到附近,就來看看。我想說難得來一趟,就一起吃個飯。」青江編了個藉口。

「是嗎。那,我也可以聊一件事情嗎?」

「請說。」

「我是要找千繪小姐。」美冬朝向千繪,「妳現在薪水多少?」

千繪不由得咦了一聲。

「如果妳願意,要不要到『MON　AMI』來?我們現在人手不足,正在頭痛呢。我想妳和青江一定可以配合得很好,如果妳肯來就太好了。」

青江聽了也大吃一驚。

「請等一下，這可不行！」
「爲什麼？」
「之前從『Bouche』帶人過來，是和老師談過好幾次才決定的，現在又多挖一個人過來，說不過去吧！」
「我有把握可以說服『Bouche』，不過，當然得先徵求千繪小姐的同意。」
「謝謝妳的好意，但是我不想離開『Bouche』。」千繪看著美冬堅決地說：「我打算一直待在那裡。」
「是嗎？眞可惜。我還以爲妳願意當青江的好幫手。」她看著青江，別有含意地笑了。
「那個，我要先走了。」千繪站起來。
「等一下，東西還沒吃完。」
「對不起，我吃不下了。」千繪看也不看青江，說完拿起包包便朝出口走去，服務生連忙將她的外套遞給她。
青江本想去追她，但一看到美冬的側臉，雙腿便動不了了。她無聲地警告他：不要做這麼難看的事。
直到千繪的身影消失，美冬才緩緩起身，移到千繪坐過的那張椅子上。「啊啊，好浪費，剩這麼多。」
「妳爲什麼突然說那種話？」
「你不覺得那是個好主意嗎？青江不也說想要本事好的人嗎？」

「話是沒錯……」

「可是……」美冬瞪著他，嘴角仍浮現笑容，「前女友還是不太方便？」

他心頭一驚，眼睛睜得大大的。美冬似乎以他這種反應爲樂。她請服務生過來清理桌面後，又重點了一份青江他們吃的套餐。

「我告訴你，傻事就到此爲止。」美冬說：「對你來說，眞正的考驗現在才要開始。你這一輩子會是個普通美髮師、還是會更上一層樓，就看現在了。要是你還在搖擺不定，我很難辦事。」

「和以前的同事吃飯是傻事嗎？」

「你還是不懂。現在的你已經不是從前的你了。把過去丟掉，否則你是贏不了的。你想贏吧？」

「那當然了……」

「既然這樣……」美冬拿起桌上新擺上的餐刀，以刀尖指著青江，「想都不要想背叛我。」

聽著她冰冷的語調，青江不禁打了個哆嗦，默默地點了頭。

3

新宿的會議提早結束了，曾我一看時間，才傍晚七時許。他在辦公室的行程板上登記「會議後直接下班」，曾我的家位在杉並區。

去看看吧。——曾我心想。伸手進大衣裡，從西裝內袋取出紙條，上面記載了新海美冬之前的住址。

從關西回來後，他幾度考慮要走訪該處，但工作忙碌，假日又必須當個好爸爸好丈夫，結果便不了了之。再說他也不免懷疑去了也是枉然，新海美冬住在紙條上記載的地點已是一年多以前的事了。

即使如此，他心上卻一直揮不去這個疙瘩，看來不跑這一趟，他怎麼都無法將這張紙條扔掉。

他在新宿車站上了計程車，直行甲州街道，在高速公路的幡谷交流道前右轉，正好就是幡谷二丁目，曾我在這兒下了車，打算步行尋找。這一帶有大型醫院及著名光學儀器廠商的大樓，曾我想起之前爲了工作曾數度拜訪那家廠商。

紙條上的住址是一棟小巧的公寓大樓，看上去不怎麼新，大門也不是自動鎖。

自正面玄關進去後，左手邊就是管理室，小窗口關著，裡面也沒亮燈，看來管理員只有白天才在。

右手邊是一排信箱。曾我看了看三〇六號的名牌，上面寫著「鈴木」；三〇五號是「中野」，三〇七號則沒有貼出名牌。

他有些躊躇，仍搭上電梯上了三樓。

三〇六號約位於走廊中段。他走過三〇六號，在三〇五號門前停住。

輕輕做了一個深呼吸之後，曾我按下對講機，心裡希望是男性來應門，因爲他覺得女性戒心很強，然而對講機裡傳來的「喂」是女性的聲音。

「不好意思，想向您打聽一下之前住在隔壁的新海小姐的事情。」

「……請問您哪位？」

「敝姓曾我，正在找新海小姐。」

「噢，這樣啊。」

不一會兒門開了，現身的是一位長髮女子，且門上沒有繫門鏈。曾我正心想著這名女子怎麼這麼不小心，一看她腳邊，放著一雙男鞋。

「是有什麼事情嗎？」女子聲音顯得有些訝異。

「是這樣的……」

曾我做了大略的說明，包括他正在尋找前上司的女兒，這位上司連同妻子在阪神大地震罹難，現在的線索只有女兒曾住過的地址，也就是這棟公寓。

這位姓中野的女子一開始滿臉懷疑，但聽到阪神大地震這個詞，便微微點頭。

「我和新海小姐說過幾次話。」她說：「她搬進來的時候來打過招呼，這年頭很少人會這樣了。」

曾我點點頭。在單身人士居多的公寓大樓，搬家時會向左鄰右舍打招呼的人的確越來越少，但他想像得到新海美冬一定會禮數周到地這麼做。他並不認識美冬，只是推測她所受的家教一定不差。

「那麼，她搬走的時候是不是也來打了招呼呢？」

「是啊，來過了。」

「那時候您有沒有聽她提過什麼？像是要搬去哪裡？」

她只是一臉同情地搖搖頭。

「那是很久以前的事了，我記得不是很清楚，不過印象中她沒提到。」

「這樣啊。」雖是意料中事，曾我還是難掩失望。

「不過，我完全不知道她也成了震災受災戶，我還以爲她出國去了。」

曾我抬起頭來，凝視著她問道：「出國？」

「她說她退掉這裡的公寓，要出國一陣子。好像是……倫敦吧。」

「那是什麼時候的事呢？」

「我記得是……大前年年底吧。」

「大前年……」

這回答眞令人意外，他以爲美冬是在回西宮的前夕搬離這棟公寓的。

「她出國待了多久？」

姓中野的女子歪著頭想了想。

「不知道呢……，她說跟另一個人一起分租公寓，所以我想大概是一年左右吧。」

「另一個人？」

「嗯，她說有個她非常仰慕的人，是跟那個人一起去的……」

「是男性嗎？」

曾我這個問題，總算讓她露出一絲笑容。

「我也是這麼問的，不過她說是女性。」

「那工作怎麼辦呢？」

「好像辭掉了……，啊，不對，」她露出搜索記憶的神情，「好像是公司倒了，還是換老闆了，我記得她好像提了一下。」

曾我猜想那一定是那家南青山的精品店。

「不好意思……」女性開口問道：「可以了嗎？這是很久以前的事了，我不太記得，而且現在也沒來往了。」

「啊，對不起，占用您的時間。那個，不好意思，想厚著臉皮請您幫個忙。」他取出名片，拜託對方若想起什麼務必與他聯絡。

他等對方關上門之後，又經過三〇六號門前，按了另一邊三〇七號的電鈴。這間住的是男性，並不記得新海美冬。

「我常出差，也許隔壁的人來打過招呼，我大概不在吧。注意到的時候，隔壁已經沒人住了。」穿運動服的男子一臉不耐地說。

「請問是什麼時候的事？」

「我不記得了。現在住隔壁的應該是三年前搬來的，前面的人應該是在那之前不久搬走的吧。」

說法雖然含糊，卻與先前那位女子的話吻合。

曾我道謝後離開，沒留名片給這名男子。

離開公寓大樓，在回家的計程車上，曾我通盤整理了一番，得到這樣的結果：首先，新海美冬是大前年，也就是一九九三年底搬出公寓的。她辭掉工作，與「仰慕的女性」一同前往國外。大約一年之後，與雙親一同在所居住的西宮遭遇了阪神大地震。

那位「仰慕的女性」是誰？既然有這樣的一個人，那麼震災後美冬第一個投靠的對象應該就是她吧？而這名女性應該不會袖手不管成了災民的美冬，或許曾建議她先與自己同住。但若眞是如此，美冬理應會在警政單位留下那名女性的住址或電話做爲緊急聯絡處才是。

他按住右胸，胸口內袋裡放著必須交給新海美冬的東西，爲了能隨時把東西交給她，他一直隨身攜帶著。

曾我在三天之後又得到了消息。三〇五室的中野女士打電話來，說她找到了前年正月新海美冬所寄出的賀年明信片。

曾我決定立即向她借看那張賀年卡，一去到公寓，中野女士便將賀年卡遞給他。

「可以借我抄錄內容嗎？」曾我取出記事本。

「不用了，你拿去吧。我收著也沒有用。」

「是嗎？謝謝您。」

離開公寓之後，他再次細看那張賀年卡。賀年明信片上的祝賀詞是印刷的，旁邊則寫上「當鄰居時謝謝您的照顧。我要到國外去修練一番。保重！」字跡是工整的楷書。

住址和電話都是印刷的，旁邊貼了一張「寄居人新海美冬」，似乎是以文字處理機列印後貼上去的，看來多半是向主人家要來多餘的賀年明信片吧，貼紙下面肯定印著主人的名字。

住址是三田，看樣子也是公寓。曾我有些遲疑，還是毅然拿起了手機。

4

今天的烤魚定食是鹽烤鯡魚，雅也先喝了口啤酒，拿起免洗筷下箸。從小吃魚就是他的拿手本事，魚刺再多也不當一回事。「貓不理」——某個親戚阿姨曾這麼形容他，因爲他吃過的魚乾淨得連貓都不屑一顧。阿姨還說，雅也就是這麼會吃魚才適合當巧手工匠。

鯡魚肥得恰到好處，很好吃。「岡田」的白飯是可以免費追加的，他很快就吃完一碗，招手叫來有子。

「食慾眞好。」有子接過碗，微笑著說：「工作很忙？」

「還好。是這裡的東西好吃。」

「大將要是聽到這句話，一定很高興。」有子笑著退下了。她在店裡都稱自己的父親爲大將。

工作很忙是事實。今年迷你車零件的訂單增加了，再加上福田常叫他做那些用途不明的奇怪零件，害他一直加班。但雅也的疲倦並非來自於此，是美冬不定期委託的工作成了他的重擔，不但得使出全副心力，最累人的是不能被老闆福田發現。

美冬還是一樣，每次帶來戒指和墜飾的設計圖就要他做，而且最近拿來的不是平面設計圖，而是以電腦繪製的立體圖示。不知道是在哪裡學的，美冬對電腦也很在行，有時還會拿名牌商品的照片加工改成獨創作品，要他「做得跟照片一樣」。對於沒有正式學過金工的雅也而言，這些都是一連串的試誤學習，簡直把他給累壞了。

但是，一見到美冬看到成品時那開心的表情，這些辛苦便煙消雲散；只要是爲了這個女人，他想，要自己做什麼都願意。

他曾經問她做這些東西到底要幹什麼，她的回答總是千篇一律。

「是爲了我們的將來。雅也爲我做的這些作品，將來每一件都會成爲我們的支柱。」

這句話是什麼意思，她不肯告訴他。看來她似乎是想在珠寶界決一勝負，但具體的步驟雅也就不清楚了。

上次那個美髮師也令他在意。美冬在雅也不知情之下開了店，當他知道店長就是那個青江時大吃一驚。眞不知道她是怎麼拉攏他的？不，開店這件事本身就已經是晴天霹靂了。

「那根本沒什麼啊，只是租房子裝潢而已，接下來才累人呢！要怎麼打響名號，才是勝負的關鍵。」

美冬似乎已經贏了這場比賽。她所經營的「ＭＯＮ　ＡＭＩ」現已擠身名店之林，而青江則成了雜誌爭相採訪的紅人。

事業成功是好事，但雅也每次看到美冬的行動，一股莫名的不安便油然而生。她是爲了什麼那麼拚命？她的終點在哪裡？他完全看不見。

他思考過美冬頸子上那兩顆並排的痣。以前待過福田工業的技工安浦，因爲一名詭異女子而失去工作。那女人的眞實身分仍未查明，安浦唯一記得的特徵，便是頸子上的兩顆痣。

他心想不會是她吧，卻也相信這樣的事她做得出來。福田工業有段時間曾以製作銀雕爲賣點，金工的機器設備也還留著，因此雅也才能滿足美冬的要求。事到如今，他忍不住懷疑她是明知這點才建議他到這個工廠來的；而且爲了取得雅也的工作地點，不惜對同行的技工安浦設下陷阱……。這會是他想太多嗎？

將烤魚定食吃得一乾二淨，啤酒也喝光之後，雅也站起身。

「今天不要飯糰嗎？」付帳時有子問。

「嗯，今天不用。洗個澡就要睡了。」

「你一定很累吧。」她的神情似乎有些擔心，「你一個人住，對不對？打掃、洗衣都怎麼處理呢？」

「衣服想到了再洗，打掃就從來沒掃過。」

他不好意思說偶爾來家裡的女人會幫他打掃。

「家裡不乾淨，對身體不好哦。」有子皺起眉頭，小聲說：「下次我去幫你打掃吧？我還滿會整理的。」

「噢……」

其他客人在喊服務生，有子朝那邊應了一聲，對雅也說那就先這樣。他輕輕點頭，走出了店門。

要是和那樣的女孩在一起，會過著什麼樣的生活？雅也在回公寓的路上思考著。他和有子並不熟，但他覺得若和她在一起，一定能過著平靜踏實的生活。她不會去向大筆賭注挑戰，因此一輩子也不可能有一夕致富的機會，只能在明知不會有大幅成長的收入裡，精打細算地過日子，但她一定不會對此感到不滿，即使在平凡的生活當中，她也一定能發掘喜悅，建立起一個屬於她的幸福家庭。

至少，她一定不會要求自己在過度緊張中度日，雅也這麼認為。

回到家，門上的信箱夾著東西，拿起來一看，是寄給他的一封信。雅也既不解又吃驚。搬到東京之後，他從未收過信，而且應該沒幾個人知道這裡的住址。

收件人的名字是電腦打字的，雅也查看信封背面，也是列印的文字；再看到寄件人姓名，他差點沒失聲驚呼。

上面寫的是——米倉俊郎。

當然，他從未忘記這個名字。無論做任何事，當時的情景都像飛蚊症的黑影般從眼前掠過。那是舅舅的名字，在阪神大地震那天早上，雅也打破了他的頭。

為何要以這個姓名捎信來？雅也一邊揣測寄件人的意圖，一邊慎重地拆開信。

裡面是一張信箋和照片，信箋上的文字仍是以電腦打字而成，內容如下：

「欲售當日早晨之證物。我方之希望價格為一千萬圓，低於此價恕不交易。

匯款帳號：××銀行新宿分行一般帳戶１２５６４９８　帳戶名稱：杉野和夫　期限：一九九六年三月底。

若限期內未收到匯款，視同交易失效，今後不予聯絡。證物將轉讓予第三者，第三者包含司法界人士。謹此通知。」

雅也身體發起抖來，接著看照片，一看差點昏厥。照片拍到的正是那天早上的光景——毀壞的建築物，水原製作所歪斜的招牌，以及身穿綠色厚夾克的高個男子。男子正舉起某樣東西，而他腳邊還有另一名男子被壓在瓦礫下。

雅也手中還拿著照片，當場坐倒在地。

腦子裡第一個想到的是佐貴子，以及她的同居人小谷。他們曾懷疑雅也殺害了俊郎，兩人四處奔走搜羅證據。

這麼說，這封信是他們寄的嗎？他們終於找出新證據了嗎？

但如果是他們，應該沒必要用假名。

他再次細看照片，解析度實在說不上清晰。他對這影像有印象，與佐貴子他們當時想取得的影帶畫面極為相近，然而那卷帶子並沒拍到雅也下手的場景。

他想拿那卷帶子來比較，但那是不可能的了，因為美冬將影帶交給他之後，是他自己立刻將帶子燒掉的。

正當他思索著對方究竟是何方神聖時，電話響了。雅也嚇得整個人彈起來。

電話是美冬打來的，說現在要過來。雅也很慌，不知該不該將恐嚇信的事告訴她。

「怎麼了？現在不方便嗎？」

「不會。不會不方便。」

「那我現在過去。再五分鐘就到。」

掛斷電話之後，雅也將照片和信箋放回信封，收進工作服口袋之後，開始換衣服。剛換好一身運動服，玄關的門鈴響了。

「吃過飯沒？」門一開，美冬便這麼問。

「吃過了。」

「是嗎。我順道去了一下麥多(*1)。」說著她舉起拎著的白色袋子。和雅也在一起的時候，她總是一如往昔說著關西腔，而大概也只有在雅也面前，她才會把麥當勞說成麥多吧。

「怎麼突然跑來？又要做戒指嗎？」雅也問。

「不要說得好像我只在有事請你幫忙的時候才來，我不過是想來看看雅也啊。」美冬邊說邊衝著他笑，然而那笑顏旋即沉了下來。

她似乎察覺不太對勁，皺起眉頭問：「怎麼了？」

「沒什麼。」他別開視線。

「可是你臉色很差，感冒了？」美冬伸手要摸雅也的額頭。

我沒事。——他把她的手揮開。美冬似乎吃了一驚，抬頭看他。

「抱歉。真的沒什麼。」他搖搖手，「我來泡咖啡吧，美冬妳先去吃漢堡。」

她卻沒回答。雅也朝她一看，她仍站在原地咬著嘴唇。

「雅也。」她開口了，聲音是平靜而低沉的，「一定出了什麼事，對不對？爲什麼要瞞我？我們是兩人同心，不是嗎？不是發過誓，遇到困難要互相幫助的嗎？」

沒事啊，眞的。——雅也只說了這幾個字便說不下去了，他敵不過美冬眞摯的眼神。

雅也從工作服裡取出信封，默默遞給美冬。其實，他是想避免向她提起殺害俊郎一事，他一直覺得那是兩人之間的禁忌。

她看著恐嚇信，眼睛一度大睜。看了好幾次之後，她在榻榻米上端正坐好，看著雅也。

「你對這張照片有印象嗎？」

「沒有。」

「也推測不出誰是寄件人？」

「最有可能的就是佐貴子那對夫妻了，可是我認爲他們兩個不會採取這種手段。」

「你看這張照片和一般相機拍的不一樣，是從影帶截取畫面列印出來的。」

「我也想過來源可能是那卷帶子。」

他不知道光說「那卷帶子」美冬能不能聽懂，但他的擔心是多餘的。

「那裡面拍到了這一幕？」美冬立刻問他。

「我記得沒有。的確拍到我了，卻沒有拍到這裡。」

美冬的視線回到照片上，陷入沉思。

我們兩個眞是不正常啊。——望著她的側臉，雅也心裡這麼想。兩人談起殺人只像件小事。

她抬起頭來，「所以呢？你打算怎麼做？」

＊1 麥當勞日語爲「マクドナルド」，關西地區的年輕人習慣略稱爲「マクド」（音譯爲麥多）

雅也無法回答。正當他不知所措走投無路時，她就打電話來了。

「你要付嗎？這筆錢。」

雅也吁了一口氣。

「一千萬這麼大筆金額，現在的我當然拿不出來。」

「你是說如果拿得出來就付？」

「不知道……」他答不上來。恐嚇者聲稱不付錢就去報案，他不認爲那只是威脅。

「如果雅也無論如何都要付的話，我可以出這筆錢。」

「咦……」雅也回望她。

「但是，我認爲不應該付。」美冬拎起照片晃了晃，「這是陷阱，而且掉進去就是地獄，讓人生不如死的地獄。如果你以爲寄這封恐嚇信的人收了這一次錢就會滿足，那就太天眞了。從此以後，他會不斷地來勒索，恐怕一輩子都得受他糾纏。你要這樣嗎？」

「當然不要啊。可是他一報警，我就完蛋了，不是嗎。」

美冬將照片放回桌上。

「我認爲對方不會這麼做。至少，不會因爲雅也沒在期限內付錢就立刻報警。做這種事，對他一點好處也沒有。」

「話是沒錯，可是總不能當作沒看見吧？要是不理他，他一定會使出下一步的。」

「就是這點。照現在的狀況，我們其實毫無對策，因爲我們不知道對方究竟是什麼人。要對付敵人，首先得查出敵人的眞面目；而要調查，就必須有線索，不是嗎？這次先不理他，接下來就像你說的，敵人一定會有進一步動作，下一次對方也不想被置之不理，出手應該會狠一點，但這就是我們的目的。人啊，一急就會露出馬腳。」

雅也睜大眼睛，看著說這話時甚至露出笑容的美冬，驀地出現一個想法——莫非這個女人很享受這樣的策略謀劃？

「不能放任事情發展，我們也得打點全副精神來對付。可是，現在沒有我們能做的事。要去調查這個銀行帳戶也是可以，不過反正一定是假名，這年頭連人頭帳戶都買得到了。」

這一點雅也也有同感。

「反正就是先觀望嗎……」

「我覺得這樣最好。」美冬點點頭。

「美冬，我一直想問妳一件事。」雅也斂起下巴，抬眼看著她。

她恢復一臉認真的表情，「你是要問錄影帶的事吧？」

「那個，妳是從哪裡弄到的？佐貴子他們那時候應該也正在追那條線啊。」

「那次眞的好險，要是我動作慢了一點點，眞的會被他們搶先一步。只能說是運氣好。」

「可是，到底是怎麼……」

「帶子是大阪一個遊手好閒的人拍的，我騙他說有個靠影帶賺錢的好辦法，他馬上就上當，把帶子交給我了。不過那個男的和這次的事應該無關。」

「是嗎……」

雅也沒見過那個人，其實無從判斷。

美冬拿起信封，凝視著信封正面。

「郵戳是麴町郵局。如果是關西那邊的人，不會專程為了寄一封信跑到東京來吧。」

「對喔，信裡指定的銀行也是新宿分行。」

「人頭帳戶要指定全日本哪個地區都可以。敵人特地選了新宿分行，可見那裡對他來說是個方便的地方。」

雅也也認為很有可能。

「不過我在東京沒有朋友啊？不說別的，阪神大地震那時候發生的事，東京的人怎麼會知道？」

「也許對方地震那時住在關西，現在卻來到東京。不然就是一直在東京，卻因緣際會拿到照片或影帶……」美冬露出遠眺的眼神繼續說：「我去西宮一趟。」

「西宮？」

「不管是哪種情況，敵人為了查出雅也的下落，應該採取過一些行動，一定會在哪裡留下痕跡。我去調查看看。幸好我現在的時間是自由的。」

「我也一起去吧？」

「雅也還是不要去比較好，因為我們不知道敵人在西宮是怎麼行動的。而且你工廠那邊也很忙吧？這陣子你好像一直加班，不是嗎？再加上我又託你幫忙，你一定很累。」

「那倒是還好。所以妳要一個人去嗎？」

「嗯，包在我身上。」她往自己胸口一拍，接著以真摯的眼神望著雅也，「這是我們的第一個難關。可是，我們不能輸給這種事情，一定要克服它。」

我知道。——雅也也看著她的眼睛回答。

美冬特地買來的麥當勞漢堡都涼了。她把漢堡放進小烤箱加熱，從冰箱拿出罐裝啤酒。

「和雅也在一起，吃什麼都好吃。」美冬說著，咬了一大口漢堡。

雅也也喝了啤酒，之後，他們在被窩裡相擁。好一陣子沒曬的棉被又硬又冷，但赤裸的身子緊緊相依，暖和得令人出汗。

美冬的手伸向他的下半身，但那裡卻不大有反應。怎麼了？——她望著他，表情彷彿這麼問。

「還是在意恐嚇信的事？」

一語中的。明知再想也無濟於事，那些字句還是盤踞在腦海。

美冬撫摸著雅也的胸膛，接著臉頰靠上去摩蹭。

「別擔心，我一定會想辦法解決的，絕對會查出是誰讓雅也這麼痛苦。」

雅也一手抱住她的肩，另一隻手撫弄她的頭髮。她的頭髮飄散出好聞的香味，他心想，這味道大概是她經營的美容院的洗髮精香味吧。

「雅也。」美冬抬起頭來，「要是查出了對方的眞實身分，你要怎麼做？」

雅也無法回答這個問題，因爲他眞的不知道該怎麼辦。就算知道對方是誰，對方也不可能停止恐嚇。當然，也不能去報警。

美冬的手指開始在雅也的胸口畫，似乎是在寫字。

「雅也，我已經有所覺悟了。」

他抬起頭，正好迎上她的視線。

「覺悟……？」

她望著他的眼睛，點點頭。

「我之前就常說，這個世界是戰場，我的盟友就只有雅也一個，雅也的盟友也只有我一個。為了活下去，我已經有所覺悟，要我做什麼都願意。」

他明白她的意思。今後若要擺脫恐嚇者的陰影，辦法只有一個。雅也並不是沒想過，只是那想像實在太過駭人，他一直有意識地將那念頭趕出腦海。

「雅也。」看他沉默不語，美冬便說：「十全十美的辦法是不存在的呀。」

「咦……」

「避開討厭的事而闖出一條生路是不可能的。」

她顯然看穿了他的心思才會說這句話。

「這我知道，但是有些事就是辦不到。」

「可是，那時候你卻辦到了。」

美冬的眼睛似乎在發光。雅也知道她指的「那時候」的意思。

「那是……不對的。」

「你後悔了？雅也，那時候如果你沒那麼做，下場會是什麼？」

雅也其實無從得知。當時他若沒殺死俊郎，現在會是怎麼樣呢？父親的保險金一定被拿走了吧？那樣比較好嗎？

「詳細狀況我是不清楚，但既然是雅也做的抉擇，不管是不是一時衝動，我相信無論遇到什麼狀況，雅也都會當機立斷，選出最好的一條路。雅也是有這種能力的人。」

「妳是說，那是一條好的路？」

「我相信雅也的判斷力，再者，是不是一條好的路要看之後的行動。無論做出多麼正確的選擇，如果事後的作法不對，一樣不行。」

事後的作法……，是指將麻煩一一剷除嗎？那就是自己應該走的路嗎？雅也想問美冬，卻問不出口。

「雅也，你可不能想著走在白天裡哦。」美冬說，語氣是嚴肅的。

雅也不明白這話的意思，看著她。

「我們只能走在夜晚的路上。就算四周如同白晝一般明亮，那只是假象。我們只能死了那條心了。」

5

美冬再度來到雅也的公寓是在相隔整整一週之後。她說她從東京車站直奔而來，身穿深藍色套裝外加黑大衣。她從沒以這身打扮來過。

美冬脫下大衣，在坐墊上端正坐好。

「我打聽到不少奇怪的消息。」

「什麼消息？」

「雅也，你記得大西先生嗎？就住你家附近。」

「大西？哦，我記得有戶人家姓大西，房子還滿大的，戶長好像是町內會長（*1）吧，不過我沒跟那戶人家說過話就是了。」

「我聽那位大西先生說，去年年底，有一名男子上門詢問有沒有拍到附近震災災情的照片或影帶，而且還說最好是拍到市區工廠災情的。」

「專門問工廠？」

「對。那個人是商社的人，聽說是負責產業機械的，因爲工作的關係，需要調查地震造成的機械損害做爲日後的參考。你看，那一帶除了雅也家的工廠以外，也有好幾座市區工廠吧？」

「哦……，如果只是這樣，聽起來沒什麼啊？」

所有企業與研究單位都在進行阪神大地震的災情分析，經手產業機械的商社會收集震災資料也不足爲奇。

「問題在後面。聽說這個人今年又跑去找大西先生，而且這次跟上次不太一樣，一直打聽水原製作所的事。」

「打聽我家？哪方面的事？」

「像是雅也家的經濟狀況、工廠的經營順不順利，還有你爸爸的事情。」

「我爸的事？」

「好像問到是不是眞的爲了保險金自殺……」美冬只有說到這時，微微低下頭。

「眞可笑。」雅也別過臉，「我家工廠快倒了，我爸爲此自殺，這事不必特地到處打聽也知道。」

美冬緩緩眨眼，速度慢得連睫毛的顫動都看得見。

「我一聽到這個消息，就覺得整件事水落石出了。恐嚇你的就是那個人。」

「說來聽聽。」

「我想，一開始他的確是像他說的，爲了工作收集資料而四處打聽。後來大概是在檢視他收集到的照片和影帶的時候，發現了那一幕吧。」

「我正在……那個的時候嗎？」

殺死舅舅的時候。——但他說不出口。

美冬點點頭。

「現在幾乎每個家庭都有攝影機，當時有那麼一、兩個人在拍攝也沒什麼好奇怪的。」

雅也搖搖頭。攝影機水原家也有，但在那種狀況下，他腦袋裡壓根沒想到拍攝這檔事。

「我猜，那個人一發現那卷帶子，當場四處打探的目的就轉了個方向。一般人應該會去報

＊1 「町」是日本城市中的街區，在行政區劃分中，次於市大於村；「町內會」則是在町內成立的地區居民自治組織，不僅處理日常生活瑣事，在遇到重大災變時，協助人員引導、物資分配與交通指揮等等，是日本社會維繫安定不可或缺的基層組織。

警，可是他沒有這麼做，而是想找出帶子裡拍到的人是誰。他大概很快就查出那是水原製作所的兒子，接著就去調查當時死亡的人。死在水原製作所的有兩人，雅也的爸爸和米倉俊郎。但你爸爸是自殺的，當然不列入考慮，所以他可以確定被殺的是頭部受傷而死的米倉俊郎。」

「接著便寄恐嚇信……」

雅也還沒說完，美冬便搖頭。

「我想在那之前，他應該調查過米倉，所以當然也去找過他女兒了。」

「去找佐貴子啊……」雅也咬咬嘴唇，慢慢理解狀況了。

「那個人上門去，一定先不著痕跡地打聽米倉和雅也的關係。而佐貴子會怎麼回答呢？」

「會講出那筆借款的事吧，說她懷疑我趁地震混亂中殺死她父親。她那種人很可能會這麼說。」

「這麼一來，那個人就掌握所有的拼圖碎片了。殺人動機、證據，以及雅也手裡握有父親的保險金。我想，他是在一切資料齊全之後，才決定要恐嚇你的。」

「是嗎？」雅也吐了一口氣，「所以才要求要一千萬嗎？從我爸的保險金裡扣掉債務，剩下的應該要有這麼多。這大概也是從佐貴子那裡聽來的吧。」

「再來就是找出雅也人在哪裡。這並不難。你在你爸爸投保的保險公司留了紀錄，結清銀行債務的時候也留下這裡的聯絡資料了吧？隨便找個理由，就能問出你現在的住址。」

雅也的臉色變得很難看。美冬的話合情合理，沒有任何矛盾之處。

「知道那個人的姓名嗎？」

「大西先生說他不記得了，公司的名字也忘了。我想多問幾戶人家可能問得到，只是我怕我跑太多地方別人會起疑。」

「很有可能。不過，虧妳能查出這麼多消息。」

「是有點累啦。」美冬苦笑了一下。

雅也抱頭苦思。現在弄清楚爲何有人突然現身恐嚇了，但接下來該怎麼辦，他卻一點頭緒也沒有。

原本端坐著的美冬換個坐姿伸長了腿，脫掉西裝外套。藍色襯衫有兩顆鈕釦沒扣上，她撥動頭髮時，胸罩的邊緣便若隱若現。

「雅也，不能放著那個人不管，會要命的。」

「話是這麼說，但不知道對方是誰也沒辦法啊。」

「雖然不知道，但那個人一定會自己找上門來的。到時候再考慮就太遲了，現在就得下定決心。」

「下定決心……嗎？」

「我已經下定決心了。」美冬定定地望著雅也的眼睛，那視線彷彿連內心深處都能看透。他移開視線，不想讓她看穿內心的動搖。

6

美冬的預言成眞了。進入四月不久，第二封信便寄來了。寄件人和上次一樣，都是米倉俊郎。

「上回所提出之某商品交易，期限內未得尊駕付款，實感遺憾。然考量尊駕或有不便，擬再予一次機會。但此次將不再透過銀行匯款，一手交錢一手交貨。

時間：四月八日晚間七點

地點：銀座二丁目中央路　咖啡店『桂花堂』

務必單獨前來。我方知悉尊駕長相，將主動相認。在此之前，請於店內安分靜待。切記守時。即便遲到一分鐘，交易立即中止。

再次強調，此乃最後機會。深盼尊駕到場。」

看完信之後，美冬用力一點頭。

「就像他寫的，這的確是最初也是最後的一次機會。錯過了，就無法查出對方的眞實身分了。」

「到底要怎麼查出他的身分？就算給了錢，我也不認爲他會說老實話。」

聽到雅也這麼說，美冬身子微微後仰，手掌在眼前揮了揮。

「怎麼能給他錢！之前不是說過嗎？遇到這種狀況，只有一個定理。」

「定理……？」

「讓對方著急，讓他完全陷入焦慮之中，這麼一來，對方絕對會露出馬腳。」美冬的唇角上揚。

四月八日，晚間六點五十分——

雅也和美冬人在銀座的咖啡店，但並非對方指定的「桂花堂」，而是隔著馬路的對面店裡。這家咖啡店的外牆是整面玻璃，因此不須特別凝神注視便可望見「桂花堂」店內的情景。

「人滿多的。」

雅也說的是「桂花堂」，那邊也是玻璃外牆，靠馬路側有五張桌子，裡側有四張。現在店內算是八分滿，有四桌一男一女的客人，兩桌女性客人，另有兩名男子分別占用一張桌子。但現在斷定誰是恐嚇者還太早，那人可能在遠處觀察，打算確認雅也到達之後才現身。

「根據我在西宮打聽到的消息。」坐在雅也對面的美冬悄聲說：「那個人不高不矮、不胖不瘦，所以應該算是中等體格。」

「那右邊那個就先剔掉了。」雅也盯著「桂花堂」說。坐在右邊桌位的那名男子照一般人的標準來看算是肥胖體格。

另一名男子坐在靠裡面的桌位，看不清長相。雅也拿起自己帶來的小型單眼望遠鏡，對準男子調整焦距。那人戴著眼鏡。——雅也告訴美冬，她卻偏起了頭。

「沒聽說他戴眼鏡呢。」

「這麼說，也不是他了？」

「太快下定論是不行的。也許他平常不戴；也可能平常戴著，只是去西宮打聽消息的時候刻意把眼鏡摘下來也說不定。」

雅也默默點頭，繼續觀察。眼鏡男在桌上攤開了一本雜誌之類的書刊。

這時候又有一名男子現身。他身穿灰色西裝，一身上班族打扮。男子走向左邊唯一空著的桌位，一坐下便看了看表，接著突然朝外看，簡直就像在看雅也，雅也連忙放下望遠鏡。

「又來了一個人。」美冬說。

她看了時間，雅也也跟著將視線落在自己的手表上。正好七點。

之後的五分鐘，變化不大，只有右邊胖男子的桌位來了一名女子，看來是他等候的對象。

「我馬上回來。」美冬站起身，「接下來的步驟，就照計畫進行。」

「妳要從哪裡打電話？」

「樓下有公共電話，我從那裡打。」

「好。」

美冬下樓去了。目送她走後，雅也再度觀察「桂花堂」。

她是要打電話到「桂花堂」去。他們不知道恐嚇者的名字，所以計畫打到店裡找一位姓米倉的客人，這時恐嚇者應該無法置若罔聞，一定會有所行動。當然，美冬是不會出聲的，當恐嚇者拿起聽筒的時候，電話早已掛斷了。

美冬離座已經三分鐘了，電話應該打通了吧。

這時候，「桂花堂」內有了動靜。服務生出現，對客人說了些什麼。聽了之後有反應的是左邊的男子，他站起身，在服務生的引導下消失在店裡側。

不到一分鐘，男子回來了。他沒就座，而是拿起桌上的帳單，似乎準備離開。雅也也連忙離座。

付了帳一下樓，正好遇到美冬。

「怎麼樣？」她問。

「是最後出現的那個男的，他好像要走了。」

「果然被我們料中。他一定是起疑了。」

兩人走出咖啡店時，男子也自「桂花堂」出來，沿中央路往四丁目走。雅也和美冬也朝同一方向邁開腳步。

雅也今天的服裝是深藍色西裝配上白色襯衫，還繫了領帶，因爲美冬說這種打扮最不起眼。爲了今天這趟，特地從量販店添購了這些行頭。

而美冬則是牛仔褲加線衫的打扮，加上拉到眼際的棉布帽，戴著太陽眼鏡。這是由於「華屋」就在近旁，預防萬一遇見熟人所做的對策。

不久，男子走進地下鐵，搭上丸之內線。雅也兩人也跟著進了隔壁車廂。由於人潮擁擠很難盯緊男子，地鐵每到一站停車，美冬便下車到月臺上確認鄰車的狀況再上車。

「不知道他要上哪去？」

她微微偏著頭說不知道，「總之，下車之後再分頭行動。」

他點頭說ＯＫ。

許多乘客在新宿站下車，但男子仍留在車上。經過西新宿、中野坂上、新中野，男子都沒有反應，只是抓著吊環，似乎輕輕閉著眼睛，感覺不出有提防別人跟蹤的樣子。雅也多少覺得有點怪。一個在咖啡店接到可疑電話而匆匆離開的人，會這麼沒有警戒心嗎？

內心的疑惑還沒整理好，男子便有所行動了。地鐵即將到達南阿佐谷時，男子向車門移動。雅也轉頭看美冬，兩人目光交會。

到了南阿佐谷，男子果然下車了。於是美冬先下車，雅也晚一步也跟著下車。

男子出站後，沿中杉路朝JR阿佐谷車站走去。美冬跟在他身後十公尺處，雅也則再落後美冬十公尺。行人很多，看來兩人的跟蹤行動沒有被發現之虞。

雅也內心的疑惑再度湧現。他想，事情會不會太容易了？特地準備了人頭帳戶來恐嚇別人的人，會如此輕易地曝露行蹤嗎？

是不是哪裡弄錯了？——他不由得這麼想。搞錯人了嗎？但是美冬打電話叫人的時候，有反應的確實是這個人。

走在前方的男子在轉角左轉。美冬稍微加快腳步跟上他，轉彎的時候，朝雅也瞥了一眼。

一走進岔路，行人就變少了。爲了避免對方起疑，必須稍微把距離拉開，但離得太遠，萬一對方突然走進哪幢建築物又可能跟丟。雅也專心一意地跟蹤。

男子突然轉了向，雅也以爲他要回頭，心頭一驚，結果並不是。男子走進右手邊的大樓。

美冬朝著雅也伸出手掌微微一擺，似乎是叫他不要再跟過來。的確，對方認得雅也，再靠近會有危險。

他停下腳步，買了一旁自動販賣機的菸，當場點了菸，邊抽邊等她回來。

過了五分鐘左右，美冬從大樓出來了。一看到她的身影，雅也便邁開腳步，沿原路往南阿佐谷車站走。

走到中衫路時，她趕上來了。

「知道名字了。」

「叫什麼？」雅也頭也不回地問。

美冬不作聲，遞給他一張紙條，「認識嗎？」

「不認識。」他搖搖頭，「完全沒聽過。」

紙上寫著「曾我孝道」。

7

吐司、蔬菜湯、火腿蛋和餐後的咖啡——孝道一邊吃著這套標準早餐，一邊以報紙佐餐。恭子好幾次要他改掉這個習慣，他總是找藉口推託。最近她也死心了，往好處想至少老公沒有邊看電視邊吃飯，因爲她向來嚴禁女兒遙香吃飯時看電視，要是當爸爸的壞了規矩怎麼教女兒。

「現在的援助交際好像變多了。」孝道埋首報紙說：「說穿了就是賣春啊！最近的少女眞是不像話，到底在想什麼啊？」

「可是男人也有錯啊！」

「那當然。這篇報導說，曾經有過援助交際經驗的男性上班族當中，有的本身也有念國、高中的女兒。這些傢伙也說他們打死不願意自己的女兒去做這種事，眞是自私到了極點。」

「那種人最好都處死刑，不然就閹掉。」

恭子的話讓孝道笑出來，總算合上了報紙。

「我今天可能要晚點回來。」

「又要接待客戶？」她抬眼看他。

「不是，跟人有約。之前也跟妳說過啊，新海先生的女兒。」

「啊，總算能見到面了！上星期爽約，不是嗎？」

約好在咖啡店碰面，對方卻打電話到店裡，說臨時有急事無法前往。

「是啊，不過說人家爽約也太可憐了，是我單方面這麼突然要求要見面的。」

「不管怎麼樣，能見面是好事，不枉你之前找她找得那麼辛苦。」

「是啊。老實說，我沒想到會這麼費工夫，可是不把東西交給她，我總覺得有事卡在心上。」

孝道站起身，穿上西裝上衣，拿起放在椅子上的皮包走向玄關。恭子跟在身後。

「晚餐會回家吃吧？」

「我盡量。」他邊穿鞋邊回答。

我盡量，但不能保證。——身為商社人的丈夫的背影這麼告訴妻子。結婚七年，恭子已經習慣了。

「萬一得在外面吃，記得打電話說一聲哦。」

「好，我知道。不管回不回來吃，我八點前一定會打電話回來。」

送丈夫出門後，她叫醒遙香。今年剛上小學的女兒還不會自己起床，也常因為想睡而吵著不要上學。

但是今天很難得，一叫就醒了。遙香穿著睡衣來到客廳。

「爸爸呢？」女兒四處張望之後問道。

「已經去上班了。」

「咦——，已經出門了喔？好想看到爸爸哦。」

「妳在說什麼呀，平常不都這樣嗎？想看爸爸就早點起來呀。」

但遙香卻一臉鬧彆扭似地杵在原地。恭子有些不耐煩，平常遙香對父親先出門一點也不在意，爲何今天早上偏偏說起這種話呢？

坐到餐桌旁，遙香的樣子還是很怪，只顧拿叉子戳火腿蛋，根本沒吃。

「爸爸會不會早點回來啊。」

「怎麼了？找爸爸有事？」

「沒有啊。」

「別光說些有的沒有的，趕快吃，不然會遲到哦。」

平常遙香算是那種不在意爸爸的孩子，可能是因爲孝道工作忙，很少陪她的關係；她常向恭子撒嬌，卻幾乎不會這樣對孝道。孝道常因此感到失落。

送女兒出門後，恭子獨自用著餐。遙香留下了一半的吐司和幾乎整盤的蔬菜湯，她先把這些塞進胃裡，又烤了一片吐司。吃這些剩菜會變胖的。——她嘀咕著。

恭子很滿意現在的生活。在一流商社上班的丈夫工作勤奮，沒有不良嗜好，對任何人都很好；獨生女遙香也很健康。

她對這間公寓也沒有不滿，距離南阿佐谷車站走路只要幾分鐘，購物也很方便，現在的經濟狀況還貸款並不算吃力；孝道對於妻子去上才藝課也沒有不悅之色。

恭子一直認爲，只要目前的生活能持續下去，也沒什麼好挑剔的了。而且，她相信會持續下去的，她完全感覺不到任何瓦解破滅的徵兆。

吃完早餐，她開始洗碗，然後擦玻璃，順便打掃陽臺。她決定今天要打掃平常不打掃的地方。整理廚房流理臺下方的空間，擦拭冰箱層架。以專用清潔劑去除皮製沙發的汙漬，是一項相當耗體力的工作。

邊看電視邊吃有些遲了的午餐時，遙香回來了。恭子連忙關掉電視。

遙香提議爲爸爸做蛋糕。今天這孩子一直說些奇怪的話，不過恭子認爲這主意不錯。孝道酒量不好，但喜歡甜食，新婚時期她經常烤餅乾給他吃。

母女倆專心做蛋糕，時間一下子就過去了。恭子帶著遙香去採買晚餐的材料。

「今天晚上想吃什麼？」一邊走在超市的生鮮賣場，恭子一邊問女兒。

「焗烤通心粉。」遙香立刻回答，「因爲爸爸喜歡吃。焗烤鮮蝦通心粉，爸爸喜歡吃這個。」

「嗯，對呀。」

每天，晚餐要吃什麼都讓她煩惱，幸好今天很快就決定了。不過，遙香爲什麼一直念著爸爸呢……

恭子一回到家立刻著手準備焗烤材料，只要孝道一回來立刻就能進烤箱。

然而準備工作早已完成，孝道卻遲遲沒回來。遙香雖然在看電視，仍頻頻注意時間，那個節目有她喜歡的偶像明星，她卻似乎一直無法專心看節目。

「爸爸好慢喔。」

「對呀。不過爸爸說八點前會打電話回來。」

恭子看了看時間，快七點半了。

又過了十幾分鐘，客廳矮櫃上的電話響了。

「是爸爸。」

「總算打回來了。」恭子鬆了口氣，一邊拿起聽筒。不好意思，我得在外面吃了。——她心想一定會聽到這句話。

然而聽筒裡傳來的，卻不是他的聲音。

「喂，請問是曾我家嗎？」是一名年輕女子的聲音。

「啊，是的。」

「對不起，冒昧打擾。敝姓新海。」

「新海小姐？啊啊，我聽外子提起過。您是新海部長的千金吧？」恭子一邊點頭，一邊訝異爲何這名女子會打電話來。丈夫現在應該正和她碰面才對。

「是，這次眞的很謝謝曾我先生。」

「哪裡哪裡。外子說，他受到新海部長那麼多照顧，應該的。」

「這樣啊。……請問，曾我先生在家嗎？」

「咦？」恭子有些混亂，「呃，外子沒和您在一起嗎？他說今晚預定和新海部長的千金碰面的。」

「是的，曾我先生是這麼和我約定的沒錯，可是，到了約定的時間卻沒出現，我猜想會不會是忘了……」

「這樣啊。眞是非常抱歉。他眞是的，怎麼會這樣呢！我想他應該是不會忘記的，今天早上他還跟我提到過。」

「那麼，還是我再等一下？」

「請問您和外子是約什麼時間……」

「七點，在銀座一家叫作『桂花堂』的咖啡店。」

這麼說，已經讓她等了將近五十分鐘了。不管是有什麼狀況，既然會遲到這麼久，孝道應該會打電話到咖啡店才是。

「我再等一下好了。」新海美冬似乎察覺恭子的不知所措，便這麼說。

「那樣太對不起您了。」恭子拚命地思考。不能在這時候丟臉，身爲孝道的妻子，她必須做出正確的判斷。「那麼，這樣好了。要是外子到八點還沒到，就請您先回去吧。也許那之後外子會過去，但您就不必擔心了。要是我聯絡上外子，我會要他打電話給您。這樣好嗎？」

「我沒問題。那麼，我會等到八點。」

「啊，請問，方便留一下您的電話號碼嗎？」

恭子連忙把新海美冬的號碼寫下。這樣就可以了吧？有沒有疏忽的地方？話說回來，孝道究竟在做什麼？

掛上電話之後，驀地心頭一陣不安。這種事從沒發生過，孝道即使人要晚到，也一定會有所聯絡的。

她撥打孝道的手機，但不知是否關機了，電話沒打通。

「爸爸呢？」遙香問。

「好像是工作臨時有事，不知道跑哪裡去了。爸爸眞不應該呢。我們先吃吧！」

但女兒卻搖頭，「我要和爸爸一起吃。我要等爸爸回來再吃。」

她應該早就餓了啊。——恭子不可思議地望著女兒。

她鼓起勇氣打電話到孝道公司，接電話的男子是另一個部門的人，他說孝道那個部門的人都走了。

結果焗鮮蝦通心粉是母女倆一起吃的。過了十點，電話再度響起。恭子連忙拿起聽筒，卻是新海美冬打來的。

「對不起，我還沒聯絡上外子。」

「這樣啊。他一定很忙吧。」

「也許是工作上遇到什麼麻煩，他以前從不曾這樣……。眞的很抱歉。」

「我沒關係的，請您千萬別放心上。」

「謝謝。」

應該向人家道歉的，對方卻反過來安慰自己。——這通電話居然變成這樣的對話。掛上電話，恭子又看了一次鐘。

兩天後，恭子去找新海美冬。那個晚上，孝道終究沒有回來；隔天打電話到公司，也說他沒去上班；到了下午，她去報警說明經過，警察留了案底，卻沒打算立刻採取行動，對她唯一的建議只有請再等等看。

恭子坐立難安，撐到晚上，決定打電話給新海美冬，因爲總覺得她是唯一的線索了。

在咖啡店第一次見到新海美冬，發現她比想像中來得成熟許多，因爲印象差距實在太大，對方出聲叫她，恭子一時間還會意不過來。但對方取出的名片上，的確印著新海美冬。得知新海美冬在經營美容院，恭子有些吃驚。

「您一定很擔心吧。」聽了恭子的話，美冬蹙起兩道修剪得極其美麗的眉毛。

「我知道這麼問很失禮，可是我在想不曉得您有沒有什麼線索……？」

然而新海美冬只是一臉同情地搖搖頭。

「我和曾我先生只有通過電話而已，他說有東西要交給我，說詳情等見了面再談……」

「是嗎……」

明知見了面可能也沒什麼幫助，但實際上眞的親耳聽到時，還是十分失望，恭子不由得嘆了一口氣。

「說要交給我的東西，不曉得是什麼呢……」新海美冬自言自語般喃喃地說。

「是照片。」恭子說。

「照片？」

「是美冬小姐和雙親合拍的照片。因爲外子碰巧找到，便說一定要交給您。他說，您家裡的相簿可能都在震災時燒毀了吧。」

「原來如此，爲了這件事特地來找我啊。」新海美冬輕輕搖頭。

看到她這個表情，恭子終於明白爲何這名女子和自己印象中不太一致。那張照片孝道只讓她看過一次，她並沒有細看照片中人物的長相，但當時留下的印象，與眼前這名女子所散發的氣質截然不同。

當然，這種事其實無關緊要。現在她只擔心丈夫。

第五章

1

將剩餘的葡萄酒分別注入兩個酒杯裡，酒瓶正好空了。隆治舉起自己的酒杯。

「那麼，最後再一次。」

明白他的意思，新海美冬也微笑著舉起酒杯。兩只玻璃杯相碰，發出輕響。

隆治將酒含在嘴裡，大大吸了一口氣，感覺到葡萄酒香與花香，因爲窗邊有鮮花裝飾。窗外是一片東京的夜景，他們正位於高樓飯店最頂樓的法國餐廳。這裡的主廚在法國獲獎無數，而今晚的料理證明主廚果眞不是浪得虛名。

「您的表情，好像卸下了重擔。」美冬嫣然一笑。

「這我倒是無法否認。我現在眞的是鬆了一口氣，因爲跟妳這樣的狠角色談生意，絲毫大意不得。」

「我是狠角色？」

「是啊。趁我們對妳那張漂亮的臉蛋看得出神時，誘導我們簽下不利於我方而有利於你們的合約。」

「我倒是一點都不認爲這次的合約對『華屋』有任何的不利。」美冬瞪著他瞧，當然，眼裡並沒有敵意。

「所以啊，我得隨時小心不能被妳的武器蠱惑，搞得我筋疲力盡。不過也因爲這樣，葡萄酒喝起來格外香醇。」

「我才緊張呢，因爲我沒想到會是這麼大的生意。」

「沒想到從妳嘴裡會說出這麼謙虛的話，眞教人意外，一出手便震驚珠寶業界的妳，也會緊張？」

「我只是個普通人呀。」她拿起葡萄酒杯就口。似乎是由於用餐而沒有上口紅的她，嘴唇仍嬌豔欲滴。

「我說過好幾次了。」隆治將酒杯放回餐桌，「看到那個戒指的時候，眞是大吃一驚，這就叫『萬事最難是先知先覺』嗎？——不，不對，那是前所未有的全新創意，眞不愧是女性才想得出來的點子。」

「謝謝誇獎。」她也正色輕輕低頭致意。

「不過更驚人的，是妳拿著戒指突然出現在我面前的時候。過去那些硬闖上門的業者、不知天高地厚的設計師等等，沒預約就跑來找我的人我見多了，但是在員工專用電梯裡埋伏堵人的，妳還是第一個。」

「因爲得找一個秋村社長一定會出現而且無法輕易脫身的地方，想來想去，就是那裡了。那時候眞是失禮了。」

「也是因爲妳在我們店裡待過，才有辦法某種程度掌握到我的行動範圍吧，眞是甘拜下風。不過那是一次有趣的經驗，在電梯裡遇到有人提合作案，那還是第一次，大概也是最後一次吧。」

「我也希望是最後一次。」她又笑了。

他們談的是四個月前的事。當時隆治正準備回社長室，一進電梯，裡面卻有一名陌生女子。電梯一動，她立刻提出希望他看看自己的作品的要求，而且不待隆治回答，直接在他面前打開了盒子。

在這種地方沒什麼好談的。——他本想這麼說，但一看到盒子裡陳列的戒指，當場把話吞了回去。

盒子裡有好幾枚戒指，都是他從未見過的設計，其中最引人注目的一款，是將寶石做立體配置的設計。紅寶石之下有鑽石，或是兩顆綠寶石上下並陳。他旋即被這結構吸引，想確認寶石是以何種方式固定的。

她問，請問您有興趣了嗎？他答，是有點。

隆治讓她進了社長室，接著拿起社內分機，這時她開口了：「請您先獨自欣賞。」她知道他想叫熟悉寶石與貴重金屬的部下來。他有些爲難，叫部下來是有理由的。但是這理由也被她看穿了。她微笑著這麼說了：

「就算您想叫技術人員來記住這些設計結構，也是沒有用的。這些戒指除了我們之外沒人能做，因爲那是不被允許的。」

「妳的意思是？」

「我們已經針對這些結構提出專利申請，也已經公佈了，通過審查只是時間的問題。」

說實話，這時隆治才眞正大吃一驚。來推銷設計的人很多，但從沒遇過連專利都備妥的。

「我想請您先了解這一點，再仔細過目。」美冬說了這番話，再次打開盒子。

隆治看了她的作品，當場便直覺地相信——這可以賣。

「妳的目的是？」

「簡單說，便是業務合作與技術合作。我想，方法有幾種，其中之一是請『華屋』販售我們所製作的商品。或者，我們可以出借這些技術的相關工業所有權，讓『華屋』自行設計。無論採用何種方式，我們希望業務合作的商品都以新品牌的名義推出。」

她取出的名片上印著「ＢＬＵＥ　ＳＮＯＷ執行長新海美冬」。

那天，美冬留下了幾只樣品。隆治找來自己信任的手下看過，他們歸納出兩個共識：第一點便是，這是過去似有實無的設計，肯定熱賣；另一點則是，與來路不明的新興業者合作太危險。兩點均在隆治意料之中。

首要之務便是針對專利申請內容進行調查，得到的結果是通過審查的可能性極高。要提出異議，必須在專利公佈前證明類似製品已經存在。

即使如此還是有好幾名部下反對，但隆治決定賭一賭自己的直覺。他第二次約見新海美冬，距離第一次見面剛好十天後。

「對了，有件事還沒請妳告訴我呢。」喝咖啡時隆治說。

「什麼事？」

「最初妳讓我看的樣品，那是誰做的？我一開始以為是妳做的，但後來談過幾次就知道不是了。現在『ＢＬＵＥ　ＳＮＯＷ』雖有五名技術人員，但那些人是最近才聘用的吧？這麼一想，我很好奇那些樣品到底是誰做的。」

「為什麼呢？是誰做的又有什麼關係，只要了解構造，有一定程度技術的人都做得出來的。」

「現在當然誰都做得出來，有了know-how，也有實品可看。可是當初妳想到那個設計的時候，這些條件妳應該都沒有。我可以想像得到，製作者一定是歷經了千辛萬苦才將妳構思的那些設計具體實現。而申請專利所要保護的，正是這個部分吧。既然妳本身沒有金工的技術，那麼完成這部分的一定另有其人。說得極端一點，能夠取得專利，都是這位無名英雄的功勞，所以我才想知道這麼一號人物在哪裡做些什麼。」

隆治想起技術人員看到那些樣品時的神情。他們驚訝於其中的創意，但更令他們咋舌的，其實是讓寶石呈現立體配置所下的工夫。

其中一名技術人員的話令隆治印象深刻。他看著樣品這麼說：

「這應該不是出自專業金工師之手。」

令人意外的一句話。隆治問為什麼。

「成果的確是令人讚嘆，但在簡單的地方卻太講究了，甚至令人懷疑，這個人連那是只上過幾天金工教室就會的技巧都不知道。不過雖然如此，他在複雜的地方也做得極其精緻細膩。」

也就是說，這個技術人員十八般武藝樣樣俱全。——他如此形容。

「我們是即將展開密切合作的夥伴，不是嗎？我認為我應該有權利知道。」

美冬露出柔和的笑容，不知怎的她望向窗戶，窗上映出她的杏眼。

「做出那個樣品的……」她緩緩啟齒，「是老街裡隨處可見的師傅。不是金工師，是從事金屬加工的技師。」

果然。——隆治心想。技術人員的眼光沒錯。

「但是已經不在這個世上了。」

「咦！」

美冬面向隆治。

「他是我父親的朋友，因此我委託他幫我製作樣品。誠如您所說，我沒有金工方面的知識，所以設計其實是在與這位先生的試誤當中完成的。」

「他去世是因爲意外還是？」

她凝視著他，搖搖頭。

「震災。阪神大地震。一場悲慘得令人無法輕易以意外形容的災難。」

隆治皺眉點了點頭，他知道她也是受難者。

「聽說有許多優秀的人才在那場震災中喪生，原來罹難者中也包括了這麼一號人物啊。」

美冬低下頭，伸手拿咖啡杯，卻沒有送到嘴邊的意思。

「讓妳想起不愉快的回憶了啊。我們換個地方吧！」隆治招來侍者。

同一個樓層有酒吧，但他卻選擇搭電梯前往地下樓。那裡採會員制，內部還有貴賓專用的包廂。

然而兩人卻在吧檯比鄰而坐，這是美冬的意思。

「今晚情侶好多啊，是因爲聖誕節快到了吧。」隆治向後看了一眼之後說：「平常多半是談完生意的生意人。」

「不是因爲秋村先生總是走進貴賓包廂，所以看不見情侶嗎？」

「沒這回事。別看我這樣，我很喜歡觀察別人，不管走到哪裡，都會東張西望到處看。」他約略看了一下左右之後笑了，「不知道別人怎麼看我們兩個？」

「不知道呢。」

「詢問女性的年齡有失禮貌，不過我想，我和妳年紀大概相差十五歲左右吧。不，搞不好有二十歲。」

他的話讓美冬噗嗤一笑。

「別恭維我了。要是小秋村先生二十歲，那我不就才二十出頭嗎！」

「我今年都四十五了。不是妳看起來不像二十五，但在領教過妳的才幹之後，我不得不認爲妳的人生經驗不止如此，所以才猜差了十五歲。」

「任君想像。」

「年紀相差這麼多的兩人，在一般人眼裡會是什麼樣子呢？說父女年紀相差太少，說兄妹卻又差太多了。上司和下屬？恩師和學生？」

「不管是您說的哪一種，都不會兩人單獨在這種地方喝酒吧？」

「這麼說來，兩人的關係匪淺。而且，男方有妻有子，也就是所謂的不倫關係。」說完，他大拇指往身後一指，「我可以跟妳打賭，現在在那邊的人，三個裡就有一個認爲我們是那種關係。」

「不會吧！」

「很遺憾正是如此，人們就是喜歡胡亂揣測。只不過，他們的想法也不見得全盤皆錯。」

或許是不明白他話裡的眞意，美冬保持沉默，偏起了頭。

「他們弄錯了兩個地方。一是認爲我有家室，再來就是以爲我們離開這裡之後，會到飯店房間去。但除此之外就錯不到哪裡去，至少在我的感情方面，他們的確是看穿了。」

似乎總算理解了他的意思，美冬一臉眞摯，背脊挺得筆直，正對著吧檯。

「業務合作的簽約手續今天已經完成了，但今後爲了工作，我們想必會常見面，而像這樣用餐喝酒的情況也一定不少，屆時我的目的應該不會僅止於工作。因此我想先向妳確認，妳若不願意接受就明說吧！那麼日後我不會再提起這種事，妳也不必有多餘的顧慮。」

這番話是他昨天想好的。「以結婚爲前提交往」這種話，他打死也不願意說，但他一貫的主張便是，心意不表達出來是無法繼續下一步的。

美冬深呼吸一口氣，潤了潤唇，面向他。

「我好驚訝。」

「會嗎？可是妳的表情卻不是這麼說的。」

「眞正驚訝的時候，是連驚訝的表情都做不出來的。還是說，你這是爲了嚇我才開的玩笑？如果是這樣，那我的反應應該更誇張一點才是。」

「好個難以對付的女子啊！」隆治將馬丁尼送到嘴邊苦笑，「像這樣把話岔開，其實腦袋裡正飛快地盤算在這種場面要如何應對最妥當。」

這次換她露出苦笑了。嘴唇光豔動人。

「把我說得好像惡女似的。」

「沒有的事。我就是喜歡妳這一點。我到現在還沒定下來的原因只有一個，就是沒有遇到聰明的女性。妳在我至今認識的女性中，聰明才智遠勝他人，而聰明的女性往往都是難對付的。沒錯，換個角度來說，的確是容易被誤會成惡女。」

美冬微偏起頭，輕輕以手支頤看著他。

「這是在稱讚我嗎？或者要是我老老實實接受了，才眞是個頭腦愚笨的惡女而被您瞧不起呢？」

「顧左右而言他的臺詞就到此爲止吧！能不能讓我知道妳的回答呢？」隆治正面凝視她的眼睛。

美冬把手放到膝頭上，十指相交，手指上戴著兩枚她自己原創設計的戒指。

「秋村先生的心意我明白了。我覺得很榮幸，也很感激。」

「感激……是嗎？聽起來接下去會是『但是』之類的字眼。」

「是的，請容我以『但是』接下去。請您站在我的立場，來想想如此出其不意的情況。我了解秋村先生的心意了，就這個意義而言，我接受了。只是，若問我的心意爲何，我怕我回答不上來。」

「沒有希望嗎？」

「這種說法不適合秋村先生。」

被美冬挑明了說，隆治感到困窘。她說的一點都沒錯。

「老實說，我不知該如何是好。只是我不會因爲秋村先生剛才的告白，便不好意思與秋村先生見面；但若每次見面都向我追問答案就另當別論了。」

隆治輕笑出聲。

「總而言之，就是希望暫時保留的意思？」

「是的，您可以這麼認爲。」

「太好了。既然還沒被明白拒絕，就還有希望。」隆治再次拿起雞尾酒杯，「總之，我先賀自己一杯。」

「您覺得我是個狂妄自大的女人嗎？」

「狂妄自大？怎麼說？」

「被雄霸天下的『華屋』社長告白，卻沒有樂不可支，很奇怪吧？」

隆治笑了出來，搖搖頭。

「我承認我是個很有自信的人，我也承認或許很多場合在旁人眼裡我顯得很可笑，但那僅限於工作。遇到眞正聰慧的女性，我其實不知如何是好。究竟要怎麼做才能抓住妳的心呢？」

「我也來杯馬丁尼吧！」美冬吩咐酒保後，對隆治微笑，「說實話，我現在滿腦子都是工作。爲了實現夢想，有很多事要思考，也有很多事不能不去思考。」

「夢想……妳的夢想具體而言是什麼樣子？」

「沒辦法三言兩語說清楚，但一定要說的話……」她的下巴微微揚起，以斜上的角度對他投以視線，「算是……對美的追求吧。」

「格局眞大。」

「只要是人，任誰都會追求美吧？爲此不惜花錢的人更是不在少數。我希望能扮演將美帶給這些人的角色。當然，美，有各種面貌。有人認爲寶石很美，也有人認爲髮型很美，同時還有很多人追求女性本身的美貌。我希望能滿足這所有的需求。」

「確實妳在美容業界似乎頗爲成功，不過，讓我再問一個問題，妳所描繪的夢想完成圖是什麼模樣？在所有美的相關業界執牛耳嗎？」

美冬對隆治的話輕輕搖手，正好這時酒保將雞尾酒送到她面前，她拿起酒杯。

「我沒有那麼大的野心。我的夢想是這樣的。首先，有一條隧道，有入口和出口。有一個女孩站在入口，她看來不怎麼可愛，不懂得化妝，穿著也沒有品味，但她有一點錢，大概是打工或是設法存下來的吧。她帶著這些錢進入隧道，不久之後，從隧道裡出來的她，化了漂亮的妝，新髮型也非常適合她。變漂亮的她，過了一陣子又來了，這次帶了比上次更多的錢。爲什麼呢？因爲她變漂亮之後，得到報酬更好的工作。於是她再次進入隧道。出來的她，比之前變得更……」

漂亮。——隆治與她同時說出這兩個字。

「她穿上了適合她的衣服？或者是戴了首飾配件？」

「也許是瘦身減肥哦，可能也做過肌膚保養。」

「美容整型呢？」

「這當然也是可能的。」美冬點點頭，「每通過一次隧道，就變得更美。」

「換句話說，那條魔法隧道就是妳所描繪的夢想藍圖了。」
「可以這麼說。」
「可是這只滿足了女性的需求吧，不顧男性嗎？」
「我認爲最後以結果來看，其實也滿足了男性的願望，因爲男性只要在隧道出口等候就可以了。這麼一來，變美的女性就會一一出現。」
「妳認爲對男性而言，追求美就是追求美麗的女性？」
「我是這麼確信的。」美冬篤定地說：「不是嗎？」
隆治無法反駁，卻將身子拉開一點距離，刻意從趾尖開始由下往上打量著她。他叼起一根菸，點了火。
「有什麼不對嗎？」
「這麼說來，靠那條魔法隧道變美的女性，就是妳所生產出來的商品了。」
「我不知道商品這個說法對不對，不過，應該可以說是我能夠有自信地提供給男性的美吧。」
隆治繼續抽菸，周圍飄蕩著煙。
「妳最初給我看的戒指樣品的確是很棒，但依妳的說法，妳已經在我面前展現更美好的樣品了。」
咦？——美冬眨眨眼。
「就是妳自己啊。」他拿起雞尾酒杯遞給她。

美冬露出皓齒一笑，啜飲馬丁尼。

2

看到好一陣子沒來店裡的水原雅也，有子嚇了一跳。他變了好多，差點認不出來。雅也原本就是高瘦身材，現在兩臉更加消瘦，眼眶都凹陷了，臉色極差，但表情更是晦暗不堪。

「怎麼了？」她問，連擦手巾都忘了給。

深陷的眼窩裡，他的雙眼回視有子，似乎在說「什麼怎麼了」。

「你身體不舒服嗎？」

「沒有啊……，沒有不舒服。」但回答的聲音也是有氣無力。

「那就好……。這陣子你都沒來，我擔心你是不是生病了。不過，你眞的沒事嗎？是不是工作太忙了？」

聽到這話，雅也不知爲何淡淡一笑。

「反而是偶爾碰面的有子會爲我擔心，眞怪。」

「什麼意思？」

「沒什麼。」他望向牆上的黑板，菜單就寫在上頭。「我要一份綜合滷菜和煎蛋，再來杯啤酒好了。」

「這樣就好？定食呢？」

「今天不用。」他轉頭看電視，正在播年底特別節目。

有子送上啤酒和小菜之後，只見他偶爾看一下電視，默默地喝著啤酒。點的菜送上桌以後，仍是這副模樣。

將近一個小時的時間，他喝完了兩大瓶啤酒，沒有加點菜。

「今天不帶點宵夜回去？」付帳時，她小聲問道。

「不用。」

「可是你沒吃多少呀。」

「我沒胃口。」他拿出五千圓鈔。

找錢時，有子先將便條紙和原子筆遞給他。

「可以告訴我住址嗎？我想寄賀年明信片。」

「寄給我？」他似乎有些吃驚，但旋即拿起原子筆。他的字跡很漂亮，有子曾經聽客人說，手藝好的工匠師傅字也漂亮。

寫完住址，接過找零，他頭也不抬地走出店門。

「岡田」的營業時間到夜間十二點。最後一位客人一離開，有子便開始做飯糰。母親聰子很訝異，有子解釋道：

「我等一下要去找朋友。」

「咦？這麼晚？」

「他們在開忘年會，我帶一點吃的過去。這個可以給我吧？」鮪魚生魚片還有剩，她指著問道。

「不要玩太晚哦。」

「我知道。」

可能因爲有子總是在店裡幫忙到很晚，父母對她夜晚出遊並不多加干涉。再說她出去玩多半都是找從小一起長大的朋友或同學，從不曾出入聲色場所。

然而，她今晚的目的地並非朋友那裡。她的大衣口袋裡，帶著剛才她要水原雅也寫下住址的那張紙條。

她一邊對照住址，抵達了目的地。那是一幢老舊的兩層樓公寓，登上扶手已生鏽的階梯，確認房號之後，有子按下門鈴。

門開了，露出雅也瘦削的臉。見她低頭行了一禮，他眼睛連眨了好幾下。

「有子……妳怎麼這時候跑來……」

「送點心。」她舉起手裡的紙袋。

「給我的？專程跑來？」

「因爲，你怎麼看都是營養不良啊。我想你一定沒有好好吃飯。」說到這裡，她看到雅也困惑的表情，「給你造成麻煩了？」

「沒這回事，不過嚇了我一跳。」

「說的也是。對不起，突然跑來。」有子把紙袋拿到他面前，「不嫌棄的話，吃一點吧。」

雅也猶豫著伸出了手，但接過紙袋前，雅也看著她說：

「很冷吧？要不要進來坐坐？喝杯茶也好。」

她也看得出他說這幾句話時很猶豫，一定是考慮到讓年輕女孩進屋裡代表的意義吧。

「算了，時間太晚了，這樣不太好。」搶在有子回答前，雅也便說了，「還是我送妳回去吧。」

「等等，」她連忙說：「只待一下沒關係的。」

「是嗎？」

「嗯。」她點點頭。

「這樣啊。我房間很髒，不過……請進吧。」雅也將門敞開。

一進房，有子便感到一陣寒意。那不是氣溫的問題，因爲外面應該冷得多，而且也看得到電暖爐正發出紅光，但她的確打了個冷顫。

雅也取出坐墊。小小的餐桌上是塞滿菸蒂的菸灰缸、空啤酒瓶和花生的包裝袋等等。十四吋的電視正播映著今年體壇賽事的精彩畫面。

有子在坐墊上端坐，環顧室內。就獨居的男人來說，房間並不亂。與其說不亂，應該說是沒什麼東西。她覺得這個房間不像有人住。

「你在幹麻？」

「沒幹麻。」雅也一邊用茶壺煮水一邊回答，「在看電視而已。」

「平常也是這樣？」

「差不多吧。工作、吃飯、睡覺，沒了。」

「雅也先生的家人呢？」

「我沒說過嗎？阪神大地震前我爸自殺，只剩我一個了。」
「啊……」她覺得好像問了不該問的事，「對不起。」
「不用道歉啦。」雅也終於笑了。有子好久沒看到他的笑容。
「那過年也是一個人？」
「嗯，應該吧，也沒計畫。過不過年對我們來說沒什麼差別。」
「你不回關西嗎？去找以前的朋友什麼的。」
雅也輕輕一笑。
「想回去也無家可歸呀。朋友啊……，已經好幾年沒聯絡了，不知道大家現在怎麼樣了。」
看著他一瞬間露出遙望遠方的神情，有子想，他其實是很想回去的，但是不是有什麼原因無法回去？
「喏，要是你沒有計畫，要不要一起去拜拜？我最近也都沒去，今年開春想去一下。」
「新年拜拜啊，眞好。」
「索性跑遠一點到淺草寺去吧！人一定很多，不過那樣才像過年嘛。雅也先生，你去過淺草嗎？」
「沒有，沒去過耶。」
「那就這麼說定了。什麼時候去？我初三之前都可以。」
茶壺的水開了。雅也站起身拿陶壺泡茶，有兩個一組的茶杯。看到茶杯，有子心裡怪怪的，但她決定不多想。

「妳特地送好吃的過來，我就吃一點吧。」雅也邊說邊端了茶過來。
「嗯，吃吧。這可是本店引以爲傲的料理。話是這麼說，雅也先生大概都吃過了吧。」
「『岡田』最棒了。大將的手藝天下第一。」雅也拿起免洗筷。
「謝謝。我爸要是聽到了一定很高興。」
雅也伸筷去夾涼拌菠菜，接著吃起煎蛋和滷款冬。每吃一口，就低聲說果然好吃。
「喏，什麼時候去拜拜？」有子抬眼看著雅也，只見他默默地將料理送進嘴裡。正當她想再度詢問時，他說話了。
「我沒辦法跟妳約。」
「啊……你有事嗎？」她心想，剛才明明說沒有計畫的。
「因爲可能會有急事。」
「遇到了就算了啊，打電話通知一聲就好，隨時可以改時間的。」
「嗯。不過，我還是沒辦法跟妳約。我不太喜歡跟別人約。不好意思，妳找別人吧。」
有子低下頭，想到他大概是不想跟自己去，心裡有些受傷。
雅也依舊吃著滷菜等菜色，有子發現有個保鮮盒還沒打開。
「還有生魚片哦。」
「喔……」不知爲何雅也臉色變得很難看。
「鮪魚生魚片。我爸還很得意，說今天進了好貨。」有子打開盒蓋，推到雅也面前。
然而雅也卻沉著一張臉，看到生魚片便皺起眉頭，移開了視線。

「怎麼了？」

「沒有，沒什麼……」

有子連醬油、山葵和小碟子都帶來了，把這些也擺了開來。

雅也頓了一下，才將筷子伸向鮪魚，夾起一片，沾了醬油，凝視一陣子之後，放進嘴裡。

「很好吃吧？我爸說難得進了好貨色……」她說到這裡打住了，因為雅也的樣子顯然不對勁。

他的臉色轉眼變得蒼白，眼看就要冒出冷汗。接著雅也摀住嘴，站起身衝向廚房。

有子茫然望著面朝流理臺不斷嘔吐的雅也，好一會兒才回過神來，趕到他身邊。

「你還好嗎？怎麼了？」

雅也吐完之後，胸口仍劇烈起伏，聽得到他大口喘氣的呼吸聲。

「抱歉，我沒事。」

「怎麼會沒事……，你都吐了，鮪魚不好吃嗎？」

雅也仍面向流理臺，搖搖頭。

「跟鮪魚沒關係。不過，我沒辦法吃了，妳可以收起來嗎？」

「啊，好。」有子將裝了生魚片的保鮮盒收拾好。收拾之前她吃了一口，並沒壞，是正常而肥美的鮪魚。

雅也清理了流理臺，自己也反覆漱口，拿毛巾擦嘴，像要調勻氣息似地做了幾個深呼吸，才回到餐桌旁。

「眞不好意思，妳特地拿來給我還這樣。」
「沒關係，……只是，是哪裡不對勁呢？魚肉應該沒壞啊。」
「所以我說鮪魚沒有問題，原因是出在我身上。」
「原因……什麼意思？」
但雅也沒回答。他又再拿起免洗筷去夾蔬菜類的食物，但可能是已經失去食慾，筷子到半路就停了。他放下筷子。
「抱歉，可以請妳拿回去嗎？」
「啊，好，對不起。」有子連忙收拾裝了料理的保鮮盒，完全不明所以，也感到不安，深怕自己是不是做了什麼不該做的事。
「每道菜都很好吃。鮪魚應該也……很好吃吧，我想。」
「雅也先生，你身體眞的沒問題嗎？」有子問。
雅也拿起菸。但看他皺著眉抽菸的樣子，顯然一點也不美味。
「雅也先生……」
「沒事啦。」他口氣有點衝，「只是胃有點不舒服而已，別管我。」
「去給醫生看看吧？」
「嗯，再說吧。」
才不是呢！——有子的直覺告訴她，如果只是胃不舒服，不可能是那種反應。他一定隱瞞了什麼。

雅也夾著菸的手指在發抖，臉色仍鐵青。

「你怎麼在發抖？」

「沒什麼。」他想掩飾拿著菸發抖的手。

「那個，雅也先生……」

「妳煩不煩啊，不要管我。」

被雅也這麼一說，有子彷彿凍僵似地動彈不得，緊繃的空氣沉重異常，令她呼吸困難。

「我知道了。我要回去了。對不起，我太多事了。」

有子拿了紙袋站起身。雅也仍盤腿坐著沒動，香菸前端冒出裊裊白煙。

有子正要穿鞋的時候，看到小碟子落在雅也身旁。那是她帶過來的，大概是剛才雅也衝向廚房時弄掉的。

她走回房裡輕輕撿起小碟子，原本盛在碟子裡的醬油撒了出來，她拿一旁的面紙擦乾淨。

就在這時候，雅也突然伸手過來抓住她的手腕。她發出啊的一聲輕呼。

正想問雅也怎麼了，手卻被他拉過去。他使力很猛，有子被推倒在榻榻米上，雅也壓到她身上。

「住手！你幹什麼……」

他的嘴唇封住了她的嘴，緊接著他的手強行伸進她的毛衣裡。

儘管腦筋一片空白，有子仍拚命掙扎，趁雅也嘴唇離開的那一剎那，往他的嘴唇上一咬。

雅也放鬆了力道。她推開他，四肢著地爬著逃走，拿起脫在玄關的布鞋，赤腳便衝出房間，來到馬路上才把鞋穿上。

有子回到家以後，情緒仍激動不已。她沒想到雅也會這麼做。如果他是溫柔地要求，自己一定會委身於他吧。可是，他爲什麼要動粗呢？是看準了這個女人對自己有意思，所以覺得不需要尊重嗎？

比起他對她做的事，更讓有子震驚的是看見了雅也的另一面。那天晚上，她輾轉難眠。

接下來兩、三天，她的情緒一直很低落，然而，另一種想法慢慢占據了她的心思，她開始在意他之前的那些異狀。

他是不是發生了什麼不好的事？他是不是爲了遺忘那些事，才會對自己那樣？那是不是他拚命發出的求救信號？這麼一想，她就很後悔自己沒問明白便逃了開來。

又過幾天，除夕日到了，「岡田」照常開店。在紅白歌唱大賽結束的同時打烊，已成了每年的慣例。

有子忙著外送。「岡田」也接年菜訂單，必須送料理過去給幾家特別的客人。

傍晚她回到店裡，看到空桌位上放著一個眼熟的紙袋，和她留在雅也那裡的一模一樣。當時她太激動，忘了將裝料理的保鮮盒帶走，當然她事後很快就發現了，但又不敢去拿，正愁不知道該怎麼辦。

「媽，這是什麼？」她問走出來外場的聰子。

「哦，那個啊，是常來店裡那個高個子技師拿來的，說是向妳借的。」

「什麼時候的事？」

「就是剛才呀。」

有子轉身就衝出店門，匆匆往雅也公寓方向跑去。

不久便看到前方一個穿著綠色厚工作服的細長身影，雙手插在口袋，彷彿漫無目的地走著。

「雅也先生。」

聽到有人叫他，雅也停下腳步，緩緩回頭。原本空虛的眼神一看到有子，瞬間回過神來。

「有子……」

她跑過來他跟前，卻想不出該說什麼。她問自己：追他做什麼呢？

「上次真抱歉。」雅也說：「我那時候不知道是怎麼了。妳一定很生氣吧？」

「也不是生氣，是嚇了一跳。」

「那是一定的。」雅也行了一禮，「對不起。」

有子凝視著他。

「喏，出了什麼事，對不對？如果你願意，告訴我好不好？」

雅也笑了。

「謝謝，只有有子會對我這麼說。有子真好。」

「不要用對小孩子說話的語氣跟我說話。」她瞪著他，「我是在擔心你。」

她一這麼說，雅也也正色以對，眼神彷彿看著什麼刺眼的東西。他移開了視線。

「妳最好不要跟我扯上關係，我不是什麼好東西。」

「沒這回事。我對自己看人的眼光很有自信。」

「這樣的話，」雅也低頭看有子，眼神很誠懇，「要是我殺過人呢？這樣妳還能相信我嗎？」

有子屏住氣，回視他的眼睛。心跳加速。

雅也低聲笑了。

「騙妳的啦，我開玩笑的。不過，妳上當了吧？有子看人的眼光還有待加強啊。」

雅也繼續往前走，有子追上他。

「告訴我一件事就好。上次你那麼做，是因爲對象是我嗎？還是只是爲了轉移情緒，誰都可以？」

雅也停下腳步，眉頭皺在一起。

「爲什麼問這個？」

「如果是第二個原因，我就覺得不能原諒。請明白地回答我，是前者還是後者？」

雅也不斷眨眼，視線從她身上移開，呼地吐了一口氣。

「我剛才也說了，那時候我不知道是怎麼了，才不管對象是誰。」

「騙人……」她搖搖頭，「你騙我！」

「有子，放過我吧。別再管我了。」雅也再次踏出步子，背影說著「別跟過來」。

3

足立區扇大橋旁發現一具男性屍體。屍體被塞進一輛廢棄車的行李箱，屍身全裸，臉部與指紋被毀，脖子上有勒痕。而且車子是報失贓車。

專案小組的當務之急是查明死者身分，因此警方以東京都爲主，針對近期報案的離家與失蹤人口再次進行調查，而唯一的線索只有曾接受牙醫治療的齒模特徵。

搜查一課向井小組的加藤亘也參與這項作業。他厭倦了單調的盤查工作，每個人雖有配額，但他多半待在咖啡店耗時間。

這天晚上，他也沒進行多少盤查工作便回到警視廳。他沒有回去專案小組，因爲他不想看到上司向井的臭臉。

回到自己的座位，後輩西崎正埋首辦公桌前寫東西，大概是報告吧。西崎前幾天找到一個特徵與死者極爲相似的失蹤人口，但電腦分析的結果卻判斷兩者並非同一人。

「組長在發牢騷哦，說加藤都不做事。」西崎抬起頭來，不懷好意地笑了。

「別理他，本來就太沒效率了。在這個資訊化的時代，只有蠢蛋才會一個一個追著人盤問。」加藤往椅子上一坐，鬆開領帶。

「但是上面的大人物說地毯式搜索是最有效的。」

「他們只是想要『全面調查過』的績效而已，因爲萬一要是調查出了漏洞，就有所謂的責任問題。就是滿腦子在想這種事才會每次都被壞蛋超前一步，人家電腦都用得神乎其技了，警方還在打算盤。」

西崎苦笑著離開了座位，好像是去上廁所。

加藤點了菸，轉了轉頸項，關節發出喀喀的聲響。

香菸燒了兩公分左右的時候，他不經意朝西崎的桌面望去，桌上擺著寫了一半的報告。

加藤拿起那份報告，大略掃過一遍，內容是向一名失蹤人口的妻子問話的紀錄，失蹤者名叫曾我孝道，就是前幾天確認與廢棄車行李箱命案無關的那起失蹤案。加藤心想，根本不必特地寫這種報告。

加藤原本漫不經心地看著報告，卻在某一點上停了下來，接著雙眼睜得大大的。他仔細閱讀前後文，然後又從頭看了一次。

這時候西崎回來了。

「有什麼不對嗎？」

「喂，這個！」

「哦……，那時候大驚小怪的，還給鑑識科添了麻煩，所以我想好歹也寫個報告意思意思。」

「誰跟你講那個。這裡寫的這個女的，你去見過了？」

「女的？」

「你這裡不是寫了嗎？『曾我孝道當天去找前上司的女兒』。我是問你那個女兒。」

「哦，約在咖啡店碰面的女子啊，叫什麼名字來著……」

「新海啦，新海美冬。我在問你去找過她沒。」

西崎一副「前輩你在激動什麼啊」的表情，驚訝地搖頭。

「沒啊，因爲那時候還不確定屍體是不是曾我孝道，而且到最後鑑識結果又證實猜錯人了。」

「這個新海美冬，是不是那個女的？」

「那個女的？」

「你啊，聽到新海美冬這個名字，什麼都沒想到嗎？這個姓挺特別的啊。」

「我的確覺得這個姓氏很少見……。那是誰啊？」

「『華屋』的毒氣案，你忘了嗎？」

「『華屋』？那個案子我記得啊。」這時，西崎的臉色變了，眼睛和嘴同時張得大大的，「啊，新海……！對了！是那個跟蹤狂的……」

「他叫濱中。」加藤回溯記憶，「那時候的跟蹤狂叫濱中，『華屋』的樓層經理，堅持說新海美冬是他情婦。」

「我想起來了，那女人態度很強硬，一直到最後都否認她和濱中的關係，可是加藤先生認爲她在說謊。」

「這個新海美冬，」加藤用手指戳著西崎的報告，「就是那個新海美冬嗎？」

「不知道。」西崎偏起了頭，「這個姓氏很少見，所以也許不是同名同姓。只是，剛才也說了，我本來是想等確認死者是曾我孝道之後再採取行動，所以……。再說，組長也是這麼指示的。」

「算了。我知道了。」加藤把報告放回西崎桌上，又點起一根菸。

「假使是同一個人，有什麼可疑嗎？」

「沒有，算不上可疑。」

「可是，你一臉很在意的樣子。那時候加藤先生不是做了很大膽的推理嗎？你說跟蹤狂有兩個，盯上新海美冬的和其他女店員的是不同的人，而另一個跟蹤狂就是毒氣案的嫌犯。——我是覺得很有創意啦。」

「是啊，如果是小說的話。只不過沒能說服上面的人。」

加藤想起那時候。這個推理雖然奇特，他卻很有把握，只要能說服上司，就能動員人力徹底調查，然而上司卻只把注意力放在濱中身上，最後案子成了懸案。

加藤清清楚楚記得新海美冬的臉，尤其是她那雙眼睛，牢牢地烙在他腦海裡。被她凝視時，那種一顆心好像會被吸進去般、說不上來的不安定感，光是想起那雙眼睛便能再次感受到。

那女人又出現了……

當然，這確實是個巧合，刑警幹久了就會遇到這種事。因爲每辦一個案子，就得與爲數眾多的人碰面，爲了兩個全然無關的案子而在數年後向同一人問訊的情形，他也曾經歷過。

然而加藤並沒把那個新海美冬視爲純粹的偶然。在「華屋」的案子裡，那個女人所處的位置也很微妙；而這次，與她約好碰面的人失蹤了。

回過神，發現西崎一臉擔心地看著他。加藤露出苦笑，彈了彈菸灰。

「我一定是哪根筋不對了。既然我們要找的死者不是曾我孝道，新海美冬跟他有什麼關係，我們也管不著吧。」

西崎似乎看穿了加藤的心情，什麼都沒說，只是撇嘴笑了笑。

兩天後，扇大橋屍體的身分確認了，在三鷹一家牙醫診所找到吻合的病歷，死者是一家小印刷廠的老闆。之後沒多久，其妻與情夫便因殺人罪嫌被捕。

不用說，該案與新海美冬並沒有任何關係。

4

一如往常與遙香一起吃早餐時，電話響了。比恭子反應還快的是女兒遙香，她立刻停下拿著筷子的手，望著電話。與其說她的眼神裡有著期待，不如說是更悲壯的祈願。接著母女倆視線交會。這一年來，同樣的事不知重複過多少遍。恭子向女兒微笑，輕輕搖頭，像在告訴她：一定不是的。她希望幫女兒把失望減少到最低，同時也是爲自己打好預防針。

恭子拿起聽筒。「喂，曾我家。」

「喂，敝姓森川。」是一名語調極爲輕快的男子，「是這樣的，我這邊有個好消息要提供給家裡有小學生的家長。不好意思，請問府上是否爲孩子安排了英語教育？」

「英語教育？」

「是的。如果您目前還沒有計畫，我們有個商品請您務必試試看。不像過去用錄音帶……」

男子連珠砲般說個不停。

「先生，不用了。我們沒有這個閒錢。」

「不會花您多少錢的。這樣好了，我先到府上向您介紹一下我們的商品。」

恭子再說一次不用了，掛了電話。最近這類電話很多，來推銷公寓、墳墓、投資等等，不禁令人納悶對方到底是怎麼得知家裡電話的。

回過神來，發現遙香悲傷地望著自己，恭子一語不發地搖頭。女兒垂著頭，又慢吞吞地開始吃早餐，她臉上的黯淡是失望兩個字不足以形容的。恭子心想，看看你們這些大剌剌地打電話來推銷的人，讓這孩子如此沮喪，眞是罪孽深重。

鼓勵了神情黯然的女兒，好不容易送她上學之後，恭子隨便收拾一下餐桌便開始準備外出。禮貌性化了妝，穿上特賣時買的樸素套裝，雖免不了還是照了照穿衣鏡，但心情一點都開朗不起來。憂鬱、空虛又自卑的心情在內心糾纏。

去年這時候，她做夢也沒想到會變成這樣。當時她正處於幸福的頂端，遙香即將上小學，恭子開心極了，請朋友陪她去買孩子入學典禮時身爲新生家長要穿的衣服，朋友還羨慕她有能力買名牌。她望著鏡子裡的自己，暗嘆才短短一年，變化竟如此之劇，簡直像老了十歲，臉上沒有一絲光采。

距離惡夢般的那一天，就快滿一年了……

不，惡夢還沒結束。那天一如往常出門的丈夫究竟怎麼了，至今仍沒有答案。她已經做好他不在人世的心理準備了，但是，心裡仍留著一絲期待，想著也許有一天他會突然回來。她實在無法叫自己死心。每當電話響起，忍不住猜想可能是孝道打來的人，其實不止遙香一個。

她是去年秋天開始工作的。在那之前，生活費是來自孝道留下來的積蓄，然而還有公寓的貸款要付，尤其是發獎金那個月份扣款的金額很大筆，戶頭裡的餘額頓時大減，她已經不能在家枯等丈夫回來了。

孝道的公司以留職停薪處理他的狀況，之前他還有待休的休假，全部折現給了大約一個月的薪水，去年夏天的獎金也發了部分給他。領到這些錢的時候，恭子深深體會到丈夫的收入是多麼值得感謝，然而與此同時，今後將失去保障的恐懼也包圍了她。

她極力不去想壽險的事。若拿到壽險理賠，生活的確會輕鬆不少，也不必擔心貸款。但要得到理賠，理所當然就必須證實孝道已死。恭子害怕自己期待找到的是丈夫的屍體。

最先找到的工作是餐廳服務生，那是位於荻窪的一家連鎖大眾餐廳。她很想避免在可能遇見熟人的地方工作，但情況不容許她挑剔。在那之前她也面試過幾次，她很清楚光是自己的年齡，又有個年幼的孩子，這些條件要找到工作就很難了。孝道經常埋怨「不景氣的狀況比政府以爲的嚴重得多，要不了多久，全日本就會到處都是失業的人」，這些話她親身體驗到了。

她在那家大眾餐廳工作到今年一月，二月起便在銀座一家珠寶名品店販售包包、皮夾類的商品。若從會遇見不特定的多數人這點來說，這個工作的確是比餐廳危險，但即使遇見熟人，和在餐廳裡跟年輕女孩穿著相同的制服當服務生比起來，總是體面多了。再者，拿著這家店的商品也算是一種社會地位的象徵，所以在這裡工作反而是值得驕傲的事。她原本就喜歡包包和飾品，光是在工作崗位看著商品也覺得開心，而且更重要的是，收入大不相同。如果能繼續在這裡工作，要支持她和遙香兩個人的生活應該不成問題。

幸好認識了她。——每當恭子想起安排她到這家店來工作的人，便由衷感謝。

只是，孝道到底消失到哪裡去了？

他失蹤時，恭子問遍了所有親戚朋友，翻遍了賀年卡、通訊錄，甚至明知沒來往的人也打電話去詢問最近是否見過丈夫。不願意別人知道丈夫失蹤也只是在一開始的時候，沒多久就沒餘力去在意這些了。

孝道公司的同事幫了不少忙，他們仔細打聽孝道失蹤前的工作狀況，還將結果整理出來給她，然而看了之後只是明白一點——再怎麼想，孝道都沒有失蹤的道理。當時他手上有好幾件工作，每件都算順利，失蹤那天的隔週原本還預定簽定一份大合約。

恭子唯一想像得到的可能性便是女性問題。她聽過一種說法，當男人做出令人不解的舉動時，背後一定有女人。而實際上她也是這麼認爲。雖然與孝道熟識的人都斬釘截鐵地說完全沒那種跡象，但恭子並沒有盡信，她從孝道的朋友那裡打聽出過去曾與丈夫交往過的女友姓名，用盡手段查出聯絡方式，抱著必死的決心打電話過去。不論是誰，突然接到這種電話都會覺得被冒犯，每個人都對恭子冷言冷語，甚至還有人在電話另一頭破口大罵。恭子受氣、受辱的代價，便是確定了丈夫的失蹤與以前的女友無關。

現在的恭子，每天就是等著警方通知找到特徵與丈夫一致的不明屍體。大約一個月前，她才因爲足立區發現一具疑似的屍體而特地前往警視廳，被問到許多深入的細節，她早已做好心理準備，結果死者不是丈夫。前幾天聽說那個案子的凶手抓到了，恭子只知道似乎是妻子與情夫共謀，詳情她並不清楚，因爲在找到孝道之前，她都盡可能不去看與殺人案相關的新聞和報導。

得知死者是別人時，她的心中五味雜陳。在安心的背後，確實也有著焦躁，多麼希望事情能夠早日水落石出。當她發現自己心裡竟產生類似失望的情緒，不禁愕然，同時也厭惡、責備自己。

對恭子而言，在店裡工作的時候，是少數能將丈夫的事自意識表面驅離的時刻。即使如此，當她看到經過店門口的行人當中出現形似孝道的身影，好幾次都忘了有客人在場而直接衝出店外。明知那不是孝道，身體仍不聽使喚。後來她已將緣由告訴店裡的同事了，但一開始大家覺得她簡直莫名其妙。

恭子上班的時間到六點，收拾好換裝後離開店門是六點半。回家前她先繞過去娘家。娘家是老舊的木造獨棟樓房，住著父母和哥哥嫂嫂，恭子上班時便將遙香寄放在那裡。

接了女兒回到自己的公寓，恭子發現有一名男子站在門口。他的人中和下巴的鬍子沒刮，頭髮也有些長，沒繫領帶，看起來實在不像一般的上班族，而且眼神銳利，當他的視線落在恭子母女身上，她差點沒雙腿一軟。

恭子仍低著頭從包包裡掏鑰匙時，男子開口了：「請問是曾我太太嗎？」

恭子本來就膽顫心驚，深怕他搭話，男子低沉的聲音更令她身體一顫。

「是的……」恭子聲音不由得顫抖。她將遙香拉到身後。

「很抱歉這時候來打擾，因為我想白天您可能不在。」

「請問您是？」

「我是警視廳的人。」男子取出手冊，「敝姓加藤。」

「警察……」

她心想，終於找到了嗎？還是又發現疑似丈夫的無名屍？

結果這名叫加藤的刑警像要制止她的猜測似地揮了揮手。

「我們並沒有找到您的先生，是有些事情想請教才冒昧來打擾。」

「有事情？」

「關於您先生失蹤當時的事。」

「哦……」她心想，事到如今還要問什麼？

「我知道您已經與我們警方談了許多，前幾天也承蒙您協助足立區的案件。不過我今天想請教的內容有些不同，因此無論如何都想與您當面談。」刑警看了看躲在恭子身後的遙香，笑容可掬地說：「可能會需要一點時間，不過我會盡可能不耽誤您太久的。」

恭子明白刑警大概不是站著說兩句話就能打發的，但是，他究竟想問些什麼？雖然一定是與孝道的失蹤有關……

「那麼，請進吧。」無可奈何，她只好這麼說。

她從沒讓陌生男子踏進家門過，萬一這個人是假冒刑警，進了門就露出強盜的眞面目，自己與女兒也只能引頸就戮了。——恭子一邊這麼想一邊泡茶，然而男子的態度並沒有絲毫異狀。

加藤問的問題就如他事前所說明的，集中在孝道失蹤前後那段時間，而且針對孝道與新海美冬約好碰面這件事問得特別仔細。兩人爲了什麼事碰面、與新海美冬如何認識、孝道失蹤後雙方有過什麼樣的聯繫等等，問的都是這些細節。恭子不明白他的目的何在。

問完之後，刑警站起身來，很有禮貌地告辭。

「請問……新海小姐怎麼了嗎？」在玄關送客時恭子問。

沒有沒有。——加藤笑著搖手。

「只是想掌握詳細狀況而已。不好意思，打擾您了。」

刑警離去後，恭子仍想不通。丈夫的失蹤與新海美冬明明沒有直接相關，那個刑警到底想知道什麼？

她很猶豫，不知道該不該將這件事告訴美冬。現在她可是恭子的恩人，因爲爲她介紹現在這份工作的，就是美冬。

也許只會讓她感到不愉快。——恭子決定不提這件事。

5

命案現場位於港區海岸，百合海鷗號（*1）從上方經過，旁邊就是日之出車站。

死者是年輕女子，棄屍路邊，死因不明。發現者是路過的卡車司機。

轄區原則上還是向本廳做個通報；而本廳這邊知道命案概況之後，也決定原則上還是派個人過去。這幾個「原則上」加在一起，自己就很倒楣地被點名了，加藤是如此認爲的。

正抽著菸，西崎回來了，臉上掛著淺笑。

「被人家說『辛苦了』。看樣子他們也在等我們走。」

「想也知道，這種小案子本廳的刑警還來插手，他們也很難辦事吧。」

兩人坐進西崎停在路邊的車。

加藤所住的出租公寓位於大森，而西崎則住在更遠的蒲田，下了第一京濱高速公路，接下來就是一路直行了。加藤認爲上面會派自己和西崎過來，純粹是因爲距現場交通方便，而且西崎有車，如此而已。再加上他們兩個都單身，半夜裡動員也不必顧慮家人。
「在那邊吃個拉麵再走吧。」加藤朝左側的招牌努了努下巴。
「好啊。」西崎也一副很樂意的樣子。他們早就不會因爲看了屍體而沒食慾了。
在路邊停好車，走進營業至清晨五點的拉麵店。
味噌拉麵吃掉三分之一時，加藤停下筷子。
「可以聊一下新海美冬嗎？」
「新海？」西崎露出訝異的表情，「哦，那個女的啊。聊一聊是無所謂啦，可是前輩，你還沒放棄那個案子啊？」
「上次那個阿佐谷的未亡人……不，那個丈夫失蹤的太太，我去找過她了。」
「咦咦——！」西崎身子往後一仰，「你根本就還在查嘛！怎麼又開始了？」
加藤沒回答，吃了一口拉麵。
「不是同名同姓，果眞是那個新海美冬。」
「那又怎麼樣？你之前不是說偶爾也是會發生這種事的？」

＊1 百合海鷗號（YURIKAMOME）爲連結新橋與東京臨海副都心的知名電車「東京臨海新交通臨海線」的別稱，全線高架，無人駕駛，從新橋站每五分鐘發出一班，通過彩虹大橋最終到達終點站豐洲，與地下鐵有樂町線相接，線上每個車站都有專屬的識別圖案。

「那女的就是讓我覺得不對勁。」
「不是因爲長得太美，所以忘不掉而已嗎？」
當然西崎是開玩笑的，但加藤沒有絲毫笑意，拿筷子刺穿薄薄的叉燒肉。
「你知道那女的現在在幹麻嗎？講了你別嚇一跳，她現在可是兩家公司的老闆了。」
西崎聽言也一時語塞，喝了一口水將嘴裡的東西嚥下去。
「這麼不景氣的年頭，竟然還有這麼發達的事。」
「一個事業是美容院，她請了時下最有名氣的美髮大師，生意好得不得了。而另一個事業是什麼你知道嗎？她做原創設計的飾品來賣，而且聽說是和『華屋』合作。」
「哦……」西崎拿筷子在拉麵碗裡攪動，「眞不知該說什麼了。搞不懂這種事是常有呢，還是很稀奇。」
「怎麼可能常有啊！短短兩年前，她不過是個小店員，而且還是阪神大地震的災民。照理說，應該連生活都不容易了，她卻能搞出什麼和美髮大師、和『華屋』合作的花樣。」
「可是人家就是能幹啊！世上本來就是有這種厲害人物，那種像謎一般的人是無法用常理判斷的啦。」
「就是這一點。」加藤的筷子指向西崎，「就因爲她是這種來歷不明的女人，又碰巧和兩個案子扯上關係，我才會覺得不對勁，總覺得背後有鬼。」
西崎邊吃拉麵邊苦笑。

「你想太多了啦。就算是那個曾我……是這個姓嗎？那個阿佐谷上班族失蹤的事，也還沒確定是不是刑案吧？」

「好好一個大男人憑空消失了，這還不算是案子？」

「我就是沒辦法理解加藤先生的這種感覺。」西崎一邊捧起大碗，不解地說：「不過啊，加藤先生，就算新海和這邊扯上關係，當時她是和曾我相約碰面的吧？結果是新海空等一場。加藤先生認爲這也是她捏造的？」

「那部分我倒不這麼認爲。」

「既然這樣，那應該就只是湊巧兩案有同樣的關係人而已吧？」西崎大口喝起拉麵湯。

加藤沒繼續說下去。再怎麼解釋，都很難讓別人了解自己心裡這種抑鬱的不痛快。

據曾我恭子說，由於新海美冬從中安排，她現在才得以在「華屋」工作，這件事也令加藤感到突兀。對新海美冬來說，曾我恭子只不過是一個想將全家福照片交給她的男人的妻子，那個男人曾經是父親的部下，但光憑這種程度的關係，便足以讓她幫忙介紹工作嗎？美冬與恭子在曾我孝道失蹤之前，甚至連面都沒見過。

加藤拜託杉並署裡的朋友調閱曾我孝道失蹤的相關資料。當然，杉並署幾乎沒進行過像樣的調查，只是對新海美冬和曾我公司的人做了一些形式上的問話而已。不過他們曾向美冬與曾我約定碰面的咖啡廳詢問過，咖啡廳的人證實的確有形似美冬的女子單獨出現在店內。

離開拉麵店後，加藤幾乎沒說話。而西崎也沒開口，也許是暗想自己在新海美冬的話題上潑了前輩冷水，壞了前輩的心情吧。

翌日午後，加藤人在麴町的一家咖啡店。三點剛過不久，一名身穿西裝的胖男人出現了，分明是微寒的天氣，他的太陽穴一帶卻冒著汗，手裡拿著一個大大的牛皮紙信封。那是辨識的記號。加藤站起身，向他點頭。

「加藤先生嗎？」對方問。

「是的。不好意思，這麼突然。」

「哪裡哪裡，只要是關於曾我的事，有什麼需要幫忙的請儘管說。昨天我和曾我太太也通過電話，她很高興，說警方總算採取行動了。」

這人姓菅原，是曾我孝道的同事。據恭子說，他是孝道最熟的朋友。

加藤希望菅原談談曾我孝道失蹤前的情況。

「我想你可能已經聽曾我太太說過，他的工作順利，隔週還有一筆大生意要談，那時候正忙。曾我和我們談起話來，沒有什麼和平常不一樣的地方，我完全無法想像他會離家出走或突然消失。」

從他睜大著細細眼睛的表情，看得出他不是虛應故事，而是打從心底這麼認爲。

「聽說那天曾我先生離開公司之前，菅原先生曾經和他說過話？」

「是的。因爲難得看他那麼早就準備離開，我問他是不是有事，他說他有約。我們的對話大概就只有這樣吧。」

「那是什麼時候的事？」

「唔，正確時間不太記得了，不過已經超過六點，我想應該快六點半了吧。他剛失蹤的時候，他太太也問過我同樣的話，記得當時我也是這麼回答的。」

加藤的確也從曾我恭子那裡聽說了同樣的內容。

「菅原先生您知道新海美冬這個人嗎？」

菅原點頭。

「我是聽曾我太太說的。是和曾我約的那個人吧？聽說是以前在我們公司的新海先生的女兒。」

「您還記不記得曾我先生是否提過關於這位新海小姐的話題？什麼事都可以。」

「這個啊，」菅原思考著說：「他常提到新海部長，不過，我想他沒提過女兒。」

「那麼，那位新海部長——就是美冬小姐的父親吧，關於新海部長，曾我是怎麼說的呢？」

「他說之前新海部長非常照顧他。」菅原斂起下巴似地點點頭，雙下巴跑了出來，「所以當他知道新海部長在地震中過世的時候，心情很低落。我記得是在地震後一年吧，他正好到大阪總公司出差，他說他順道去了一趟神戶。」

「地震一年後，那就是去年了？」

「呃，是嗎？對對對，才一年啊，總覺得好像是很久以前的事。」

「曾我太太說，曾我先生有好長一段時間找不到新海美冬小姐。不過，既然約好要碰面，我想一定是在什麼機緣下找到了。只是這個機緣曾我太太好像也不知道，菅原先生您有沒有聽說過？」

「沒有，他沒說得這麼仔細。」菅原神情凝重，「倒是聽他提過好幾次，說想把新海部長以前的照片送還。」

「您看過那張照片嗎？」

「沒有，我沒看過。曾我是個道德觀念很強的人，好像認爲擅自把恩人的全家福照給別人看不太好。」

加藤點點頭。曾我甚至也不太願意讓妻子恭子看，但即使如此，恭子說她曾經看過一次。她表示那是張沒有任何特別之處的全家福照，對美冬的印象不深，照片背景等細節都不太記得了。

「菅原先生見過新海美冬小姐的父親嗎？」

「我沒見過，因爲我一直在東京。新海部長據說是在大阪總公司那邊，曾我說他在大阪那段時期很受部長照顧。」

「有沒有哪一位同事比較了解新海先生的呢？我有些事情想請教。」

「哦，大阪總公司那邊，年紀大一點的大概都知道新海部長。不過……」菅原眼裡浮現警戒的神色，「怎麼會問到新海部長的事去呢？我想這和曾我的失蹤沒什麼關係吧。」

果然問得太深入了。——加藤心想。他擺出笑臉。

「其實，我想接下來去找新海小姐，所以想先多了解一些背景。」

「哦……」菅原驚訝的表情並未消失，「如果只是爲了這樣，還是不要太追究新海部長的事情比較好。」

「怎麼說？」

「我也是聽曾我提起而已，詳情我並不清楚。」菅原往餐桌方向探身過來，似乎有些在意周圍，「聽說新海部長幾年前為我們公司出的事揹黑鍋而辭掉了工作。」

「哦，出事啊。」

「不過曾我說，責任根本不在新海部長。總而言之，因為有這樣一段過去，大概沒人肯在公開場合談論新海部長吧。」

聽到這些話，加藤擠出笑容。

「什麼公開場合，沒那麼誇張啦，只是和我大概聊一下就可以了。」

結果菅原也明顯地擺出一臉假笑。

「加藤先生可是警察呀！和警察談，不就等於是公開了嗎？難道不是嗎？」

「原來如此，我明白了。」

「很抱歉，就是這麼回事。別的事我都可以盡力幫忙。」

「謝謝您了。那麼這個就由我來……」加藤伸手去拿帳單。

「不，不用了。這部分的人民稅金，請用在尋找曾我上面。」說著菅原一把搶走帳單，朝收銀臺走去。

看來菅原是察覺到刑警在乎的不是曾我失蹤，而是公司從前出的事，因而有些不快吧。加藤悄悄聳了聳肩。

離開咖啡店，加藤搭上地鐵，在有樂町線銀座一丁目下車出站後沿中央路走，不久便看到右手邊「桂花堂」的招牌，那就是曾我孝道與新海美冬相約碰面的地點。

據菅原的說法，曾我在六點半左右離開位於麴町的公司。他與新海美冬相約的時刻是七點，可以推測當天的曾我應該會沿加藤剛才的路線來到此處。然而，曾我並沒有在「桂花堂」出現。要在這條單純的路線當中綁架一個大男人，應該是不可能的。

既然不可能綁架，那麼曾我便是依自己的意願繞路了。會是有別的事嗎？但約定的時候就快到了。或者有人找他去別處也是一樣道理，只要是臨時有急事，曾我應該會打電話給約好的對象，也就是新海美冬。

但是，萬一是那個新海美冬打電話給他，會如何呢？

好比說想更改碰面地點？曾我定然不疑有他，當下前往重新約定的地點。那個地點可以是任何地方，不是銀座也無妨，當然也可能是一個四下無人、極利於綁架的地點。

唯一能夠導演曾我孝道失蹤記的人，只有新海美冬。這一點加藤深信不疑。

但問題還沒解決。就算美冬將曾我引到另一個地點，她本身卻無法前往該處。她當時在「桂花堂」是已經查證過的。

這麼一來，便是有共犯了……

然而將假設擴大至此，身爲刑警的他也不免有些抗拒。沒有任何根據，只爲了讓各個環節合理而再三添加「如果」，是沒有意義的。

正因如此，加藤才想更深入追查曾我孝道與新海美冬兩者的關聯。一個僅僅是爲了送還全家福照而前來的男子，應該沒有任何必要讓他失蹤才對。

經過「桂花堂」不久，便看到「華屋」。加藤走進去，小心不讓應該在一樓賣場的曾我恭子發覺，上了手扶梯。

三樓賣場的面孔似乎和兩年前沒有太大改變，卻不見在跟蹤狂事件中受害最深的畑山彰子。當年吸入毒氣昏倒的櫻木，現在正在店內走動巡視，看上去比兩年前胖了幾分，不過也算是多了一份派頭。

加藤一走近，櫻木似乎立刻想起來了，雖然驚訝，臉上仍露出彬彬有禮的笑容。

「好久不見。之前承蒙您的照顧。」櫻木低頭行禮。他的髮線分得一絲不苟。

「我剛好有別的事來附近，也不好說是順便啦，只是想來看看之後你們怎麼樣了。」

「這樣啊。那麼這邊請。」

櫻木將加藤帶往店裡側的桌位，大概是擔心加藤在客人面前提起毒氣案吧。

加藤只想打聽新海美冬的消息，但爲了掩飾，便從其他女店員的情況問起。最近情況如何、被跟蹤後有沒有留下後遺症等等，不著痕跡地確認她們是否有男友。櫻木表示之後店裡沒有任何異狀，如今女同事應該也已淡忘這件事了。畑山彰子調往橫濱分店，但這是與案情無關的人事異動。

加藤若無其事地問起新海美冬。雖然早知道她已辭職獨立創業，但在櫻木告訴他這件事時，仍裝出初次聽到的表情。

「她可了不起了，現在是『華屋』的企業合作夥伴哩，我見到她還得畢恭畢敬的。」櫻木苦笑。

「年紀輕輕的，眞是厲害。她還沒結婚吧？不知道有沒有對象啊？」加藤一副開玩笑的語氣，刻意擺出低級的笑容。

沒想到櫻木突然一臉認眞，豎起食指抵住嘴唇。

「在這裡是嚴禁提到她這方面的話題的，也麻煩您不要去問我們其他同仁。要是刑警曾盤問過的事被傳出去，事情就嚴重了。」

「怎麼說？」

「因爲是刑警先生您，我才說的。其實她要結婚了，而且對象不是普通人。這事只有一小部分人知道，還請您務必嚴加保密。」如此聲明再三之後，櫻木才把對象的身分告訴他。

聽到那人是「華屋」的社長，加藤驚愕不已。

6

計程車來到青山路，加藤詳細地指示司機，在抵達表參道之前下了車，確認住址之後，一邊抬頭看著毗鄰而立的大樓一邊邁開腳步。

他在一棟銀灰色的建築物前停了下來。入口處貼出來的名牌上，寫著幾家公司的名字。

「ＢＬＵＥ　ＳＮＯＷ」位於四樓。

加藤進了電梯到四樓。

「ＢＬＵＥ　ＳＮＯＷ」的入口是玻璃門，辦公室似乎也兼作展示空間，擺了好幾個展示櫃。加藤走了進去。展示櫃後方有好幾張辦公桌，七名員工正在工作，全是年輕女子。

「歡迎光臨。」迎面一名長髮女子笑容滿面地招呼他，大概才二十歲左右吧。

加藤拿出名片，「我想找新海小姐。」

櫃檯小姐看了名片上的頭銜，眼睛睜大了。

「請問您有預約嗎？」

「沒有，不過請轉告她是兩年前『華屋』出事時的負責人，她應該就知道了。」

她顯得有些遲疑，說了聲請稍等，便消失在辦公室裡側的門後。

等候的這段時間裡，加藤望著身旁的展示櫃，裡面陳列著戒指等首飾。加藤對貴重金屬一竅不通，但前幾天從櫻木那裡得知，這家公司的商品使用了特殊的技術。

「請問您在找什麼商品？」近處一名女子前來詢問。

「眞了不起。」他望著展示櫃說：「我第一次看到有寶石是這樣上下疊起來的。」

「那是我們公司的專利。」她自豪地說。

「這個戒指呢？」加藤指著一枚單獨放在展示櫃裡的戒指。唯獨那枚戒指氣氛不同於其他，金屬的部分整體而言給人一種略顯厚實的感覺。

「那是新海小姐所做的最早的作品，可說是試作品吧，是我們公司的原點。」

「她自己做的嗎？」

「不是的，實際上動手做的，是一位有交情的師傅。據說不是金工的師傅，而是一般金屬加工的師傅，是應新海小姐的要求所做的。那位師傅手藝精湛，聽說連『華屋』的人都非常驚訝。」

「哦。」

加藤對這件事並不感興趣，但卻有什麼讓他覺得怪怪的。他還想不出哪裡不對勁時，裡側的門打開，方才那位年輕小姐回來了。
「這棟大樓地下室有一家名叫『卡斐拉』的店，新海小姐請您在那兒稍候。」
「『卡斐拉』是吧，我知道了。」加藤點點頭，離開辦公室。
對方指定的店不是咖啡店，而是義大利餐廳。他一進門，便出現一名黑衣男子，問他是否是加藤先生。他吃了一驚，點點頭。
黑衣男子領他到裡側的桌位，看來新海美冬先聯絡過了。
「您要來些飲料嗎？」
「不了，先不要。不過想跟你要個菸灰缸。」
「好的。」
半根菸燒成灰時，新海美冬現身了。看到她，加藤一時之間連點頭致意都忘了。她變了。服裝雖是樸素的灰色套裝，全身卻包圍著一股華美的氣氛，臉龐也充滿光輝，自信洋溢。加藤心想，假如是在別的地方碰巧遇見，他八成認不出是她。
「好久不見了，加藤刑警。」美冬盈盈一笑，在他對面坐下來。
「久違了。很抱歉，在妳工作時突然來訪。」
「沒關係。對了，您用過中餐了嗎？若不嫌棄，一起用餐如何？」美冬的杏眼妖豔地發光。
加藤移開視線。
「不了，只是想請教一點事情而已。我喝點咖啡之類的吧。」
「那麼，來杯卡布奇諾吧。」她喚來黑衣男子，點了東西。

加藤覺得自己陷入這女人的步調裡了；或者反過來說，這女人也想以她自己的步調來主導。他暗忖，她這麼做一定是基於什麼意圖。

「妳的事業眞是成功啊，好驚人。」

「哪有什麼成功呢！接下來才要加緊努力，而且有不少人說我太莽撞了。」

「不過，妳的珠寶和美容院都很成功，不是嗎？」

「目前是還好，但是絕不能大意。您請抽菸沒關係，我不介意的。」

「那麼，我就不客氣了。」他點起第二根菸。緩緩吐了一口煙之後，再次打量她。那雙眼睛依舊像要把別人的心吸進去似的。「其實，我是在調查曾我孝道先生的失蹤案。」

美冬睜大了眼睛，「加藤先生負責這個案子？」

「不算負責，只是參與了部分調查。」

她點點頭。

「那眞是太好了，這麼一來，恭子小姐也有個強而有力的幫手了。那麼，您今天是爲了這件事過來的？」

「是的。」

「也難怪您無心用餐了。」

卡布奇諾送上來。她啜了一口，唇形也完美依舊。

「聽說新海小姐和曾我先生約好要見面，是因爲曾我先生手邊有您和雙親的合照？」

「是的。其實我有點後悔，既然只是要把照片交給我的話，應該請他郵寄給我就好了。」

「爲什麼後悔？」

「因爲如果不是爲了來找我，曾我先生那天應該會直接回家的。我忍不住會想，要是他直接回家，事情也許就不會變成現在這樣了。」

「妳認爲曾我先生出事了？」

「也只能這麼想了吧？雖然警方好像不是很積極調查。」說著，美冬又喝了一口卡布奇諾。

「新海小姐之前沒見過曾我先生吧？」

「從來沒見過。」

「曾經聽令尊提起曾我先生嗎？他是令尊的部下吧？」

美冬搖搖頭。

「家父不願提起公司的事，因爲好像不是很開心的回憶。」

這是指菅原所說的出事吧。

「關於曾我先生失蹤一事，妳有沒有什麼線索？曾我先生有沒有說過讓妳覺得奇怪的話？」

「就像您剛才提到的，在約碰面拿照片之前，我和曾我先生完全沒有任何交集，所以我實在無法提供什麼線索……」她嘆了口氣。

「聽說曾我先生爲了找妳，費了好大一番心力。最後他是怎麼和妳聯絡上的？」

「這一點我也很好奇，所以正打算在見面時請教他的。」

美冬的語氣沒有絲毫猶豫與模糊，加藤聽不出她說的是眞是假。

「你們是約在銀座的『桂花堂』吧，是妳指定的嗎？」

「是的。」

「爲什麼選那裡？」

「我覺得那裡應該很好找。有什麼不對嗎？」

「沒有，只是問問做爲參考。」

在這之後，他又問了幾個無關緊要的問題。本來他就不認爲從新海美冬這裡能夠得到任何有用的資訊。他的目的是與她接觸，觀察她的反應。

他適時結束問話，離開了餐廳。他的觸角確實捕捉到一些無形的東西，但卻連輪廓都稱不上。

離開大樓，招計程車之前，他再次回頭一望。就在那一瞬間，腦中突然靈光一閃。

手藝精湛的師傅……

他明白先前覺得不對勁的原因了。毒氣案當初，科搜研對於毒氣裝置也給過同樣的評語——製作者肯定是金屬加工的行家。

他正想進一步展開推理，胸口口袋的手機響了，他不耐煩地接起電話，果不其然，是西崎打來的。發生案子了，請立刻趕回來……

又有好一陣子得爲無聊的案子窮忙了。加藤皺起眉頭，朝一輛空計程車舉起手。

第六章

1

福田叫他來一趟，於是他走進辦公室。製圖臺蒙上了一層薄薄的灰；辦公桌上仍堆著文件與檔案，好一陣子沒有人碰過的樣子；擺在傳票檔案夾上的鋁製菸灰缸裡塞滿菸蒂，菸灰溢到外頭。

「阿雅，我先把這給你。」福田微低著頭遞給他一個牛皮紙信封。

雅也接過來看了看裡面，信封裡是兩張萬圓鈔和幾張千圓鈔。

「這是？」

「到今天的薪水。」

雅也望著老闆的臉。工廠支薪改成以日計酬已經快半年了，因爲工作實在太少，連雅也這名唯一的員工也沒必要每天上班了。但薪水向來都是每個月二十五號前後發，今天是十一月十五日，比往常早了十天。

「工廠要收了嗎？」雅也問。

福田像是聳肩似地點了點頭。

「工作少到這種程度，實在沒辦法了。阿雅，我讓你只在有工作的時候來上工，可是其餘時間你也不能光是閒耗下去吧。我這邊也一樣，一個星期機器只動三、四個鐘頭，工廠實在很難維持下去。」

雅也嘆了口氣，心想，跟我家一樣。

「您有債務吧。」

「是啊。」福田搔搔頭，環視辦公室，「這裡已經完了。」

聽起來可能連工廠、房子都沒了。

「抱歉啊，這麼一點零頭。」福田看著雅也手上的信封。

「這個月我也沒做什麼像樣的工作呀。」

「我還以爲景氣差不多要好轉了，沒想到會慘成這種地步。」福田搖搖頭，「看樣子之後還會更慘。」

「老闆有什麼打算？」

「不知道。看能在這裡待多久就待多久，我也沒別的地方可去了。」

雅也想不出該說什麼好，他比誰都明白說什麼都是枉然。

「你來這裡也快三年了啊，時間過得眞快。」

「這些日子多謝老闆的照顧。」

「我也受你照顧了。多虧有你我們才多撐了一陣子。要是沒有你，早在去年就撐不下去了。你技術好，只要去找一定會有工作的，你要加油啊。」

「老闆您也是。還有，最好不要再碰那個了。」

「那個？」

「就是額外加班做的那個。你以爲我永遠都不會發現那是什麼零件嗎？」

福田尷尬地別過頭。

「尺寸要是有點出入就會要人命的，當然老闆大概不是做來自己用，可是萬一出事，被怨恨的就是老闆了。」

福田沒有點頭，只是露出似苦笑又似自嘲的表情，敲了敲自己的後頸。

離開工廠後，雅也直接回公寓，這時間要吃晚飯還太早。他換了衣服，洗了浴室，決定暖暖身子再出去吃飯，一邊盤算著再去平常去的那家拉麵店吧。這陣子，他都沒去「岡田」。

正在試洗澡水的水溫時，門鈴響了。一瞬間，他想起了有子。

「哪位？」他站在門內問。

「是我。」

聽到那聲音，雅也全身都緊張了起來，連忙打開門鎖。門外站著一名身穿薄大衣的女子，短髮，戴著黑框眼鏡。雅也花了兩、三秒鐘才確定那是美冬。

「幹嘛穿成這樣？」

「先別管這個，讓我進去。」美冬迅速閃身進來。

一進屋，美冬還沒脫大衣就先摘下眼鏡，拿掉頭上的假髮，原本的中長髮是盤起來以網子似的東西攏住。美冬把髮網也拿掉，手指鬆開頭髮，映在壁櫃門上的影子隨之搖動。

「那是變裝嗎？」雅也問。

「我是那麼打算的，不過效果好像不怎麼樣，也許打扮得像平常的主婦會比較不顯眼吧。不過，反正無所謂了。」她往坐墊上一坐，抬頭看仍站著的雅也，嫣然微笑說道：「好久沒碰面了。」

「一個月了。」

「有這麼久了?原來如此。」

雅也也坐下來，盤起腿。

「連一通電話也沒有，妳都在幹麻?」

「對不起，有很多事要忙。」美冬雙手合十，「今天也是偷空跑來的。因爲再怎麼說，大型活動就要到了。」

雅也側過頭吞了一口口水，他實在沒興致附和她。

「怎麼了?」美冬盯著他看。

他回視她，「美冬，妳是認眞的嗎?」

「什麼事?」

「妳還問……。妳是眞的要跟那個男的結婚嗎?那個『華屋』的社長。」

「當然啊，這種事還能假裝嗎?」

雅也大大地吸了一口氣，移動身子面向美冬。

「妳不重新考慮?」

「都什麼時候了，還有什麼好考慮的?」

「可是美冬妳又不喜歡那個男的，對他也沒感情，不是嗎?竟然要……」

「先等一下。」美冬豎起兩手掌心朝著他，露出苦笑哼了一聲，「這件事我不是解釋過很多次了嗎?我喜歡的不是那個男人，我喜歡的是那個男人的妻子這個地位。想要擁有喜歡的東西，不是很自然嗎？」

「這樣……太奇怪了。」

他這麼一說，美冬也正色了起來。她環起雙臂，聲音低沉地說：

「雅也，你該不會說為了錢結婚的動機不純正吧？」

看到雅也又再別過臉去，美冬說了句「眞拿你沒辦法」，聲音顯得有些不耐。

「都老大不小了，怎麼還對結婚懷有夢想？結婚，是改變人生的手段。你看看世上吃苦頭的那些女人，每一個都敗在挑錯老公上，就是因為她們拿什麼老實認眞、喜歡小孩當擇偶條件，眞是腦袋燒壞了。」

「喜歡才想在一起，這不是結婚眞正的意義嗎？」

「是啊。秋村先生喜歡我，我喜歡秋村夫人這個地位，一點問題都沒有吧。」

「我想說的是……」

「我知道。」美冬將手伸到他嘴巴前，「你想說的是相愛的兩個人吧。可是啊，相愛的兩個人需要結婚這種形式嗎？我眞心喜歡的，只有雅也，而雅也也愛我，不是嗎？」看到他點頭，她繼續說：「我們不需要結婚這種形式，讓我們結合在一起的，是更強的牽絆，我結婚以後我們倆也會一直在一起的。之前我也說過，雅也是我在這個世界上唯一能夠相信的夥伴，而希望我對雅也來說也是這樣的存在。只是我們不讓別人知道我們的關係，當有一方痛苦的時候，另一方便從舞臺後支援；世人看不見眞相，警察也不知道，這樣不是很好嗎？」

雅也抹了抹鬍子沒刮的下巴，接著又用力搔頭。

「可是，要我眼睜睜看著美冬成爲別的男人的女人，我受不了。」

「就算結了婚我也不會變成別人的，只是改個姓氏而已。而只不過這麼一點小改變，就能成爲遺產繼承人和壽險受益人。」

「可是那個男的會抱妳啊。」雅也喃喃地說：「我知道他已經抱過妳好幾次了，以後也會一直繼續下去吧。」

聽到他這些話，美冬有些不耐煩地嘆了口氣，「眞可笑。」

「可笑？哪裡可笑？」

「我說雅也，你看看社會上的夫妻，結婚兩年當丈夫的就厭倦妻子的身體了。要是過了五年，連看都不看一眼，口袋裡有點錢的男人就會到外面去找女人，只要忍耐到那時候就好了。再說，性愛算什麼？不過就是生殖行爲，貓狗都在做的事，沒什麼好介意的。雅也你也儘管去找女人上床，我無所謂。重要的是感情，是心，不是嗎？」美冬說著，輕捶自己的胸口。

雅也兩手緊緊握拳，咚地一聲捶了餐桌。

「我沒辦法分得這麼乾脆。」

「拜託你一定要分清楚。赤手空拳的我們要與世界爲敵，這是唯一的辦法。」

雅也不斷搖頭。

「美冬妳沒有想過兩個人的幸福嗎？」

「幸福？」美冬睜圓了眼，彷彿聽到意外的字眼。

「不用像現在這樣偷偷摸摸見面；雖然不奢華，卻能一起平穩度日的生活，妳不會嚮往這種生活嗎？」

「你是說想要有個像所謂溫馨家庭劇的那種家庭？」美冬的口吻帶著揶揄，「很遺憾，雅也，那是幻想。」

「幻想？」

「這有兩層意義。第一，那種家庭根本不存在，就算看起來很幸福，其實每對夫婦私底下都會吵架翻臉，只是大家都戴著假面具遮起來罷了。第二，就算眞有那種家庭好了，我們也沒有資格去追求。你該不會忘了我們做過什麼吧？」

他低下頭咬住唇，感覺胃裡似乎有東西結了塊。

「不過，我們有我們的生活方式，適合我們的生活方式，不能爲了一時的念頭就忘了本質。但是……」美冬的語氣變溫柔了，「我很高興，雅也會想和我一起追求那樣的幻想。在雅也的幻想裡，我就是雅也可愛的妻子。」不僅語氣，她連眼神也變得溫和了。

雅也嘆了口氣，淡淡地笑了。

「美冬眞堅強。」

「我覺得我們不能輸。我要變得更強。」

「我辦不到。我當不了美冬的好夥伴，而且還是個無業遊民。」

「無業遊民？工廠把你開除了？」

雅也把今天的事說出來。美冬笑了說原來是這麼回事。

「我還以爲是你捅了什麼婁子才被開除呢。既然是工廠倒閉，那就沒辦法了，不是雅也的錯。」

「我得趕快找到下一份工作，總得養得活自己才行。」

「錢的事情你不用擔心，我會想辦法的，夥伴就是爲了這種時候存在的。」

「我才不想當吃軟飯的。」

「誰要你吃軟飯了？以後我還要大大借用雅也的力量呢。不過在那之前……」她從帶來的紙袋裡拿出一個保鮮盒，「你還沒吃晚飯吧？我特地帶來給你的。」

美冬在他的注視下打開蓋子。一看到裡面的東西，雅也不由得縮起了身子。那是生牛肉。

「這是什麼……」他呻吟般問。

「看了就知道吧，生牛肉片，還有牛肝。沾醬有大蒜和生薑兩種，你要哪一種？」

「收起來。」雅也摀住嘴別開了頭，強烈的嘔吐感襲來。

但美冬不肯。她抓住雅也的肩膀，用力拉回來，把裝了牛肉的保鮮盒推到他面前。

「吃掉。一定要吃。你這樣子，以後遇到困難怎麼克服？」

雅也的胃開始痙攣，胃酸的味道在嘴裡散開。他皺起眉頭想推開美冬。

這時美冬的手竟朝他長褲的拉鍊伸去，正當他愕然不明所以時，她已拉下雅也的長褲拉鍊，撥開內褲，掏出他的陰莖。他那裡縮得小小的。

「幹什麼……」

「你別管。」

美冬的手開始緩緩上下移動，雅也過於驚訝而萎縮的陰莖立即勃起。她確認之後，臉便湊上去，先以舌頭舔前端，刺激內側，接著含在唇裡。
雅也不由得發出呻吟。
她的嘴離開他，說話了。
「雅也，把肉吃下去。」
「美冬，我……」
美冬再度將那個含進嘴裡，以一定的節奏前後抽動，陣陣快感在雅也背上竄流，他又輕聲呻吟。
「要吃哦，雅也。你吃的時候，我就這麼做。肉算什麼？血有什麼好怕的？我會讓你把一切都變成美好的回憶。」說完，她又開始為他服務。
令人暈眩的快感包圍雅也全身，想吐的感覺消失了，胃也恢復正常了，但是一看到生肉，還是起了雞皮疙瘩。
他拿起筷子想夾肉，但手就是無法動彈，視線也不由自主地移開。於是彷彿察覺他的舉動似地，美冬的動作更加激烈，血液又再度往開始萎縮的陰莖集中。
雅也夾起肉，沾了滿滿的醬汁，閉上眼睛，送進嘴裡。
那一瞬間，他的眼皮內部浮現鮮血淋漓的肉塊。
猛烈的吐意、寒意，以及沖淡這些的快感此起彼落，時而交錯混雜，朝雅也全身襲來。
花了將近一小時，雅也才把美冬帶來的肉片裝進胃裡，而這也是他到達射精所需要的時間。
完事之後，他仰臥在榻榻米上，腦中一片空白。

雅也正閉著眼調勻氣息，感覺美冬靠了過來。一睜開眼，她的臉就在眼前。她在他的顴骨上一吻，接著直接將嘴唇移到他的嘴上，舌頭鑽進他的嘴裡。他抱住她的頭，撫摸她的頭髮。

「覺得怎樣？」

「整個人莫名其妙。」

美冬輕笑一聲。

「這樣很好。不用亂想。雅也就是想太多了。」

雅也坐起身，看看空了的保鮮盒，撫著自己的胸口。

「感覺好怪，搞不好會吐出來。」

「死也不能吐喔。吐了就輸了。」美冬輕輕握住他的私處，「想吐就說，我再幫你做。」

「不用了。」雅也苦笑。

美冬點點頭，說聲我來泡咖啡便站起身。

「我需要雅也幫忙。」美冬拿著設計粗俗的馬克杯，邊喝咖啡邊說。

「什麼事？」

「嗯，事情變得有點麻煩。你還記得青江嗎？青江眞一郎。」

「那個美髮師吧。他怎麼了？」

「他不知道哪根筋不對，好像以爲能和我結婚。」

「咦？」

「這陣子他每天晚上都打電話來，昨天居然還跑到我那兒。我是沒讓他進門，不過費了好大一番力氣才安撫他。」
雅也明白了。他喝了一口馬克杯裡的咖啡。
「青江知道美冬要結婚了？」
「我沒跟他說，他好像是在『BLUE SNOW』聽到的。我事前已經要知情的人保密了，可是嘴巴畢竟長在別人身上。不過，反正他遲早會知道。」
「所以青江生氣了？」
美冬點點頭，露出一絲苦笑。
「氣得要命，說什麼我騙他啦背叛他的，男人歇斯底里眞是太難看了。」
「可是美冬也有責任，不是嗎？」雅也故意用不帶感情的語氣說：「是妳讓他誤會的吧？青江是因爲愛上妳，才答應跳槽的，現在得知妳突然要跟別的男人結婚，當然會生氣。」
「我可沒答應要跟青江結婚，我只說我們要成爲工作上的好夥伴。」
「如果只是工作上的夥伴，不會上床吧。」
「女人用女人的武器有什麼不對？男人自己心裡也很清楚啊。」說到這裡，她嫌煩似地搖搖手，「這些都不重要。反正，青江這邊一定要想個辦法，我就是想找雅也商量這件事。」
雅也將萬寶路的菸盒拿過來身邊，抽出一根，才叼到嘴上，美冬迅速伸手過來拿拋棄式打火機幫他點火。
謝謝。——他說。
「青江怎麼跟妳說的？」他吐了煙之後問。

「叫我不要結婚，不然他有他的作法。差不多就這些吧。」

「作法？什麼作法？」

「就是這個。你覺得他會怎麼做？」

「第一個想到的，就是把自己和美冬的關係告訴妳結婚的對象吧。不僅是男方，也有可能向所有人公開。」

美冬點點頭，「然後呢？」

「再來就是破壞婚禮了。闖進結婚典禮大鬧，就像《畢業生》裡的達斯汀．霍夫曼。」

「達斯汀．霍夫曼才沒有大鬧，只是搶了新娘而已。」說完，美冬嘆了一口氣，「眞頭痛。你覺得我該怎麼辦？他是我們店裡最紅的美髮師，又不能狠狠教訓他。」

雅也覺得這未免太自私了，但沒說出口。

「他現在最可能採取的行動，就是去向秋村告狀吧。」

「跟秋村先生講倒是無所謂。」

「是嗎？」

「他怎麼可能相信青江講的話啊。」

「這表示他很相信妳，是嗎？」雅也的語氣有點酸。

「也是啦。」美冬哼了兩聲，「不過在戀愛這方面，人只會相信對自己有利的話語。像有的女人，明明別人一看就知道那男的在騙她，她就是離不開壞男人。這就是其中一種。」

或許我也是其中之一吧。——雅也一邊想，一邊朝美冬看去，但她這幾句似乎沒有影射他的意思。

「所以他去跟秋村先生講其實無所謂，秋村先生一定會先來向我確認眞假，我會把他的疑心清得一乾二淨的。」她自信滿滿地說。

「如果去向秋村告狀沒效果，青江接下來可能就到處去說。別人會相信到什麼程度很難講，但總不是好事吧。」

「糟透了呀。風聲要是傳進秋村先生的家族親戚耳裡，就很麻煩了。我可是打算跟他們長長久久來往下去的。還有另一個麻煩就是，青江在某種程度算是名人，一個美髮大師一旦開始胡說八道，就會引來喜歡八卦的媒體，要是事情變成那樣，就不是在婚事上找麻煩吵一吵就算了，『華屋』和『BLUE　SNOW』的形象也會受損。」

「勢必要堵住青江的嘴了。」

「所以我才找你商量啊。該怎麼辦才好？」美冬撒嬌似地抬眼看他。她這個表情，讓雅也感到懾人的妖豔，當然，她一定是深知其效果才這麼做的吧。

雅也搖搖頭。

「老實說，我不知道。這也不是錢能解決的吧。」

「如果能靠錢解決就簡單多了。」美冬靠著餐桌托起腮，以這個姿勢望著雅也，「我倒是有一個主意。」

「什麼主意？」

美冬垂下眼睛，微微蹙起眉頭。

「也不是什麼好主意啦。我覺得應該會有效果，可是要執行很難。再說……，我又很難開口請雅也幫忙。」

「妳先別管這些，說來聽聽。」

「嗯。」美冬端正姿勢，「這只是一個想法而已，我不是一定要你這麼做。雅也要是不願意，就直說。」

「我都叫妳先說來聽了，幹麻講那麼多有的沒的。」

她深呼吸一口氣，接著說出她的想法。

雅也聽著聽著，心情漸漸往下沉。原來如此。主意是很好但有難度，要執行也很難，然而效果的確値得期待。若眞的幹了，或許眞能堵住青江的嘴。

恐怕早在今天來這裡之前她就已經把整件事計畫好了。雖然採取的是商量的形式，其實她心意已決。總是這樣。

「怎麼樣？」說完之後，美冬窺視般觀察他的臉色。

「很難。」雅也說：「這主意讓人完全提不起勁來。」

「我就知道。」美冬嘆了一口氣，「所以我才不想說。」

「沒有其他比較好的辦法嗎？效果跟這個差不多的。」

「比如說？」

被美冬一問，雅也答不上來。

「沒辦法了。」她雙手撩起頭髮，「我早就料到雅也不願意了，想說八成不行。其實我也不想讓雅也去做那種事，只好想別的辦法了，可是又沒有多少時間。」

「青江那傢伙很火大嗎？」

「對呀。看他那個樣子，好像明天就會下手似的。」

雅也抓抓自己的額頭。氣溫明明不高，卻流了不少汗。

「那就只能那麼做了。」

「可是……你不願意吧？」

「不願意歸不願意，不能拖下去了，不是嗎？再說，我無論如何都想幫美冬的忙。曾我那時候是妳幫了我，我還沒報答妳。」

「不要再管曾我的事了，把他忘掉。」

怎麼忘得掉啊！——雅也心想，但在她面前只是點點頭。

「就照那個主意做吧。」

「眞的嗎？」

「也只能這麼做了啊。那，妳決定好要找哪個女的了嗎？」

「有幾個人選。」

聽到美冬的回答，雅也心想：果然。她心裡早準備好所有的藍圖了。打從一開始，就沒有他插嘴的餘地，而且她也算準了他最後一定會答應。但即使明知如此，雅也還是想幫她的忙。

「什麼時候動手？」

「越早越好，這星期或下星期吧。必要的東西我會準備好。」

「我被工廠那邊開除了，工具得重買才行，不過這個我來想辦法。」

雅也站起身從冰箱拿出兩罐啤酒，一罐擺到美冬面前，另一罐打開來喝。她沒有伸手去拿啤酒。

「我以後不來這裡了。」

她的話讓雅也差點嗆到，他凝視著她。

「爲什麼？」

「那個姓加藤的刑警讓我覺得怪怪的。這種事，再小心也不爲過。」

「那個刑警又來了？」

她搖搖頭。

「只來過公司一次，可是他發現到什麼了——不對，應該還不到發現的地步，但感覺像是聞到了什麼。鼻子很靈的一個人。每個刑警鼻子都跟狗一樣靈，但是其中有些特別厲害。他就是那一種。」

聽美冬的語氣，好像她還認識別的這種刑警。

「要是被他知道我和美冬的關係就糟了？」

「肯定很糟。不管是『華屋』的毒氣案還是曾我的失蹤案，他都懷疑我。他沒辦法更深入調查，是因爲他證明不了我有同夥。要是他知道有雅也這樣一個人存在，一定會像隻飢腸轆轆的瘋狗撲過來。」

「換句話說，我們接下來要做的事要是讓那個刑警又聞出什麼不對勁就糟了？」

「他很可能會聞出來。到時候，他一定會想盡辦法找到我的同夥，跟蹤、竊聽、威脅，什麼都來。」

「眞的嗎？」

「應該不會像現在這麼簡單就見得到面吧。不過，我會想辦法的。」

「所以妳不能再來這裡了啊，暫時沒辦法見面了？」

雅也喝了一口啤酒，抹掉嘴邊的泡沫。

「雅也。」美冬移動身子靠過去雅也身邊，抱住他的腰，「要是見不到雅也，我不知道我是爲什麼而活了。一切的一切，都是爲了我們兩個。我所做的努力，都是爲了讓我們能夠幸福。」

「美冬。」

雅也撫摸美冬的頭髮，順勢將她摟在懷裡，感覺她的心跳沿手臂傳來。

「什麼？」

「其實，我的心情和青江一樣。」

她沒作聲。雅也心想，大概是不知道怎麼回應吧。

過了好一會兒，他的手臂下方才傳來悶悶的聲音說：「我知道。」

2

剛過八點半不久，最後一位客人離開，大夥兒開始整理善後。平常收拾好的人便陸續下班，只有星期四晚上是特別的。他們大多在簡單解決晚餐後，再度回到這裡。「ＭＯＮ　ＡＭＩ」每週舉辦一次研習會，就選在星期四晚上，氣氛熱絡時，也常超過十二點才解散。

「抱歉，今晚我沒辦法出席了。」青江對身旁一名男員工說。

四周幾個人露出遺憾的神色，青江看在眼裡不免有種優越感。大家都想偷學我的技術，我這位美髮大師青江真一郎的技術……

「所以待會兒就麻煩你了。」

員工點點頭說我知道了。

青江穿上外套，正想打開店門，看到門前中野亞實正在掃地。亞實是最近聘用的員工，手藝不錯，也很熱中學習。個子嬌小，五官工整，因而備受顧客疼愛。

「亞實，妳今天也開車來啊？」

「對呀。」亞實眨了眨她的大眼睛。

「又停在老地方？」

她行了一禮，淘氣地笑了。這樣的小動作也是她受歡迎的祕訣之一。

「小心點，太誇張的話總有一天會被逮到違規停車喔！」

「我會小心的。」她又點了一次頭。

亞實與母親住在駒澤，父親據說是單身赴任，現在人在札幌，而哥哥已經找到工作搬出家裡。亞實高中畢業後便考上駕照，店裡有研習會的日子多半會開父親的車來上班，但是她車子不停進付費停車場，總是停路邊。亞實是說有個不會被開罰單的好地方，但這種好事不見得能一直持續下去，同事也都警告她遲早會被拖吊的。

青江離開店裡，走到就在附近的出租停車場，坐上自己的ＢＭＷ。他現在住在目黑的高級公寓，全新建築，月租超過三十萬圓。

這種事在兩年前根本無法想像。一直受僱於人，不管以美髮師闖出多大的名號，收入也不會劇增。即使耗盡微不足道的積蓄獨立，第一要務也是償還借款，而提高生活水準這部分勢必得擺在後面。

當時應新海美冬之邀獨立眞是一個明智的抉擇。不必自己出錢就能獨立，而且在她的策劃之下一舉打開了知名度，現在已經紅到應該沒有年輕女孩不知道他們的店名和青江眞一郎這個名字了吧。

然而，青江是這麼想的。他覺得自己不可能滿足於目前的狀態。雖說獨立了，但「ＭＯＮ　ＡＭＩ」並不是完全屬於自己的店——不，若論誰是這家店的所有人，除了新海美冬沒有別人。自己不過是「ＢＬＵＥ　ＳＮＯＷ」的董事，「ＭＯＮ　ＡＭＩ」所賺的錢雖有將近一半歸他，但無法全數獨攬，因爲當初設定的條件便是如此。

但不光是收入的問題。最近，他越來越想要一家眞正屬於自己的店、一家從頭到尾都由自己一手打理的店。

可是美冬一定不會答應的。少了青江眞一郎，代表「ＭＯＮ　ＡＭＩ」的客人將減少一半。青江很確定這不是他的自以爲是。

再說，他也不想背叛美冬。她有恩於他，而且最重要的是，他愛她。如果將來能和她結婚，他一定會輕易將擁有自己的店的念頭封印起來。
然而背叛的人是美冬。他知道她不斷擴充「BLUE SNOW」的業務，也知道她與「華屋」合作，但他做夢也沒想到她會和「華屋」的社長結婚。
他拿這件事質問她時，她沒有絲毫歉疚。
「我也超過三十歲了，當然要為將來打算吧？還是我一輩子都不能結婚？」
青江強忍羞辱，問她和自己之間又如何交代。美冬一聽，露出不解的神色。
「我和你是工作上的夥伴，不是嗎？而且還是合作得非常愉快的夥伴。至少在我的認知裡是這樣。」
難道妳和工作上的夥伴也會上床？——即使是這個問題，她也不為所動。
「上不上床和立場無關吧，那是男人與女人的問題。當時我還沒遇見秋村先生，也以看待異性的立場喜歡上你，所以才有那樣的發展。可是後來，我一直認為我們的男女關係並沒有繼續深入下去。不然你說說看，你向我求婚了嗎？」
青江說，我把妳當成女友。
「謝謝，但我不這麼想。對我來說，你是一個優秀的工作夥伴；而我認為對你來說，我也必須如此。」
這種說法當然無法令他心服，但看來自己被甩的事實卻是不得不接受了。換句話說，在青江的解釋裡，自己已經被放在天秤上比較過了。縱使自己是當紅炸子雞，也只是一介美髮師，和另一端的大珠寶店社長相比，自然沒有勝算。

只是他可不願意這麼簡單退出。既然對方背叛在先，自己也有背叛的權利。

青江表明想獨立是三週前的事。當時兩人在餐廳用餐，美冬直勾勾地盯著他，接著搖搖頭。

「沒想到你終究只是個一般人吶？稍微順利一點，馬上欲望橫生？有欲望是好事，但怎麼不往別的方向發展呢？」

「我以爲妳在公私兩方面都是我的伴侶，但現在既然只是工作上的夥伴，我也只好公事公辦。」

「你和一出名就想獨立的明星沒兩樣。可是這種明星幾乎都以失敗收場，這點你也很清楚吧？」

「我不是明星，我是美髮師。我是靠本事吃飯的。」

「讓你的本事錦上添花的人是我，你難道不知道嗎？」

「我不需要錦上添花了，也不需要大師這種虛名，我想要的，是一艘能夠自己單獨操縱的船。」

「船呀，眞是個好比喻。」美冬苦笑，嘆了一口氣，「明明就不明白自己現在搭的船裝備有多好。」

「魚與熊掌不可兼得啊，美冬。」

「咦？」

「我是說，想要『華屋』社長和美髮師青江眞一郎兩者兼得，也未免想得太美了。」

「這說法聽起來，好像是要不是因爲我要結婚，你也不會提出這種要求。」

「一點也沒錯。如果不是妳背叛我，我是不打算提這些的。」

美冬聳聳肩，以略微嚴厲的臉色望著他，那雙眼睛具有動人心魄的力量。他卻沒有閃躲，雙手在餐桌底下緊緊握拳。

她說她會考慮。

之後兩人就沒再好好談過。美冬偶爾會爲查看會計事務到店裡來，但即使有交談，談的也都是公事。他也曾打電話給她，問她考慮得怎麼樣，她的回答是要他再等一等。

而今天美冬總算和他聯絡了，她打青江的手機表示今晚要到他的住處去，還說因爲能好好談的時間只有今晚。

他開始揣測她會怎麼說。她不可能中止婚事，但他也不相信她會爽快答應讓他獨立。不是給他特別獎金，就是提高待遇，反正她會提的條件頂多就是這些吧。他告訴自己，條件再優渥也不能動搖。

青江回到公寓，正在房裡換衣服時手機響了。是美冬打來的，說她人在附近的咖啡店，要他過來碰面。

「妳不是要來我這裡嗎？」

「本來是那麼想，但我改變主意了。我在這裡等你。」她說完便掛斷電話。

因爲時機敏感，她要踏進男人的住處也有所猶豫吧。——青江如此解釋。既然她這麼瞧不起人，那他也不必客氣，這下要撕破臉反而更無顧忌了。

到了咖啡店一看，一身白色套裝的美冬正等著他，大概是直接從公司過來吧，身邊放著一個對她而言有些陽剛的文件包。

「這讓我想起第一次和妳單獨見面那時候。不，應該說是妳第一次找我談生意的時候吧。」青江邊就座邊說。

「和那時候一樣，今晚我也帶了對你很有利的提案過來。」

「對我有利，對妳就不利了。若眞是如此，妳的態度應該優雅不起來才對。」

「所以是折衷方案呀，我找到一個對彼此都有利的立足點了。」

看著她拿起文件包，青江心想果然如他所料，一邊開始覺得厭煩了起來。

3

中野亞實回到父親的車上時，已超過十一點了，因爲前輩同事針對她的新設計給了建議，不知不覺便拖到這麼晚。其實之前也好幾次比這更晚離開店裡，所以星期四她總是借用父親的車，反正父親也說車子偶爾得開一開才不容易壞。

車子是舊型的Audi，內裝、外型都已相當老舊，亞實借來開之後更是傷痕累累，不過都只是稍微擦撞而已，並沒出過車禍。

確定沒有因爲違規停車被開罰單之後，亞實鬆了一口氣，坐進車內。她也覺得再這樣下去遲早會被開罰單，但是一想到深夜裡還要從車站走路回家，就很難放棄開車。她家距離車站超過一公里。

她老樣子沿著固定的路線開車回家。研習會前她只吃了一個便利商店的飯糰，肚子很餓，心想回家吃碗泡麵好了。

她家的公寓快到了，但她卻過門不入，因爲租用的停車場在別的地方。亞實的母親總是說白白浪費停車費不如趕快把車子賣掉，是父親幫忙說話，說自己從赴任地點調回來的時候要找新的停車場反而困難，還是先租著再說。

停車場離公寓大約一百公尺，空間不大，只能停十輛車左右，四周被建築物包圍，路燈光線也照不太進來。

Audi的車位在最裡面倒數第二個位置。亞實剛開始開這輛車的時候，都得奮鬥一番才能倒車停進那個位子，最近已經習慣了。

不必重新切換方向，一次將車停妥，亞實在心裡比了個勝利手勢。她關掉引擎，拿起背包打開車門。

下了車站定，正想將車鑰匙插進車門鑰匙孔時，覺得背後好像有人。

但她還來不及回頭，一股強勁的力道便拉住她的身體，旋即有東西罩上她的臉。驚異比恐怖更早竄過全身。

她想尖叫，吸了一口氣，但發不出聲音，意識倏地遠去。

4

和美冬見面的隔天，青江的心情實在說不上好。大概是從他臉上就看得出來，大家也不太敢跟他說話。他在休息室喝咖啡，菸一根接一根，不一會兒室內便煙霧瀰漫。

不用說，不痛快的原因在於他和美冬的談話內容。他原本打定主意無論她開出多好的條件都不接受，但沒想到她所提的方案，僅僅是將報酬略微提高而已。他說這根本免談。

「你不了解經營的細節才會這麼說。我們的業績的確是成長了，但營收並不像你看到的那麼多，現在絕不能掉以輕心呀。再說又不知道什麼時候情況會變差，一定得先培養體力，萬一遇到狀況才能熬得過去。」

聽到她嘴裡說出有如勞資協商時資方的臺詞，青江不勝厭煩，連氣都懶得生了。

談了將近一小時，他站起身，說再談下去也只是浪費時間。

「好吧。那我再想想看。」

「再怎麼想都一樣。」

他丟下這句話，留下美冬離開咖啡店。

青江覺得這眞不像美冬。他滿心期待，認爲以她的行事作風，應該會提出大膽的計畫，只是條件再怎麼好他青江也不會答應。沒想到僅僅是提高酬勞？這算什麼？而且還表示董事的酬勞一年內無法改變，要他妥協，先接受臨時分紅。她竟然認爲自己會接受這種條件，這讓青江感到十分失望，同時也感到心有不甘，原來對方認爲自己這麼好應付。

既然這樣，就算賭一口氣也要離開這裡。他決定了，在「ＭＯＮ　ＡＭＩ」再待也不久了。

「青江先生。」一名男員工叫他。青江正往菸灰缸裡按熄菸。

「幹嘛？」

「剛才，亞實的媽媽打電話來，說今天要請假。」

「感冒了嗎？」

「不是的。」這名員工偏了偏頭說：「說是出了意外。」

「意外？搞什麼，這傢伙就是說不聽。」青江皺起眉頭，「所以我才叫她不要開車來上班啊！就連我，累的時候開起車來都覺得很吃力呀。」

「不是的，好像不是車禍。」

「咦？怎麼回事？」

「不清楚呢，她媽媽也不肯明講，只說搞不好要請假一陣子……」

「這樣啊。不是車禍的意外……，到底怎麼回事？」

不知道耶。——年輕的男員工也一臉不解。

「好吧，你去轉告大家，說亞實的工作就由大家分攤。」

「好的。」

青江心想，既然不是車禍，就先放一半的心了。萬一亞實開車撞到人，而這件事被報導出去，很可能損及店裡的形象。想到這裡，青江搖了搖頭。眞可笑。自己都要離開這家店了，公司形象如何都與他無關。當然，青江眞一郎的名聲是萬萬傷害不得的。

對於中野亞實的缺席，青江沒有多想。她還是個新人，沒有固定捧場的客人。在相當忙碌的日子裡，缺了任何一名人手都會忙不過來，還好今天並沒那麼忙。

到了傍晚，兩名長相氣質與這家店極不搭調的男人推開玻璃門走了進來，兩人都是身穿西裝外加風衣，其中一位四十多歲，另一位看起來大概小了他一輪。青江正在爲女客的頭髮造型，心裡覺得奇怪，這兩位怎麼看都不像客人。
負責招呼客人的女員工來到青江身邊。
「青江先生，他們是警察。」她在他耳邊說。
「警……」深怕被客人聽到，他連忙閉嘴。眼睛往櫃檯一看，兩名男人朝他點了點頭。
「我知道了。請他們等一下，先帶他們到休息室。」
「是。」
青江一邊爲女客的髮型做最後修飾，心裡納悶著。
他一進休息室，那兩名男人同時站起身。菸灰缸裡有兩根點著的菸。
「對不起，百忙之中前來打擾。」年紀較長的說。
「哪裡。」青江面對他們坐下。看他就座，兩人也坐了下來，同時將自己的菸按熄。
這兩個人是玉川署的刑警，年紀較長的姓尾方，年輕的是桑野。
「你認識中野亞實小姐吧？」尾方問。
「她是我們的同仁。」青江回答，一邊想起今天早上的事，「說到中野，今天她媽媽打電話來，說中野出了意外要請假。是這件事嗎？」
「意外啊，原來如此。」尾方和桑野對看一眼，表情顯得很尷尬。
「不是嗎？」
「算是有點出入吧。呃……」尾方注意了一下房門。
「請放心，外面應該聽不見。」

「是嗎。呃，其實不是意外，是出事了。中野小姐昨晚遇害了。」

「遇害？什麼狀況？」

聽青江這麼問，尾方舔舔嘴唇，身子微向前傾。

「這件事必須保密，受害者的母親也希望如此。只是，若不告訴青江先生，我們又無法繼續調查。」

「我不會告訴任何人的。」青江點點頭說。

「請千萬別說出去。其實，昨天晚上中野小姐在她家附近的停車場遭人襲擊，被搶走了錢包等兩萬多圓的財物。」

「搶劫？」青江打從心底感到吃驚，他萬萬沒想到會是這種意外。

「我們推測，應該是中野小姐下車後從身後遭襲，嫌犯先讓她昏迷才做案的。」

「讓她昏迷……是從背後打她嗎？」

「不，是讓她吸入藥物。」

「藥物？是氯仿之類的嗎？」

「哦？」尾方再次盯著青江看，「你知道得眞多。」

「電視劇裡常用這種手法啊。是氯仿嗎？」

「我們在想應該八九不離十。那種藥物能讓人瞬間昏迷，受害者幾乎不記得當時的事情。」

「她還好嗎？」

「聽說到下午還躺在醫院裡。比起身體所受的傷害，精神上的傷害似乎更嚴重，而且吸入氯仿這種東西，即使轉醒之後仍會劇烈頭痛。」

「這樣啊……」

青江想起中野亞實親切可人的笑容。昨晚他離開店之前，也看到了她的笑靨，然而這樣的亞實竟遭人襲擊，青江一時之間很難接受這個事實。

「聽說昨天貴店舉行了所謂的研習會？」

「是的。我們同仁爲了精進自己的技巧，每星期四晚上都會辦研習會。」

「中野小姐只有這時候會開車來上班嗎？」

「就我所聽到的是這樣沒錯，聽說是因爲她家離車站很遠。只是沒想到竟然會發生這種事。」青江搖搖頭，「早知道我應該更強力反對的……」

「中野小姐開車這件事，所有人都知道？」

「我想我們店裡的人都知道。」

「你們研習會結束的時間是固定的嗎？聽說昨天是到十一點。」

「時間沒有固定，不過原則上是十一點，只是常會弄到更晚。當然，還是會讓同仁趕上末班電車的時間。」

「這麼說，昨晚研習會並沒有延長，在十一點前便結束了？」

「我想應該是。我昨晚沒參加，所以不太清楚詳細情形。」

「哦，青江先生沒有參加啊。」尾方露出意外的表情。

「我和老闆約了碰面。我們老闆姓新海。」

「啊，這裡的老闆不是青江先生……？」

「我們店是以公司的形式設立，我是董事。」

青江一邊回答，感覺刑警看自己的眼光似乎矮了一截。搞半天，原來是個領人家薪水的店長啊。——變成這樣的眼光。

刑警問起新海美冬的聯絡方式，青江給了他們她的名片。

「這家店由我全權負責，所以關於中野的事，我也比較清楚，反而新海可能不太認識中野。」青江說。這一點面子是一定要守住的。

「我明白了。那麼，我繼續請教，」尾方吸了一口氣，「對於中野小姐這次遇害，你有沒有什麼線索？」

「你是說關於她被搶這件事？」

「是的。」

「這……我怎麼可能知道呢？不，我的意思是說，因爲她開車來上班，我的確每次都很擔心她會不會因爲違規停車被開罰單，但我萬萬沒想到她會遇上那種事。」

「那麼我換個說法好了。」尾方一臉思索的神情繼續說：「最近中野小姐身邊有沒有什麼不太對勁的地方？好比有人打電話到店裡來找她，或者有人等她下班之類的？」

青江皺起眉頭，一時間不明白刑警問這問題的目的。但當他看到刑警別有含意的表情，逐漸明白了。

「咦！不會吧？」

「怎麼？」

「她……，中野她不是運氣不好遇到搶匪嗎？難道嫌犯是盯了她很久才犯下這起案子？」

「這一點我們還無法斷定，也可能是隨機犯罪。只不過，如果是隨機的，嫌犯就得長時間在不知道有誰會回來的停車場裡埋伏。再者，案發現場光線昏暗，從車窗外幾乎看不見車內的情形，但嫌犯卻是在中野小姐一下車之後旋即從背後攻擊，從這一點來看，嫌犯一定是在中野小姐下車之前就曉得車裡只有她一人了。」

青江回視尾方。這名面相實在說不上好的刑警，彷彿承接青江的視線般緩緩點了點頭。

青江不知道中野亞實的車停在什麼樣的停車場，但他認爲刑警的說法很有道理。亞實的車是黑色的 **Audi**，一般人看到這種車，不會認爲裡面只坐了一名年輕女子。

「嫌犯會不會是平常就在留意那個停車場？」他試著推測，「所以才知道每個星期四深夜，會有女孩子單獨駕駛 **Audi** 回來。」

「這也不無可能。」尾方點點頭，「所以我們在那附近也進行了盤查。只不過就我們的立場，還是會先將注意力集中在更爲了解中野小姐行動的人身上。」

好個迂迴曲折的說法。總之就是，他們認爲嫌犯是「ＭＯＮ　ＡＭＩ」的人。

「我能確定的是，至少在我身邊沒有會做出這種事的人。」

「也許只是沒注意到而已啊，而且最近又出現了跟蹤狂這種犯罪者。」

「她怎麼說呢？」

「這個啊，」尾方頭痛似地皺皺眉，「她目前還無法接受偵訊。據她母親說，她自己完全想不出有嫌疑的人。」

聽到總是笑臉迎人的亞實狀況竟然這麼糟，青江的心情更加灰暗。

「我會問問其他同仁的。不過，案情是不能說出去的吧。」

「這就由你來判斷了。若不說起案情，恐怕很難問出什麼消息。」

「說的也是。不過這下傷腦筋啊，該怎麼說才好呢？」

「中野小姐有交往中的異性嗎？」

「這個嘛……」青江偏起頭想，「她很受男同事歡迎，可是沒聽說她和誰交往。不過也有可能只是我不知道而已。」

「這種情況很常見嗎？我是說同事之間的交往。」

「偶爾會有，不過倒是沒聽說中野有這類傳聞。」說到這裡，青江看著刑警，「你是說我們的同仁是嫌犯？」

「沒有沒有。」刑警苦笑著搖搖手，「只是如果有男友的話，可以多請教一些中野小姐的情況。因爲就如我剛才所說，她本人現在的狀況沒辦法好好談話。」

青江望著尾方老奸巨猾的笑容，心想，誰相信啊。

「對了，你對這個有印象嗎？」刑警取出一張照片。

照片中是一條項鍊，墜子上刻著骷髏與薔薇。

青江感覺自己的心跳紊亂，「這是？」

「你有印象嗎？」刑警再次問道，彷彿在說先回答我的問題再說。

種種思緒霎時間在青江的腦海裡交錯。他嚥了一口口水。

「沒有。」他回答：「我沒看過。」

回答之後，他開始感到不安，不知道這樣的回應是否妥當。

「這跟案情有什麼關係嗎？」青江問。

「沒有，你不記得就算了。請忘了吧。」刑警將照片翻面朝下。

青江對這起案子有幾個在意的點，猶豫著不知該不該問，終究還是開口了。

「請問……，只有錢而已嗎？」

將照片放回口袋裡的刑警眨了眨眼。

「你是說？」

「兩位剛才說她的錢包被搶走了，對嗎，受害的部分……只有這樣而已嗎？」

尾方哦了一聲點點頭，與身旁的年輕刑警對望一眼，臉上浮現了遲疑。

「你是想問中野小姐是否遭到性侵，是嗎？」

刑警突然用這麼露骨的說法，青江不由得吃了一驚，含糊地回了一聲嗯。

「這麼說好了。就目前得知的訊息，受害者是否曾遭到這方面的侵害，很難斷言。並非全然無事，但也沒有直接遭人下手。——抱歉我只能說這麼多了，因為事關受害者的隱私。」

「啊……，是。」

不知是話問完了還是討厭被青江問東問西，兩名刑警說聲打擾了便離開了。

青江仍留在休息室待了一陣子。一邊抽著菸，思考著刑警拿出來的那張照片。

刻著骷髏與薔薇的項鍊——像極了他常戴的那一條。

5

這天晚上青江回到住處，第一件事就是確認自己的飾品，他想趕快確定那條項鍊就收在家裡，然而找了平常擺放的抽屜卻沒看到。他努力回想最後一次戴的時候，應該是一週至十天前，但記憶不是很明確，因爲他都是看當天的心情來決定服裝和配件的。

青江正想整理一下思緒，拿了罐裝啤酒坐到沙發上時，電話響了。一接起來，是新海美冬打來的。

「剛才刑警來過了，來問中野亞實的事。」

「嗯。」看來刑警立刻去找美冬了。

「聽說她被襲擊，錢被搶了，另外還有一些遭遇，不過詳情刑警不肯說。」

「他們也來過店裡了。」

「我知道。我不太認識那女孩，她是個什麼樣的人？」

「是個好女孩，很用心，對客人的態度也很不錯。她碰上這種事，我也很驚訝。」

「你跟其他人講了嗎？」

「沒有，還沒。」

「是嗎。這種話很難開口吧，可能最好不要說吧。要是讓大家感到不安而破壞店裡的氣氛就不好了。」

「刑警要我問問大家對案子有沒有什麼線索。」

「不用理他們，反正他們一定會到處去問店裡的人。」

青江也認爲很有可能。

「對了，刑警拿了一個東西要我看。」

美冬的話讓青江心頭一凜。

「什麼東西？」

「照片，墜子的照片，上面刻了骷髏和薔薇的。刑警問我有沒有看過。」

青江心想：果然。雖然爲時已晚，但他很後悔自己不應該那樣回答刑警。

「你是不是有個一樣的東西？」

美冬還記得。他想起和她見面時也戴過好幾次，她也曾稱讚墜子的設計獨特。

「你有吧？」青江沒回答，她便再度追問。

「……有啊。」無可奈何，他只好承認。

「果然。他們是不是也給你看了那張照片？」

「是啊。」

「你怎麼說？你說你有同樣的東西嗎？」

「沒有，我說我沒看過……」他覺得美冬會出言責備，便繼續說：「我當時覺得這樣回答比較好，要是說我有同樣的東西，搞不好他們會亂猜。」

「我就知道……。刑警來問我，我就在想是不是這樣。」

「美冬怎麼回答？」

「我說我沒看過，因爲我覺得我裝傻應該沒問題，可是你應該老實回答比較好。那些刑警一定會拿照片到處問人，可能沒多久就會聽到誰說你有那個墜子，到時候就麻煩了。」

「我也很後悔。」

「那麼，那個墜子在你身邊吧？」

美冬的問題更刺激了青江憂鬱的心情，他握著無線電話，臉色很難看。

「怎麼？你還沒確認嗎？」她不耐煩地問。

「有啊，確認過了。」

「那就是在嘍。」

「那個……」他吞吞吐吐的。

「不在嗎？」

「大概是丟在家裡的哪個地方了。」說著青江也很不安。他放飾品的地方是固定的，他的個性是東西不收好就覺得不舒服，無論時間多緊迫都一樣。

「你要仔細找呀！找不到就糟了。」

「我知道！不用妳吩咐！」青江語氣不知不覺衝了起來。他嘆了口氣，說聲抱歉，「事情太突然，我有點急。」

「我可能也說得太嚴重了。你又沒被警方懷疑，應該只要以平常心應對就好了吧。」

「我會再仔細找過。」

「嗯，這樣比較好。還有另一件事，我覺得有點怪。」

「什麼事？」

「你之前都用EGOIST吧？」

「EGOIST？妳是說香奈兒的？」那是一款男性香水，「偶爾會用。」

「我想也是。果然……」美冬在電話那頭似乎思考著什麼。

「怎麼了？EGOIST又有什麼不對？」

「不知道，只是刑警問了一個奇怪的問題，他們說一見你就聞到很香的味道，問我你是不是用了什麼香水。他們去店裡沒問到這點嗎？」

「沒問我啊。那是什麼意思？」

「我回答說，美髮師必須貼近客人，有些人為了消除體味會用香水，也許青江也是。可是我還是覺得怪怪的。刑警只是一副話家常似地問起，不過可能有什麼用意。」

青江回想今天來訪的刑警的面孔。他們臉上的神情不見懷疑，難道其實暗中卻多方觀察？

「要是找到墜子，跟我說一聲。」

「嗯，不好意思，讓妳擔心了。」昨天才不客氣地撂了話，撇下美冬就走，但現在青江卻很感謝她的夥伴情誼。

掛上電話，他再度尋找墜子，所有想得到的地方都找遍了，還是找不到。

過了三天，中野亞實還是沒來上班。

「亞實現在不知道怎麼樣了，她家裡沒跟店裡聯絡嗎？」青江問身邊一名姓鶴見的男員工。

「好像都沒消息耶。」鶴見搖搖頭。
「看來會請假一段時間啊……，這樣的話，店裡得想辦法因應才行……，眞傷腦筋。」
「理美昨天好像去探望過她。」
「鶴見！」正忙著營業前準備工作的理美狠狠瞪了鶴見一眼。理美大約一年前開始在店裡工作，之前在其他美容院有三年的工作經驗。
「是這樣嗎？」青江看著理美。
她一臉不情願地點了點頭，似乎不希望人家說出她去看亞實的事。
「亞實怎麼樣了？」
「她沒怎樣啊……。」理美低著頭，不肯和青江正面對望。
「她好不好？」
理美沒回答，只是微微偏了偏頭。
「怎麼？妳沒見到亞實？妳不是去看她嗎？」
「青江先生，你知道她出了什麼事吧？」理美抬眼看他。
青江遲疑了一下，點點頭說：「知道。」
「那你應該知道她不可能很好，不是嗎？」
「是沒錯……。」青江不知該說些什麼。他突然發現，身邊所有員工都望著他。
「我想亞實暫時沒辦法回來上班了。」理美只說了這句話，便從青江面前走開，接著彷彿以此為暗號，其他人也各自回到自己的工作崗位。沒有人對青江說話。

他昨天就發現店內員工有些不對勁，平常開朗的氣氛消失得無影無蹤，每個人都不太說話，內心似乎有什麼祕密。青江猜想，大家大概是知道亞實出了什麼事了，也許是被刑警問了什麼問題。

會是那個墜子的事嗎？青江想。會不會是有人想起青江有同樣的東西，所以把他和案情連在一起了？

這一天下班時，青江的手機響了，是尾方刑警打來的。他表示等一下想見個面，人正在青江公寓前等。儘管覺得奇怪，青江還是答應了。

「眞是抱歉，一直來打擾。」尾方客氣地低頭行了一禮。因為太過有禮，青江反而覺得他是刻意表明他其實另有企圖。

刑警似乎已經決定好談話的地點，青江默默跟著他們來到附近一家咖啡店，就是前幾天和美冬碰面的那家店。不知道是不是偶然。

「上次拜訪的時候，青江先生是不是有件事弄錯了？是搞錯了還是沒看清楚？」點了三杯咖啡之後，尾方切入話題。

「你是指什麼？」

「就是這個。」看到刑警拿出來的東西，青江心想：我就知道。是那個墜子的照片。

「是那件事啊。關於那個，我也覺得我必須解釋一下。」

「這麼說，這樣東西你其實是有印象了？」

「我有一個跟那個一模一樣的東西，那時候我情急之下只好說沒看過。」

「哦，爲什麼要撒這種謊？」刑警特別強調撒謊這部分。
「我想，我手邊有同樣的東西也和案子無關吧，該怎麼說呢，我覺得不要混淆刑警先生比較好……」
「所以你是爲我們著想？」
「不，呃，也不是那樣啦。」冷汗冒出來了，青江從口袋取出手帕。
咖啡送來了，青江馬上端來喝。口很渴。
「後來我們請教過幾個人，也包括貴店的員工，而這些人當中，有人說曾經看過與這個相同的項鍊，而且不止一個人證實了。」
「如果是我們店裡的人，可能會有印象吧。」青江的聲音變小了。
「唔，我們其實最希望一開始是聽到從你嘴裡說出來的，這麼一來，也能省我們不少事。」
「很抱歉。說實在的，我是不希望遭到莫名其妙的誤會。」
「莫名其妙的誤會？你指的是什麼？」
「就是……」青江朝刑警一看，心頭一震。他們的嘴角雖掛著笑，眼神卻是冷酷的。「因爲我想那個墜子或許和案子有關，所以要是我說我有同樣的東西，可能會被懷疑……」
「你說的一點都沒錯。」刑警說：「我們認爲這枚墜子與案情有極大的關聯，趁這個機會我就告訴你吧。這個東西掉落在中野亞實小姐遇襲的現場，鍊子是斷掉的。當然我們並沒有單純到因爲這樣就立刻認定這是嫌犯遺落的。但是，你分明擁有一個和這個一模一樣的東西卻加以隱瞞，事情就有些不同了。」

「請等一下。」青江的眼睛睜得斗大，「我真的跟案子沒有任何關係。墜子的事我沒說實話，這一點我道歉，但是也只是這樣而已。我只是剛好有同樣的東西啊。」

尾方依舊以冰冷的眼神盯著他，喝了一口咖啡。

「剛好，是嗎？」

「是剛好。」青江重複。

「那麼很抱歉，我們現在可以前往你的住處打擾一下嗎？」

「咦……」

「我們想拜見一下。」刑警不懷好意地笑了，「你的那個墜子。」

青江頓時感到全身的血液逆流。

「呃，這個……」他伸手插進頭髮裡抓了抓頭，「這幾天我一直在找，可是好像弄丟了。」

「弄丟了？」尾方眼睛大睜，一旁的年輕刑警則是咬著下唇。

「呃，那個，再仔細找找，也許會找到。」

「所以你的意思是說，墜子現在不在你手邊？」

「手邊……，我想應該在家裡的某個地方。」

「很好。」尾方朝身旁的刑警使個神色，年輕刑警便在手冊上寫字。青江很想知道他到底寫了什麼。

「案子發生當晚，你沒有出席店內的研習會，是吧？」尾方問。

「對。就像我之前說的，我那時候和新海碰面。」
「我們也向新海小姐確認過了。她說時間是從十點起的四、五十分鐘左右，沒有錯吧？」
「我想應該差不多。」
「你和新海小姐是在這家店見面的吧？」
「是的。」
青江心想，刑警帶自己到這家店來，果然不是單純的巧合。
尾方環顧店內一周。
「和新海小姐見面之後呢？」
「當然是回自己住的地方，就在附近而已。」
「回去之後呢？」
「回去之後……，你是問我做了些什麼嗎？」
「是的。」刑警點點頭。話雖然說得客氣，卻透露出施壓的氣味。
「什麼都沒做啊。我吃點東西，喝了啤酒，然後就睡了。還看了一點電視吧。」
「看了什麼節目？」
「咦……」青江不知如何回答，「我不記得了，因爲也沒多專心在看。爲什麼要問這些？簡直就像在調查我的不在場證明嘛。」
刑警沒有回他說「並非如此」，只見他拿出一盒Seven Stars，叼起一根菸，拿拋棄式打火機點著，動作慢條斯理，然後以同樣的步調吐出一口煙。

「中野亞實小姐受害地點的駒澤，從這裡過去大概要多久啊？開車的話二十分鐘？不，十五分鐘？還是更短？」

「請等一下。你們在懷疑我嗎？好吧，既然有一樣的墜子掉落在現場，多少有些嫌疑我也沒辦法，可是請問我何必做那種事？」

「每個被懷疑的人都是這麼說啦。」年輕刑警忿忿地放話。

「你安靜點。」尾方稍加斥喝之後，緊盯著青江說：「我們的工作就是要過濾出嫌犯。當案子發生，這個世上所有的人都有嫌疑。我們懷疑全世界所有人，能相信的就只有自己。接下來依物證或狀況證據，會排除掉大多數人的嫌疑，從這個角度來說，青江先生，我們的確從一開始就懷疑你。同樣地，我們也懷疑你店裡所有的員工，只是我們對你的懷疑更甚於其他人，就像你剛才說的，是因為那枚墜子的關係。所以，要將你的名字從嫌犯名單裡排除，必須有比其他人更強而有力的理由。唉，說真的，這工作實在很討人厭吶。」

「我為什麼要去襲擊中野？被搶的是兩萬圓，是吧？我有什麼理由為了那麼一點小錢做這種事？」

「搶錢只是障眼法吧！」尾方說：「嫌犯的目的不是錢，而是中野亞實小姐的身體。但是嫌犯認為把錢搶走，可以讓案子看起來像是隨機犯案。我們是這麼認為的。」

「我對中野一點興趣也沒有。」

「這我們外人就無從得知了。只不過，你很欣賞她是事實吧？因爲面試她、決定要僱用她的，就是你。」

「我欣賞的是她的人品和工作態度，並不是因爲對她這個女人有興趣。」

「所以我說，這種事外人沒辦法知道，只有你自己才明白。對了，青江先生，你今天沒搽香水嗎？」

「香水？」青江想起美冬向他提起的那些話，「那又怎麼樣？」

「你平常不是都會搽嗎？上次我們去店裡打擾的時候，你全身上下都好香。呃，那是什麼牌子來著？」他問身旁的刑警。

「EGOIST。」

「對對對，EGOIST，聽說是香奈兒的產品。我活到這把年紀，第一次知道有給男生用的香水。」

「那又怎麼樣？」青江開始焦躁了。

「那是第二個遺留證物。」刑警說：「反正你遲早會知道的，不妨現在就告訴你。聽說嫌犯搽了香水。」

青江推想這一定是亞實的證詞。

「那又怎樣？搽香水的男性多的是，EGOIST也不是什麼稀奇的東西。」青江說得義正詞嚴，聲音卻在發抖。

「好吧。遺留證物不止這些，其他還有很多，像是在現場採集到的毛髮啊，車子上沾附的指紋啊，這些日後陸續會揭曉的。我最後再問你一次，那枚墜子現在不在你手邊，對吧？那麼，你最後一次戴是什麼時候？」

「我想大概是十天前吧，不過不是很確定……」

「是嗎？要是找到了請通知我們一聲。我想不用說你也很清楚，這對你來說是非常重要的事。」

尾方招呼身旁的刑警，兩人站起身來。青江伸手去拿帳單，尾方卻早他一步搶走了。

「這個由我們來。」尾方不懷好意地笑了。眼裡說著：我們可不能讓嫌犯請客。

青江回住處之後，一時之間無法思考任何事情。自己分明沒有做過那些事，卻不斷被逼問。中野亞實的面孔在腦海浮現。說不定是她懷疑青江，而聽她這麼陳述的理美又把這件事告訴大家，所以店裡的大家才會用白眼看青江。

「開什麼玩笑！」

他忍不住喃喃自語時，電話響了。

「喂，我是青江。」

「是我。」是新海美冬。聽到她的聲音，不知爲何青江鬆了一口氣。「找到墜子了嗎？」

「沒有。還有，事情變得很莫名其妙了。」

青江把他和刑警間的對話詳細地告訴了美冬。他只能依靠她了。

「他們怎麼可以隨便懷疑人呢？」美冬的聲音顯得相當憤慨。

「根本就是莫名其妙。墜子也好，EGOIST也好，哪來這麼多巧合？」

「該不會，不是巧合吧？當然，我的意思不是說你是嫌犯。」

聽到美冬的話，青江一時之間說不出話來。並不是因爲她這番話出乎他意料之外，而是其實他自己也隱約有這種感覺。

「你是不是被人陷害了？你不覺得很有可能是有人故意把墜子掉在那裡，還搽了同樣的香水，設計你成爲嫌犯？」

「我也有點懷疑。」

「有這種可能嗎？」

「不知道。可是誰會這麼做？」

「可以確定的是，不是店裡的人。要是你被逮捕，會危及店的存續，這麼一來他們自己就會失業了。」

「那麼會是誰呢？」

青江的問題讓美冬陷入沉默。他感覺得出來，她不是在思考，而是猶豫著該不該說出口。

「也許是你風頭太健了。」

「咦？怎麼說？」

「說到美髮大師青江眞一郎，當今的知名度比一些明星還高，你以爲每個人都很樂見這種狀況嗎？在美容業界，想盡辦法要扯你後腿的人，應該不少吧？」

「那也不至於這麼狠吧？」

「是你沒看清楚自己現在處在什麼位置，才會做白日夢，說什麼要獨立。」

青江握著無線電話，臉一沉，「我現在不想談那個。」

「也對，現在不是談那個的時候。反正，我認爲是有人佈下的陷阱，而且成功地陷你於不義。」

青江想不出她論點的瑕疵。這麼解釋，比不幸的偶然同時發生來得合理。

「我該怎麼辦啊？」

「當然最好是找出那個墜子，可是大概不可能了。掉在現場的那個一定是你的墜子，有人從你房裡偷出來故意掉在那裡的。」

「從房裡……」他仍握著電話一邊環顧室內。屋裡並沒有被入侵過的形跡，可是如果對方的目的只是墜子，其實沒有翻箱倒櫃的必要。

「給我三天。」美冬說：「三天之內，我會想出對策的。這段期間你大概會很不好過，但是你絕對不能請假，要維持光明磊落的態度，知道了嗎？」

「知道了。可是妳說要想對策，到底能怎麼辦？」

「包在我身上。還有，這三天你不要出門，盡可能待在家裡。和我討論過的事，也絕對不能告訴任何人。」

「我知道了。」

「那麼，三天後的晚上我打電話給你。」說著，她掛斷了電話。

放下無線電話，青江嘆了一口氣。有談獨立開業的事在先，他其實很不想讓美冬幫忙，卻沒把握能夠圓滿解決這次的事情。她說會想對策，到底有什麼辦法？青江完全無法想像。

三天後的晚上，美冬來電。

「你記得『Silky』這家店嗎？」

「在六本木路上那家？」

「對，那家賣歐風料理的店。我們兩個月之前去過吧？你後來還去過嗎？」

「沒有，只去過那一次。」

「太好了，那就好。你照我說的去做。首先，明天到那家店去，我記得他們是下午五點開始營業，你盡量一開店就上門，然後對店員說……」

美冬的指示並不難，但聽了之後，青江驚愕不已，有一大堆問題想問她，她卻不讓他這麼做。

「不要多想。我全都安排好了，你不用擔心，知道嗎？」

他只能回答知道了。

第二天，他依照吩咐來到六本木路上的「Silky」，那是一間位於大樓三樓、裝潢古色古香的餐廳。

一名身穿黑衣，瘦削而顴骨突出的男子走上前來。「請問一位嗎？」

「不是的，呃，我不是來消費的。」他搖搖手說道：「大概兩個星期前，我來過你們這裡，當時好像有東西掉在這裡了，是個墜子。」

看黑衣男子的表情，似乎想到了什麼。

「是與您同行的女士配戴的嗎？」

「不是，是我自己戴的。」

「是什麼樣的墜子呢？」

「是銀製的項鍊墜，上面有裝飾，刻了骷髏和薔薇的花樣。」

「骷髏和薔薇。」黑衣男子複誦一遍，說聲請稍候，便進去店裡側。

等待的這段時間，青江心急如焚。美冬說她已安排好一切，可是這種事眞有可能嗎？這家店和她有什麼關係？但她一再嚴厲地囑咐，要青江絕對不能向餐廳多問。

黑衣男子回來了。

「請問是這個嗎？」

看到他拿出來的東西，青江不禁睜大了眼睛。就是那個墜子，骷髏與薔薇。

「就是這個，沒有錯。」

「那麼不好意思，可以麻煩您留下姓名和聯絡方式嗎？」

青江一邊在對方遞出的文件上塡寫必要項目，一邊心想：那女人果然是狠角色。

6

「就是這個墜子沒錯。」

看了尾方拿出的照片，小川冷冷地回答，一副想盡快結束麻煩事的樣子。

玉川署的尾方與後進桑野一同來到「Silky」，招呼他們的是一位名叫小川的經理。對於在忙碌時段來訪卻不是客人的人，小川毫不掩飾他的冷淡。

「前來認領的是青江先生沒錯吧？」

「我想的確是叫這個名字……。請等一下。」

小川一度走回店裡側，再出現時手裡拿著一張文件。

「對，青江眞一郎先生，我們請他留了姓名和聯絡方式。」

尾方確認那張紙，上面的確是青江的名字。

「青江先生是什麼時候把墜子忘在這裡的？」尾方問。

「我想大約是兩星期前。東西掉在地板上，是我們員工發現的。」

「那位員工是？」

「他叫吉岡。」

「現在他人在嗎？可以的話，我想和他談談。」

小川的臉色更難看了。「現在嗎？」

「拜託了。」尾方深深行了一禮，身旁的桑野也跟著低下頭。

小川嘆了口氣，吩咐一旁的服務生去叫吉岡。

「到底發生了什麼事？那個墜子怎麼了嗎？」小川不耐煩地問。

呃，也沒有啦。——尾方含糊其辭。這似乎更令小川感到不快，嘴角往下撇。

一名年輕服務生過來，看上去才二十歲左右。

「他就是吉岡。我可以告退了嗎？」小川問。

「不好意思，還有些事情想請教。」尾方豎起手掌向小川比個手勢表示歉意之後，視線轉向吉岡。

「發現這個墜子的是你嗎？」尾方出示那張照片。

「是的。」吉岡點頭。

「是什麼時候找到的？可能的話，越詳細的日期越好。」

「是什麼時候來著？」吉岡搔了搔頭，望向旁邊收銀櫃檯上方。他在看的是月曆，「我想，大概是十一月十八日或十九日。」

「你說東西掉在地上，不知道是誰掉的嗎？」

「不可能知道的。」一旁的小川插嘴，「我們每天有那麼多客人進進出出，如果是掉在餐桌上，也許還能推測是上一位客人的東西。」

「我是在打烊後打掃時發現的。」吉岡說。

「你說是上個月十八或十九日？」
「是的。」
看到吉岡點頭，尾方轉向小川。
「你還記得那兩天青江先生是否曾來光顧？」
小川面露難色。
「每天都有很多客人，不可能記住每個客人的長相。」
「那麼，預約的人名呢？像貴店這樣的餐廳，一般都要預約的吧？」
「哦，這個嘛……。如果是事先預約的客人，是可以查得出姓名的。」
「不好意思，可以麻煩你查一下嗎？」
「現在嗎？」小川一臉不願。
拜託了。——尾方行了一禮。
小川說了聲請稍等，又進去店裡側。這段時間，尾方繼續詢問吉岡。
「青江眞一郎這個名字你聽過嗎？大家都說他是美髮大師。」
「青江……，啊啊，聽說過。」
「掉了這個墜子的青江先生，就是青江眞一郎。」
「是喔。」吉岡的樣子並不怎麼驚訝。
「像這種名人來到店裡，應該會成爲你們的話題吧？」

聽了尾方的話，年輕服務生苦笑。

「我們店裡經常有演藝界的人來，我們並不會大驚小怪。再說，就算是美髮大師，我也不知道他長什麼樣子。」

被潑了冷水，尾方大失所望。心想對於媒體吹捧的名人抱有迷思的，搞不好其實是自己這種人。

小川拿著檔案夾回來了。

「查不到以青江先生的名字預約的紀錄，可能是同行的人訂位的吧。」

「可以借看一下嗎？」不等小川回答，尾方便把檔案夾搶過來，掃視密密麻麻的人名，很快便找到了新海這個名字。

尾方指著該處問小川：「你記得這位客人嗎？」

小川只是瞥了一眼便搖頭。

「我剛才說過了，我們的客人非常多。」

「也就是說，這一位並不是常客，是嗎？」

「或許吧。」小川的回答很含糊。

道過謝之後離開餐廳，來到大馬路上，尾方一邊朝地下鐵車站走去，一邊嘖了一聲。

「青江洗脫嫌疑了嗎？可是這也太奇怪了，這個人竟然剛好有一個墜子和掉在現場的一模一樣？那又不是什麼流行的東西。」

「可是事實就是已經找到了啊。」
「話是沒錯。」
今天白天，青江和他聯絡，說已經找到刻有骷髏和薔薇的墜子。尾方兩人連忙趕去「MONAMI」，只見青江洋洋得意地拿出墜子，說是大約兩週前去六本木的「Silky」時掉在那裡。
既然是兩週前掉的，就不可能是案發後臨時買來的了。尾方他們爲了證實青江的供述，立刻趕到「Silky」，但看來他的話並不假。而事實上，他也表示他是與新海美冬同去的。
「該不會所有人聯手起來串供吧？」尾方隨口把想到的可能說出來。
「串供？」
「我是說那家餐廳的人，還有新海。他們會不會爲了包庇青江，把外面買來的墜子說是兩週前掉的？」
「不會吧！這也太誇張了。」
「很難說。現在這麼不景氣，只要肯出錢，要讓人說一、兩句謊話也不是什麼難事。就算青江沒財力，新海應該有這個本錢。」
「您想太多了啦。」
「會嗎？」走下地下鐵的階梯前，尾方又回頭看了一眼，「不管怎樣，現在沒有調查青江的理由了。我有預感，這個案子破不了了。」

7

「他們問的問題眞奇怪，到底是想幹嘛啊？」吉岡問小川。

「那是刑警啦，不知道在辦什麼案子。可是那種外表不善的人在店裡亂晃，會影響我們的形象呀。眞是妨礙營業。」

「那個墜子有什麼問題嗎？」

「一定有吧！聽他們的語氣，好像不太想相信是我們撿到那個墜子的，看來警方是懷疑那個青江先生說謊吧。」

「我不認識那位青江先生。」

「我也不認識，可是他來拿墜子是事實，而且那個墜子兩週前掉在我們店裡也是事實。」

「嗯，是我發現的，這一點我可以保證。」吉岡用力點頭。

「就是說啊。不管了，他們好像已經死心了，應該不會再來了吧。回去工作吧。」

吉岡應聲「是」之後離開，小川望著手上的檔案夾嘆氣。

他對這位名叫新海的客人有一點印象，因爲她是個大美人，他還以爲她是明星。他也記得當時她有同伴，是一名男子。

但那名男子是否就是昨天來過的青江，他就不記得了。當時的客人身高似乎更高一些，但也許是他記錯了。

管他那麼多呢！他想。跟我們店又無關。

店門開了，進來一對男女。小川露出職業笑容，繼續自己分內的工作。

8

盛了香檳王的香檳杯輕觸，金屬般的清脆聲響還殘留耳際，香檳流過青江的喉嚨。

「這樣暫時可以放心了。」坐在對面的美冬微笑著。

旁邊的窗戶看出去便是彩虹大橋，幾天來的抑鬱心情完全煙消雲散，對青江而言，這是最美好的一個夜晚。

「妳眞的救了我，再被刑警糾纏下去我都要神經衰弱了。店裡的大家好像也明白是誤會一場，今天每個人都很開朗。」

「那眞是太好了。要是無法恢復你的信譽，『MON　AMI』是經營不下去的。」

「之後刑警也沒再出現了，我想應該是找不到什麼可疑的地方吧。一切都很順利。」

「所以我就說呀，包在我身上。我做的事，永遠都是盡善盡美的。」說著，她也喝了口香檳。

青江將玻璃杯放回餐桌上，做了一個深呼吸。

「我之前也是這麼認爲的，但是這次眞的見識到了。美冬眞厲害。」

「對我另眼相看了？」

「什麼另眼相看，我哪敢……」他舔舔嘴唇，「老實說，我本來還半信半疑。妳說要籌劃對策，可是這件事能怎麼解決，我完全沒頭緒，就算能再買到一個一模一樣的墜子，警察也不會相信我的。但如果是兩週前就掉在餐廳裡，刑警也無從懷疑起。眞是太了不起了。」

「只不過，那種手法不能常用。」說著，她笑了，「而且，我也希望這種事僅此一次。」

青江也笑了，但他立刻恢復正色，身體微微前傾。

「妳給了『Silky』多少？」

美冬斂起下巴，抬眼看他。

「你問這做什麼？不重要吧。」

「我很想知道啊。妳要他們做的可是對刑警做僞證，一般的條件他們一定不肯答應吧？」

聽到這話，美冬先是垂下眼，再次凝視著他。

「這麼重大的事，是沒辦法用錢來運作的。那樣反而危險。」

「不是錢的話……」

「要打動人，有很多辦法，用錢是最差勁的手段。絕不能相信用錢打得動的人。」

「好想知道妳這次用了什麼手法啊。」

「下次再說吧！」

第一道菜上桌了，是海膽與鮮蝦的冷盤。美冬說了聲看起來好好吃，便拿起叉子。青江也跟著拿起叉子，但在動手吃之前看了她一眼。美冬正閉著眼，像在細細品味。

青江心想，或許，眼前這名女子擁有深不可測的力量。竟然能將刑事案件重要證據的相關情報硬生生轉了向。

「怎麼了？你不吃嗎？」她問。

「啊，沒有。吃啊。」青江將蝦子放入嘴裡，「嗯，好吃。」

「可是，你不能掉以輕心哦。」美冬說：「這次的事，顯然是陷害你的陷阱。敵人不見得會就此罷手，而且無法預測下一次會採取什麼手法。」

「這個……我知道。」青江放下叉子，「妳聽我說，美冬。」

「什麼事？」

「我之前一直說想獨立，那件事就先保留吧！——不，反正我先收回那些話。我可能把這個世界看得太容易了，看來我還有很多地方得借用美冬的力量。更何況這次給妳添了麻煩，要是危機一解除就拍拍屁股走人也太無恥了。」

美冬鼻子輕輕哼了兩聲。

「你不是想要船嗎？一艘自己自由掌舵的船。」

「我會把那當作日後的夢想。我現在還沒法當船長。」

「真的下定決心了？」

「除非美冬開口說再也不需要我，那又另當別論了。」

聽他這麼說，美冬輕輕挑動了一道眉毛，接著拿起一旁的玻璃杯。

「看來，我們應該再乾杯一次。」

青江連忙拿起自己的酒杯。

叮！傳出兩只玻璃杯輕觸的聲響。

（待續）

國家圖書館出版品預行編目資料

幻夜／東野圭吾著；劉姿君譯. -- 二版. - 台北市：獨步文化, 城邦文化出版：家庭傳媒城邦分公司發行，民107, 04
面； 公分. --（東野圭吾作品集；15）
譯自：幻夜
ISBN 978-986-96154-1-9（上冊：平裝）

861.57 107003267

東野圭吾作品集15 幻夜（上）

原著書名／幻夜
原出版社／集英社
作　　者／東野圭吾
翻　　譯／劉姿君
責任編輯／張麗嫺
編輯總監／劉麗真
總 經 理／陳逸瑛
榮譽社長／詹宏志
發 行 人／涂玉雲
出　　版／獨步文化
城邦文化事業股份有限公司
台北市中山區民生東路二段141號5樓
電話：(02) 2356-0933　傳眞：(02) 2351-9179; (02) 2351-6320
發　　行／英屬蓋曼群島商家庭傳媒股份有限公司
城邦分公司
台北市中山區民生東路二段141號2樓
讀者服務專線：(02) 2500-7718; 2500-7719
24小時傳眞服務：(02) 2500-1990; 2500-1991
服務時間：週一至週五上午09：30-12：00; 下午13：30-17：00
讀者服務信箱E-mail：service@readingclub.com.tw
劃撥帳號／19863813
戶　　名／書虫股份有限公司
香港發行所／城邦（香港）出版集團有限公司
香港灣仔駱克道193號東超商業中心1樓
電話：(852) 25086231　傳眞：(852) 25789337
E-mail: hkcite@biznetvigator.com
馬新發行所／城邦（馬新）出版集團【Cite (M)Sdn. Bhd. (458372 U)】
11,Jalan 30D/146, Desa Tasik,
Sungai Besi, 57000 Kuala Lumpur Malaysia
電話：603-9056 3833　傳眞：(603) 9056 2833
封面設計／萬亞雰
排　　版／陳瑜安
印　　刷／鴻霖印刷傳媒股份有限公司
□2008年（民97）12月初版
□2023年（民112）9月1日二版五刷
售價／380元

Printed in Taiwan

ISBN 978-986-96154-1-9

城邦讀書花園
www.cite.com.tw